EL PINTOR DE SOMBRAS

EL PINTOR DE SOMBRAS

ESTEBAN MARTÍN

PLAZA JANÉS

Primera edición: febrero, 2009

Printed in Spain – Impreso en España

ISBN: 978-84-01-33709-3
Depósito legal: NA.3.922-2008

Compuesto en Fotocomp/4, S. A.

Impreso y encuadernado en RODESA
Pol. Ind. San Miguel. Villatuerta (Navarra)

L 337093

A mi padre,
que merece más

En mi caso, un cuadro es una suma de destrucciones.

PABLO PICASSO

Una vez conocí…

Notre-Dame-de-Vie, marzo de 1973

«Me llamo Pablo Picasso y conocí al asesino en serie más famoso de la historia.»

Manuel Pallarés leyó aquella primera frase escrita al principio de un antiguo cuaderno de dibujo. El cuaderno de tapas duras, arrugadas y gastadas estaba repleto de pequeños bocetos y dibujos.

Pallarés, pese a su avanzada edad, iba todos los años en compañía de su hijo a pasar dos semanas con Picasso. Se alojaban en Cannes y, todas las mañanas, un coche los recogía para llevarlos a Mougins. Los viejos amigos pasaban el día juntos en Notre Dame-de-Vie, recordando viejos tiempos y, por la noche, el mismo coche los devolvía a Cannes. Manolo lo conocía bien. Sabía que el pintor no quería en casa a ningún viejo, alguien que le recordara su edad; sentía un pánico ciego ante la idea de que su amigo pudiera morirse en su casa, aunque la salud de éste era excelente comparada con la de Picasso, que desde su operación de próstata había venido a menos. Pablo llevaba días con una gripe descomunal y aquello tenía mal aspecto, pensaba Pallarés. Aun así, no había modo de que el viejo cascarrabias abandonara el tabaco.

Pallarés alargó el brazo y se lo ofreció a su amigo. Pablo, el pintor de mirada radiante, lo sopesó ligeramente con su mano derecha, dudando unos segundos, con una expresión de dolor y amargura dibujada en su imponente rostro trabajado por el tiempo. Dejó caer suavemente su mano sobre la pequeña mesita atestada de pinceles y lápices, y cubierta de rugosas manchas de pintura. El tablero de la mesa era una pintura más dentro del gran estudio del pintor; una pintura luminosa de verdes, azules y ocres que se entremezclaban armoniosamente.

En ese momento entró Jacqueline, quien le anunció la llegada de la periodista. Aquello sorprendió a Pallarés, pues su amigo no era muy dado a conceder entrevistas.

—Hazla pasar —dijo Picasso.

—¿Una entrevista? —preguntó Pallarés cuando se quedaron un momento a solas.

Picasso no contestó.

La chica se presentó. Se llamaba Isabel Queralt y era corresponsal de *La Vanguardia* en París.

—Siempre me ha gustado *La Vanguardia* —dijo Picasso indicándole que tomara asiento y preguntándole si deseaba un café.

—Agua, gracias —dijo ella después de saludarles a ambos y darle las gracias al pintor por haber accedido a la entrevista.

Era una mujer hermosa de unos veintisiete años, que vestía un traje de chaqueta de corte clásico. Tomó asiento y Picasso observó sus largas y esbeltas piernas. «No cambiará nunca», pensó Pallarés.

La primera parte de la entrevista fue un breve repaso a su vida y los diferentes períodos de su obra. A Pallarés le pareció bastante convencional. Luego las preguntas empezaron a tener cierto interés.

—En mi juventud siempre fui muy sobrio en el empleo del color —dijo Picasso contestando a la última pregunta.

—¿Tiene usted mal carácter? Dicen que el marchante Kahnweiler temblaba cuando usted fruncía el entrecejo.

La pregunta sorprendió a Picasso.

—Tengo carácter —contestó escuetamente.

—¿Cuál es el mejor consejo que le han dado?

—Mucho sexo y vino tinto; me lo dijo mi médico —contestó.

—Le llaman el ermitaño de Mougins.

—No estoy secuestrado, si a eso se refiere. Un pintor necesita soledad; eso lo aprendí de mi padre.

—Hábleme de su relación con las mujeres.

—¿Qué quiere que le diga? Las he amado a todas.

Aquella respuesta no pareció entusiasmar a la periodista.

—Dora Maar le dijo en cierta ocasión que como artista quizá fuera extraordinario, pero que, moralmente hablando, era usted despreciable.

—Posiblemente tenía razón.

—Y también: «En tu vida has querido a nadie. No sabes querer».

—Ahí se equivocaba; como le dije, las he querido a todas, y a ella muchísimo. —Después de un corto silencio, el artista añadió—: Mi madre le dijo a Olga, mi primera esposa, en una ocasión: «No creo que haya una mujer que pueda ser feliz con mi hijo». Posiblemente estaba en lo cierto; aunque eso deberíamos preguntárselo a Jacqueline... pero pensaba que íbamos a hablar de mi obra.

La periodista comprendió que aquel giro en su entrevista no era del agrado del pintor.

—Usted es el primer pintor que ha entrado en vida en el Louvre. ¿Qué sensación le causa?

—Y también he recibido más insultos que cualquier otro pintor en la historia —concluyó, bromeando—. ¿Qué quiere que le diga? La exposición la vieron más de ochocientas cincuenta mil personas. Una barbaridad. Siempre he pintado como me ha dado la gana y me pregunto si eso puede interesar a tanta gente.

—Es usted el pintor más famoso de la historia.

—A nadie desearía mi fama; ni a mi peor enemigo... Me pone físicamente enfermo... Me protejo todo lo que puedo... Vivo día y noche detrás de las puertas, cerradas con doble llave. Aun así, la gente acude en tropel, incluso espían con prismáticos. Es una locura.

—Es inmensamente rico.

—Hace mucho tiempo que el dinero no me preocupa. Pero aun así soy capaz de recordar cuando no lo tenía. Usted no puede ni imaginar lo que es no tenerlo.

—Hablemos de *Las señoritas de Aviñón*.

—Nunca hablo de mis cuadros. Sobre él se ha escrito mucho.

—Pero ¿usted qué piensa?

—Yo no pienso; pinto. —Picasso comprendió que la chica no estaba dispuesta a abandonar el tema—. El cuadro permaneció oculto hasta 1916 porque nadie lo comprendió en su momento.

—¿Y ahora, después de tanta tinta, cree usted que sí?

—Tampoco. Pero dejemos que los críticos hagan su trabajo. Como sabe, fue André Salmon quien me lo pidió en aquella fecha para exponerlo, luego lo desmonté del bastidor y lo guardé. Unos años después, en 1920...

—Veintiuno —puntualizó Pallarés, interviniendo en la conversación.

—... André Breton convenció al modisto Jacques Doucet para que lo comprara. Su viuda lo vendió posteriormente a la galería Seligmann, con sede en París y en Nueva York, y años más tarde lo adquirió el Museo de Arte Moderno de esta última ciudad.

—Todo eso ya lo sé —dijo la periodista—. Pero yo quería entrar en la génesis de un cuadro que, a mi juicio y con el tiempo, se ha convertido en el más importante de la historia del arte. Usted trabajó mucho en él. Incluso llegó a pintar varios cuadros hasta llegar al definitivo. En las primeras versiones, además de las cinco chicas, aparecían un médico y un marinero. ¿Por qué los quitó del cuadro definitivo?

—¡Aquel maldito marinero! —exclamó Picasso con nerviosismo.

—¿Cómo dice?

—No merecía estar en el cuadro... por eso lo quité.

—¿No lo merecía? Había dos personajes.

Pablo dudó antes de contestar.

—Sí, tiene usted razón; había dos.

Un silencio se cernió entre ellos.

—¿No piensa usted explicarme nada más?

Pallarés seguía la entrevista con interés. ¿Hasta dónde llegaría su amigo?, pensó.

—Esos dos personajes se parecen mucho a usted —insistió la periodista.

—Sí, pero aunque llevan mi rostro no soy yo, ¡gracias a Dios!

—Hay una gran violencia en ese cuadro, ¿no le parece? Siempre me pareció una obra terrorífica.

—No le quepa la menor duda de ello... pero también hay mucho amor en él.

—¿El burdel...?

—Sí, existió —cortó Picasso—. Yo viví en él.

La periodista decidió dar un giro a la conversación; estaba claro que Picasso no deseaba hablar del cuadro, ni de los personajes que, en un determinado momento, decidió eliminar de la obra definitiva que todo el mundo conocía.

—A lo largo de su vida usted ha pintado una serie de obras

que me inquietan y en las que veo cierto paralelismo con *Las señoritas de Aviñón*.

—¿A qué obras se refiere? —preguntó Picasso con interés.

—Por ejemplo a *Le Meurtre*.

Picasso hizo memoria. Lo recordaba perfectamente. La periodista prosiguió:

—En él se ve a una horrible y monstruosa mujer que apuñala con un gran cuchillo de cocina a Marie-Thérèse. La mujer, de espantosos dientes, saca la lengua mientras avanza hacia ella. Dos días después usted hizo un dibujo en el que vemos a Marie-Thérèse, mezclada con un caballo de picador y destripada por un toro que, a su vez, es atravesado por una espada. Pero hay más: en *L'aubade*, un cuadro que usted pintó en 1942, se ve a una mujer con unas salvajes deformaciones en el cuerpo y en su rostro. Otra obra que me llama mucho la atención es un gran dibujo al carbón donde vemos a un caballo agónico destripado en la plaza, con la cabeza violentamente alzada, mientras le brota del pecho un copioso chorro de sangre. Lo pintó veinte años antes del *Guernica*. Y otro que...

—¿Hay más? —la interrumpió Picasso.

La periodista prosiguió con entusiasmo:

—Muchísimos. Pero me centraré en otro, cuyo título no recuerdo, en el que se ve a un gato con un pájaro destripado en la boca. O el del gallo cabeza abajo, sobre el regazo de una mujer; tiene atadas las patas, está medio desplumado y con la cabeza furiosamente alzada. La mujer es horrible, casi calva; con una mano toma al animal por el ala y, en el suelo, hay un cuchillo de cocina.

La periodista esperó la respuesta del pintor. Picasso estaba pálido; no podía ocultar la incomodidad que sentía en ese momento.

—En mi caso, un cuadro es una suma de destrucciones. Eso no lo aprendí de ningún pintor.

—¿Fue del marinero de quien lo aprendió?

—Dejémoslo aquí —rogó el pintor.

—Tiene usted un curioso cuadro, de la época de sus naturalezas muertas, con cabeza de toro. En él hay un niño vestido de marinero y gorro, en cuya cinta se lee «Picasso»; sostiene una redecilla para cazar mariposas, mientras una mariposa roja revolotea entre la redecilla y su nariz. ¿Por qué la mariposa es roja? ¿Por qué se pintó usted de niño y vestido de marinero?

—¡Porque siempre llevo camiseta de marinero! —dijo abriendo la camisa y mostrando la prenda interior—. Y ahora, por favor, pasemos a otro tema y acabamos; estoy muy cansado.

—Sólo dos preguntas más. De todas las personas que ha conocido, ¿a quién echa realmente de menos?

La respuesta fue tan rápida que ni siquiera la pensó.

—A Carmen.

—¿Carmen?

—Por favor, no escriba eso. ¿Vamos a la última pregunta?

—¿Qué echa de menos?

—Mi bañera de hojalata en el Bateau-Lavoir, en el boulevard de Clichy. Allí viví con Fernande y es el único sitio en el que he sido feliz.

—¿Una bañera de hojalata? —dijo la periodista sorprendida.

—Sí, en ella guardaba mis libros de Sherlock Holmes, Nick Carter, Búfalo Bill, Verlaine, Rimbaud y Mallarmé.

La entrevista había terminado. La periodista se despidió de ambos, Picasso llamó a Jacqueline, para que acompañara a la joven.

Los dos amigos se quedaron solos de nuevo. Pallarés vio a su amigo confuso y ligeramente aturdido. Estuvieron un buen rato sin decirse nada.

—Una curiosa entrevista. Casi te descubre —terminó diciendo Pallarés.

Picasso permanecía pensativo, sin prestarle atención. Manolo Pallarés dirigió su mirada hacia la mesa donde estaba el cuaderno. Sobre ella, también descansaba el cuchillo.

—Veo que aún conservas el viejo cuchillo —dijo Pallarés.

Setenta años después, aún lo tenía. Se lo había regalado durante su primera estancia en Horta. Por aquel tiempo lo utilizó para partir teas, pelar patatas, cortar tocino y usarlo durante las comidas. Después de tantos años, aún lo empleaba para trabajar.

—Aquel maldito marinero estuvo a punto de acabar contigo.

—Sí. De no haber sido por aquel inglés… —el pintor dudó.

—Arrow —apuntó Manuel Pallarés.

—Un gran tipo.

—Te salvó la vida.

—Y no sólo eso; gracias a él pude llegar a ser quien soy.

—Ha pasado mucho tiempo, Pablo.

El pintor pareció perderse en sí mismo; hurgar en su memoria, ensimismado; luego, de vuelta, añadió:

—Todo lo que sé lo aprendí en Barcelona y también de aquel maldito desalmado —dijo la última parte de la frase con una rabia contenida, pero con tono agudo e incisivo.

—La destrucción de la forma —añadió Pallarés como para sí.

—Su aliento era un fuego venido del infierno, pero ¿sabes? Él destruía por destruir, era el mal en estado puro. Destruía las formas con una pasión criminal y asesina, en cambio…

—Tú recogiste la misma idea y cambiaste la visión del mundo.

—Yo no diría tanto.

Pallarés señaló el cuaderno.

—Aquí están ellas.

—Sí, todas ellas, mis señoritas de Aviñón. ¡Cuántas bobadas se han escrito sobre el cuadro! Yo tenía veintiocho años cuando lo pinté.

—Veinticinco, Pablo —dijo Pallarés, pero Picasso pareció no oírle.

—Llevaba años obsesionado con las chicas, con lo que les pasó, y quería quitarme de la cabeza a aquel monstruo. La única forma de hacerlo era pintar, pero por aquel entonces no estaba preparado; sólo sentía dolor; dolor y odio. Tuve que marcharme lejos y dejar que pasara el tiempo. —Pablo hizo una pausa y miró el cuaderno que descansaba sobre la mesa—. Los idiotas dicen que lo pinté en competencia con Matisse y Derain. ¡Tonterías! Lo pinté porque ya podía hacerlo; porque, después de tanto tiempo, encontré la forma y, además, gracias al marchante Vollard, por primera vez en mi vida tenía dinero. Fue un parto, mi querido Manolo; me encerré durante nueve meses con una sola obsesión: pintarlo. Hice más de ochocientos dibujos, un montón de cuadernos y media docena de cuadros hasta dar con el definitivo, con el que ellas, desde mi interior, pedían... ¡Pobres chicas!... ¡Qué horror! —Se detuvo y luego, con una mirada que escondía una melancolía como su amigo ya no recordaba, añadió—: ¡Y sobre todo ella! He querido a muchas mujeres, he amado profundamente. ¡Te juro que las he amado!... Pero a ninguna como a ella. Su recuerdo me persigue.

—Eras un crío, Pablo.

—Sí, un crío; pero ella me convirtió en un hombre. —Hubo un corto silencio y luego, como para sí mismo, dijo—: ¡Carmen! ¡Mi pequeña planchadora!

La melancolía regresó a los ojos del pintor. Pallarés adivinó el pensamiento que recorría la mente de su amigo. Siempre adivinaba sus pensamientos. Desde aquel día, hacía muchos años, cuando se conocieron en la Lonja y eran dos jóvenes estudiantes de dibujo y pintura.

—El niño fue feliz en Horta, te lo aseguro —afirmó Pallarés.

—Lo sé. Lo sé —repitió el pintor mientras arrancaba las dos primeras hojas del cuaderno, se acercaba a la chimenea y las entregaba al fuego.

PRIMERA PARTE

PABLO PICASSO

1

El Torín

Barcelona, finales de septiembre de 1895

Embarcaron con destino a Barcelona el día 13 de septiembre en el *Cabo Roca*, un pequeño buque de carga, después de que su padre pidiera el traslado y de pasar las vacaciones en Málaga. Su tío Salvador, que ostentaba el cargo de director de Sanidad del puerto de Málaga, les había conseguido una importante reducción en el precio de los pasajes, hecho que sin duda animó a su padre a vencer la prevención que siempre había sentido hacia los viajes por mar.

La travesía fue larga y pesada, pues el barco bordeó toda la costa hasta Barcelona con escalas en los puertos de Cartagena, Alicante y Valencia. Parecía que el viaje jamás llegaría a su fin. Pablo, para entretenerse durante la travesía, trabajaba en unas pequeñas tablillas, pintando y dibujando marinas. Don José observaba a su hijo mientras éste se entregaba a sus apuntes.

—¿Puedo verlo?

Pablo le mostró la tablilla. Don José la observó en silencio mientras sus ojos se iluminaban.

—El colorido del mar es bueno; es un buen estudio. Pero yo me centraría en el malecón y en los barcos atracados —dijo entregándole la tablilla.

Pablo se centró en el malecón, tal y como le había dicho su padre, y luego pintó los barcos con sumo detalle.

—Ya está, padre.

—Magnífica. Bueno, esperemos que termine pronto este viaje; se está haciendo un poco pesado —dijo su padre devolviéndole el trabajo.

Al llegar a Barcelona se alojaron provisionalmente en una pequeña pieza de la calle Cristina, muy cerca del puerto, en el barrio de la Barceloneta y a cuatro pasos del edificio de la Lonja, sede de la Escuela de Bellas Artes, donde don José iba a dar clases y donde matriculó a su hijo a finales de septiembre.

Barcelona fascinó al chico. Era una gran ciudad, innovadora e industrial, con más de medio millón de habitantes y en plena transformación, con edificios modernos, avenidas con árboles y alumbrado.

Lo mejor del lugar donde vivía era su magnífica plaza de toros El Torín, la primera de Barcelona, obra del arquitecto Josep Fontseré. La plaza se encontraba en la Barceloneta, en el barrio de la Ginebra; allí acudía muchas tardes con su padre a ver las corridas de toros con un cuaderno en la mano. En aquella plaza, un año después de su inauguración estalló una revuelta que se extendió por la ciudad y que derivó en quema de conventos. El hecho fue glosado por la poesía popular:

El dia de Sant Jaume de l'any trenta-cinc
hi va haver gran broma dintre del Torín;
van sortir set toros tots van ser dolents,
això va ser la causa de cremar els convents.

En represalia, la plaza fue clausurada y se pensó en convertirla en matadero. Las corridas se seguirían celebrando en la plaza del Borne y, para ampliar la oferta taurina, se pensó en la plaza del Rey. Pero la afición de la ciudad de Barcelona por la tauromaquia venía de antiguo y nadie se atrevió a convertir El Torín en un matadero.

A Pablo le entusiasmaba aquel barrio y lo recorría haciendo apuntes de cuanto veía: las mujeres de los pescadores tejiendo las redes en el portal de sus casas, tendiendo la ropa o vendiendo pescado fresco, los niños jugando en la explanada de la iglesia de Sant Miquel del Port, los pescadores sacando las cajas de sus capturas, los bañistas que acudían a celebrar el solsticio de verano bañándose desnudos en las instalaciones de Baños Soler. El mismo Amadeo I, cuando visitó la ciudad con ocasión de las fiestas de la Merced de 1871, terminó bañándose desnudo. De eso había cierta tradición monárquica, pues la reina Isabel II, en 1840 y al menos en tres ocasiones, se desplazó a la playa de la Barceloneta a recibir baños de oleaje por recomendación facultativa y con la finalidad de curar un doloroso eczema de piel.

—Esta tarde iremos al barrio de la Ostia a ver los toros —le dijo su padre en una ocasión. —Aquella expresión le chocó al niño, que conocía las creencias religiosas y la pulcritud en el lenguaje de su padre—. A la Barceloneta, hijo. También le llaman así porque, al parecer, cuando se fundó el barrio había un establecimiento que pertenecía a un italiano, en cuya fachada, como reclamo, mandó poner un letrero con la silueta de su lugar de origen, la ciudad de Ostia.

Aquella gente, se maravillaba Pablo en sus correrías, como toda la gente de mar, vivía más en la calle que en casa, tomando el fresco, cenando. No era extraño: vivían en casas pequeñas, muchas de ellas de una sola planta.

—¿Dónde te metes, Pablo? Te pasas todo el día por ahí con tus amigos.

—He estado en la muralla de mar, en la playa de la Barceloneta, en los cobertizos, en el muelle de pescadores, en el casco antiguo...

—Eso no puede ser, Pablo. Estás abandonando tus estudios —le cortaba su padre con voz grave.

—Mire lo que le traigo, padre —le interrumpía el joven mostrándole un cuaderno.

Don José empezaba a pasar las páginas lentamente, contemplando los dibujos que llenaban el cuaderno. El chico tenía buena mano para el boceto rápido, en el que captaba una gran variedad de tipos humanos, de oficios y de ambientes.

—¿Todo esto lo has hecho esta semana?

—No, padre, los he hecho hoy.

—¿Hoy?... ¿Todos?

—Sí, padre.

—Están muy bien, hijo. Pero preferiría que no desatendieras tus clases.

—Me aburren, padre. Pero asisto a todas, usted lo sabe.

—Sí, sobre todo las de Dibujo y Modelo, pero ¿qué me dices de las clases de Historia del Arte y de Estética?

Pablo no contestaba, sabía que su padre tenía razón. Pero también sabía que estaba envejeciendo mal; siempre estaba triste y amargado; todo eso se había acentuado en La Coruña, después de la muerte de su hermana, cuando decidió no pintar nunca más.

—Déjale ya; es un niño —intervenía su madre, quien siempre se ponía de su parte—. ¿No dices que es muy bueno, que será un gran pintor?... Pues permítele cierta libertad. No hace nada malo, sale de casa y dibuja, ¿acaso no es lo que querías?

Su padre no contestaba; sabía que su mujer siempre se ponía de parte del chico, aunque sólo fuera para contradecirle, para ponerle en evidencia. Pablo era su favorito. María Picasso sabía que cuando un hijo triunfaba en la vida era porque había sido el favorito de una buena madre que siempre lo quiso con locura. Lo que la unía a su hijo era puro y simple amor; intentaba que el muchacho comprendiera que ella lo adoraba y que tenía la profunda convicción de que él podía alcanzar las metas más altas. María Picasso no entendía de pintura y, aunque no mostraba ninguna admiración por su marido, en lo único en que le seguía era en que tenían un genio en la familia, alguien que le superaría, que pintaría de verdad. ¿Para qué ser tan rígido? La disciplina, el orden y el seguir a sus maestros y amigos artistas no habían hecho de él un buen pintor, sólo un correcto profesor. Pablo tenía razón, necesitaba alas y no que su melancólico y triste marido intentara cortárselas y encorsetarle a cada paso.

—Anda, vamos; tu madre ya ha preparado la cena —decía don José con el ánimo de terminar la conversación.

Tal vez no estaría de más alquilar un estudio al chico; le convenía tener un espacio propio, aunque fuera un lugar pequeño y modesto, pensaba don José mientras se sentaba a la mesa.

2

El estudio

Barcelona, septiembre de 1896

—Aquí estarás bien —le dijo su padre.

Don José había alquilado al adolescente un pequeño piso en el número cuatro de la calle de la Plata, para que instalara su taller.

—¿Todo esto es para mí, padre?

—No es muy grande, pero sí suficiente. En casa no cabemos y esto es todo lo que te puedo pagar para que te dediques a pintar —dijo lacónico y, luego, como para sí mismo, añadió—: Un pintor necesita estar solo para que su mundo fluya hacia la mano. Un pintor necesita silencio y soledad.

Lo que él nunca había tenido.

Don José miró al muchacho y lo abrazó. No era un hombre dado a efusiones, pero no pudo evitar hacerlo. Él había llegado a la conclusión de que haría todo lo que estuviera en su mano para favorecer la carrera de su hijo, de aquel muchacho que tenía un don prodigioso y cuyos ojos, estaba convencido, sabrían ver la pintura como nadie lo había hecho hasta entonces. Aún podía recordar a su pequeño dibujando en la arena de la plaza de la Merced sin levantar el dedo del suelo, cuando aún no sabía ni andar; comenzaba el dibujo de un perro, un gallo o una paloma por el punto que sus primas le decían: por la cola, por la cabeza, por una pata; daba igual: Pablito era capaz de dibujar empezando por cualquier parte. Aquel niño que siempre tuvo problemas con la ortografía y la aritmética y a quien no le interesaban los libros, se pasaba el día pintando toros, palomas y todo cuanto le decían sus primas. «Piz, piz, piz», decía su madre que fue la primera palabra que había aprendido. Un lápiz pedía el niño aún sin saber hablar. Un lápiz que ya no soltaría hasta el último día de su vida, aunque esto su padre no pudo saberlo.

A don José no le preocupó en exceso que al niño le costara aprender a contar, saber la hora o que sus progresos en la escuela no fueran los propios de su edad. De lo que sí se preocupó fue de proporcionarle personalmente enseñanzas de dibujo y pintura. Le enseñó todos sus conocimientos técnicos, una base sólida para el dibujo y lo que era más importante: disciplina. En contrapartida, don José nunca tuvo un alumno más capacitado y entusiasta.

A don José se le había escapado la vida persiguiendo una quimera. Nunca fue lo que hubiese deseado ser: un gran pintor. De poco valía a estas alturas de su existencia culpar a la mala suerte, a haber tenido que mantener con su modesto sueldo de profesor de dibujo y conservador del Museo de Málaga a su mujer, sus dos hermanas, su suegra y sus hijos. Todos en la misma casa. Las preocupaciones diarias le hicieron perder poco a poco la fe en su talento. Quizá fuera que nunca lo tuvo, que no pasó de ser un simple aficionado con una sólida base técnica y nada más. Un pintor era otra cosa y ahora, cuando se miraba en el espejo, le costaba encontrar algún rasgo de genio, de originalidad, de viveza, de brío en aquel rostro que, cuando era joven, confundió la afición artística con algo más sublime, que tenía que ver con el talento creador. Si alguna vez, en su juventud, creyó poseer algo de aquella llama intangible y no sólo una vocación frustrada, la vida doméstica, las mujeres de su casa, los hijos, la rutina, las clases mal pagadas y su vida de funcionario habían truncado todos y cada uno de sus anhelos juveniles. Don José no era nadie: un padre de familia vencido por el día a día, un fracasado obligado a peregrinar de ciudad en ciudad. Abandonó Málaga, su ciudad luminosa y alegre, por aquella otra en el norte, triste, lluviosa y gris. En Málaga había sustituido a su amigo y afamado pintor Antonio Muñoz Degrain. Pero con los ingresos como profesor en la Escuela de Artes y Oficios de San Telmo apenas si llegaba para mantener a su numerosa familia. Y para colmo el Ayuntamiento tomó la decisión de cerrar el museo, del que don José era conservador, su fuente de ingresos para llegar con holgura a fin de mes. Debía tomar una decisión. Pero en Málaga había tenido a sus dos hijas, Concha y María, y estuvo a punto de perder a su primogénito de no ser porque su hermano, médico y fundador del Instituto de Vacunación de Málaga, reanimó al recién nacido, más muerto que vivo, soplándole una bocanada del humo de su cigarro puro en los pulmones. De Málaga el pintor echaría de menos su magnífica plaza de toros con capacidad para diez mil espectadores. Don José, desde muy pequeño, llevaba a Pablito a los toros. Y el niño se acostumbró a ver cómo destripaban a los caballos en la plaza. No tenía diez años cuando el pequeño pintó un óleo sobre madera representando a un picador, con las piernas acorazadas, asentado sólidamente en la silla de su caballo. El cuadro satisfizo enormemente a don José.

—Un magnífico caballo, noble y poderoso —le dijo a su hijo—. Aunque tal vez un poco pequeño —añadió.

A don José no le gustó su nuevo destino en La Coruña. No fue feliz allí, enseñando dibujo y decoración en la Escuela Provincial de Bellas Artes. Antes de su traslado ya se había dado cuenta de que su hijo, para la edad que tenía, era un completo analfabeto al que sólo le interesaba dibujar y pintar. ¿Cómo le iban a admitir en un colegio en La Coruña si ni siquiera sabía sumar dos y dos?

Don José echó mano de los amigos para conseguirle un falso certificado de aptitud. Había conseguido que al niño le hicieran un examen.

—Tres más uno, más cuarenta, más sesenta y seis y más treinta y ocho —le había preguntado el examinador.

El niño intentó ordenar los números con escaso éxito y el examinador le pidió que no se pusiera nervioso y que repitiera de nuevo la operación.

—Si quiere le hago un dibujo —dijo Pablito.

—Suma —le dijo el examinador, desesperado pero con tono benevolente. ¡Lo que tenía que hacer por los amigos!, pensó.

El niño se acercó a la mesa del profesor y le enseñó cómo había dispuesto las cifras. Vio que el examinador apuntaba el resultado de la operación en un papel y lo situaba en un extremo de la mesa, frente a los ojos del pequeño. Pablo memorizó el resultado, volvió a su mesa y lo escribió después de trazar una raya. El examinador recogió el examen.

—Muy bien, Pablo; muy bien.

—¿Lo he copiado bien? —preguntó el niño con una naturalidad que desconcertó al profesor. Éste no contestó a la pregunta, pero afirmó:

—Una raya magnífica: perfecta. Lo mejor de la operación. Anda, guapo, dile a tu padre que cuando quiera puede venir a buscar tu certificado.

Don José, gracias a su hermano Salvador, que le ayudó a comprar el pasaje para toda la familia, pudo embarcarse hacia Vigo. El viaje por mar fue largo e incómodo. Desde Vigo tomaron un tren hasta Santiago y, desde allí, viajaron en diligencia hasta La Coruña. Finalizaba el verano de 1891. Don José se sintió un extranjero entre aquellas gentes que hablaban un idioma diferente y bajo un clima hostil que se le empozaba en el corazón. Pablo no progresaba mucho en el instituto La Guardia, donde inició el primer curso de bachillerato. Don José también le matriculó en la Escuela de Bellas Artes, donde él daba clases. Pero si bien don José comprendió que su hijo tenía unas dotes extraordinarias para el dibujo y la pintura, estaba desalentado por el escaso interés y aprovechamiento que el niño mostraba en el instituto.

—Me han dicho que no prestas atención en clase, que te pasas el día en Babia dibujando toros y palomas. Y que a veces te escapas, ¿es cierto?

El niño no contestó.

—¿Qué haces todo el día por la calle?

—Dibujar, padre; dibujar.

—Pero eso no puede ser, Pablo. A veces me da la impresión de que no sabes ni hablar. Tus profesores dicen que tienes serios problemas con la gramática y la aritmética y que no prestas atención a los libros ni a las explicaciones en clase.

—Los libros no me gustan, padre.

—¿Qué voy a hacer contigo?

—Enséñeme, padre, enséñeme todo lo que usted sabe.

—Haremos un trato: yo te enseño todo lo que sé si tú me prometes aplicarte un poco más en el instituto.

Pablo dijo que sí aun a sabiendas de que no estaba dispuesto a cumplir su parte del trato. Él sólo quería dibujar.

Pablo, para desesperación de sus maestros, seguía llenando su libro de vocabulario y otros cuadernos escolares de dibujos de palomas, corridas de toros, torreones y soldados a caballo, de niños sentados en una escalera o jugando en la calle, hombres leyendo el periódico, flores y faisanes.

Sentía una gran curiosidad por aplicar todas las técnicas que su padre le iba enseñando: carboncillo, lápiz, pluma, aguada, tiza negra, tinta china, acuarela, óleo. Su padre le inició en el retrato y en el paisaje, para los que utilizaba pequeñas tablillas de madera.

A don José le complació especialmente un óleo sobre lienzo que pintó el chico y al que puso por título *Hombre con boina*, así como el óleo sobre tabla que realizó de la alcoba del domicilio de doctor Ramón Pérez Costales. Don Ramón era médico, escritor y fue por dos veces ministro de Fomento. Mantenía una gran amistad con la escritora Emilia Pardo Bazán, que le inmortalizó como el personaje de doctor Moragas en su obra *La piedra angular*. El domicilio de dicho personaje estaba muy próximo al de los Ruiz.

La amistad de don José con don Ramón se inició a partir de la enfermedad de la hermana pequeña de Pablo; don Ramón, como médico, la visitó en numerosas ocasiones.

—Su hijo vale mucho —le decía don Ramón frecuentemente a don José.

Tanta era la estimación que sentía por el muchacho que le animó a hacer su primera exposición en la trastienda de una casa de paraguas. No tuvo mucho éxito, pues los posibles compradores no se fiaban de la valía de un pintor que no llegaba a los catorce años. Pero don Ramón aceptó algunos cuadros como regalo.

Don José vio en aquel cuadro un buen dominio del pincel y una gran precisión en todos los detalles que, en conjunto, eran la base de la composición: una gran cama con dosel, una alfombra, la mesilla de noche, una silla, un candelero, todo enmarcado por amplios cortinajes. Sí, había una gran soltura en aquel cuadro.

A sus cincuenta y cinco años don José se consideraba un viejo fracasado, cuyos cuadros no se vendían. Había tomado una decisión. Desde ahora no pintaría más y se dedicaría exclusivamente a la enseñanza; llamó a su hijo y le entregó sus pinturas, pinceles y paletas.

—Son tuyos. Ahora tú eres el pintor de la familia.

Aquel gesto sorprendió al muchacho. Pero en aquella ocasión no aceptó.

—Aún no, padre; aún no. Aún tiene que enseñarme muchas cosas.

Don José los volvió a guardar. Si no era en aquella ocasión, sería en otra. Su decisión ya estaba tomada.

Su hija Conchita falleció en aquella ciudad lluviosa y triste el 10 de enero de 1895. Una angina diftérica se la llevó con Dios; la niña, de apenas ocho años, fue enterrada en el cementerio de La Coruña. Aquel suceso hundió aún más el ánimo del fracasado pintor. Nunca pensó que al pequeño Pablo pudiera afectarle tanto la muerte de su hermana; el muchacho parecía un alma en pena y, durante toda la enfermedad, dejó de pintar y dibujar. Aquel hecho propició que don José decidiera alejarse de aquella ciudad en la que no había sido feliz y en la que había enterrado a la niña de sus ojos.

Un antiguo ayudante de don José de origen gallego, que daba clases de dibujo en la Escuela de Arte de Barcelona, propuso a don José intercambiar sus puestos y éste no lo dudó. El sueldo era mejor, tres mil pesetas al año. Antes se detendrían en Madrid, pasarían el verano en Málaga con la familia y luego se trasladarían a Barcelona. El viaje en tren hasta Madrid les costó treinta horas y numerosos trasbordos y paradas. Pasaron dos días en la capital de España y don José se llevó al joven al Museo del Prado.

—Tienes que verlo, hijo: allí están los más grandes. Todos los maestros.

Pablo se perdía por las salas con un entusiasmo y una curiosidad que don José jamás había visto, con aquellos ojos que intentaban captar las soluciones de los grandes maestros que veía por primera vez mientras atendía a las explicaciones de su padre. Sí, allí estaban todos, su padre tenía razón: El Greco, Zurbarán, Velázquez, Ribera, Murillo, Goya y otros grandes maestros holandeses, italianos o franceses. El joven no quería perderse nada y parecía gritarle con los ojos a su padre: «Más, más, más, deme más, padre, cuénteme, explíqueme, hábleme. Deme más, padre, quiero ser como usted, quiero ser como ellos, quiero pintar, padre, pintar, quiero pasarme la vida pintando, de día y de noche, bajo la luz de una vela o en plena luz del día. Pintar, padre, pintar».

Y allí estaba él, ayudando a su hijo a acomodarse en aquel pequeño estudio que le había alquilado en la calle de la Plata, preparándole las telas.

Y don José entregó al adolescente sus pinturas, sus pinceles y paletas por segunda vez.

—Ahora ya no puedes negarte. Tómalas, son tuyas.

Pablo no dijo nada mientras su padre le abrazaba. Podía oír el ritmo de su corazón anciano y vencido. El sonido de un corazón que le traspasaba todos los sueños rotos contenidos en una caja de pinturas.

—¡Y ahora, a trabajar!

3

Manolo Pallarés

Barcelona, noviembre de 1896

Desde el tejado del estudio que le había alquilado su padre podía ver gran parte de los tejados del barrio, así como el bullicio que animaba la calle. Barcelona era una gran ciudad con un mar espléndido, que tenía a cuatro pasos. Pablo quería dibujar todo cuanto veía; con frecuencia tomaba un cuaderno y algunos lápices y se lanzaba a la calle, algo que hacía desde que había llegado a aquella urbe marítima, con una luz y un color que le penetraban muy dentro.

Pero esa mañana le apetecía estar solo en el pequeño estudio, observando las azoteas y entregado a sus bocetos. Abandonó el tejado y, en la escalera, se encontró con su amigo Manolo Pallarés.

Manolo, en cuanto entró en el estudio de Pablo, empezó a hurgar en su mesa de trabajo, en sus cuadernos de croquis y bocetos. Pallarés sentía una profunda admiración por su joven amigo, sobre todo cuando veía todos aquellos dibujos y apuntes para sus cuadros, que crecían y crecían diariamente. Aquel chico era una máquina de trabajar y evolucionaba con una rapidez superior a la de todos ellos. Sí, admiraba su obra, el más mínimo trazo; pues de un estilo naturalista había pasado a otro mucho más libre, inspirado y suelto. Eso era lo que Pallarés admiraba en aquel estudio, en aquel niño.

—¿Qué haces? —preguntó Pablo sin apartar la vista del caballete.

—Miro tus cuadernos. He venido por si quieres acompañarme a tomar apuntes del natural. ¿Salimos a la calle?

—No, lo haré más tarde. ¿Ya has pensado si quieres compartir el estudio conmigo? Mi padre estará encantado; sabes que te tiene mucho aprecio.

Así era: don José sentía una gran estimación por aquel joven cinco años mayor que su hijo, un chico franco, sensato y de pueblo que, no lo dudaba, podía ejercer una buena influencia sobre el espíritu bohemio, soñador e indomable de su hijo. Los Ruiz le invitaban con frecuencia a su casa y, muy pronto, fue considerado uno más de la familia.

—Si a tu padre le parece bien, puedo instalarme y pintar contigo.

—Le parece bien.

—Pues entonces estamos de acuerdo —afirmó Pallarés.

Manolo Pallarés había conocido al joven Pablo hacía un año, cuando ingresó en la Lonja en el curso del 95. Manolo no pudo dejar de observar a aquel chico cinco o seis años menor que todos los demás alumnos y del que se decía que había aprobado el examen de ingreso en un solo día. Pero aquello no era cierto, pues todos los alumnos disponían de un mes para realizar las tres pruebas de ingreso: copia de una lámina, copia de un vaciado y estudios con un modelo. No, no era verdad, y así se lo confirmó Pablo más tarde, pues las copias de lámina y molde le fueron dispensadas por haberlas ya hecho en La Coruña. Pero eso no le quitaba mérito a aquel nuevo compañero distraído, alborotador, indiferente a las enseñanzas de sus maestros y siempre consciente de su maestría y superioridad sobre sus compañeros de más edad.

Manolo reconoció su genio de inmediato porque, en el fondo, era un niño que no iba de sobrado con nadie. Lo que vio en él fue un joven con una fuerte personalidad, un chico simpático que, y eso era cierto, estaba muy por encima de todos ellos, pues su habilidad y rapidez en el trazo perfecto les dejaba estupefactos y boquiabiertos. Todo lo comprendía con presteza, todo lo captaba a la primera debido a su insaciable curiosidad. Pablo era vehemente pero no exuberante. A veces se mostraba muy bullicioso y agitado y otras podía permanecer horas sin decir una palabra. Pallarés, tiempo después, recordaría su aire melancólico y triste de aquellos días, que reflejaba un carácter que no se correspondía al de un chico de su edad.

Manolo, durante ese primer año, le presentó a sus amigos José y Joaquín Bas, a Pepe Cardona y Garnelo y a Ricardo Sitwell, deseosos todos ellos de triunfar en el arte.

Sitwell era el peor artista del grupo. Ricardo Sitwell era un joven con una gran voluntad pero carente de todo genio. Un trabajador del pincel y nada más o, tal vez, poco más que un mero aficionado que le sacaba escaso partido a líneas y colores. Sitwell era rico; en realidad sería más preciso afirmar que lo era su padre y que, aunque no se lo impidió, no le hacía la menor ilusión la afición artística de su hijo. El joven compaginaba sus estudios de Derecho con los de la Lonja y, al parecer, no destacaba tampoco en los primeros. El auténtico mérito de Sitwell era su excepcional formación teórica. En eso todos sus amigos estaban de acuerdo: Ricardo Sitwell hubiera sido un magnífico crítico de arte o un marchante inigualable de no ser por su inútil empeño por dedicarse a algo para lo que ni estaba ni estaría dotado.

Ricardo Sitwell reconoció el genio de Picasso desde el primer día y, desde entonces, se convirtió en su sombra.

—¿Cómo acabó la juerga de anoche? —preguntó Manolo.

—A las tantas.

Manolo, aunque era tan juerguista como cualquiera del grupo, esa noche les abandonó pronto.

—Sitwell se empeñó después en venir aquí. Quería ver mis dibujos.

—Ese chico es incansable.

—Es un pesado; en cuanto tiene ocasión, se me cuela en el estudio y lo pone todo patas arriba. No soporto que manoseen mis cosas. Se pasa el día pidiéndome dibujos.

—¿Y tú qué haces?

—Pues se los doy para quitármelo de encima, ¿qué otra cosa puedo hacer?

—Te admira, Pablo, te admira.

—Pues preferiría un poco menos de admiración por su parte.

—¿Has estado en su casa?

—No.

—Yo sí. Tiene tus dibujos adornando las paredes de su habitación. ¡Vive en un auténtico palacio! Creo que su padre está forrado; debe de ser uno de los sujetos más ricos de Barcelona. Un inglés cuya familia se instaló aquí hace casi cien años.

—Entonces no es inglés.

—Se dice que es amigo personal de la reina de Inglaterra y que tiene un título y quc manda más quc cl alcalde.

—¿Que el alcalde de Londres? —preguntó Pablo.

—No, el de Barcelona.

—¿Conoces a su padre?

—No.

—¿Y cómo sabes todo eso? —insistió el artista en ciernes.

—Me he hecho amigo del mayordomo y de una chica del servicio.

—¿Muy muy amigo de la chica?

—Bastante amigo... pero eso no viene al caso.

—Lo cierto es que Sitwell es rápido en sacar la cartera.

—¡Y tan rápido! Si no fuera por él no podríamos corrernos ni la mitad de las juergas. ¡Nosotros, que siempre estamos a la cuarta pregunta! —exclamó Pallarés.

—Sí, pero pago un precio muy alto: tengo que aguantarle y regalarle mis dibujos.

—Reconócelo, en el fondo eso te gusta. Además, es un buen chico y está enfermo.

—Sí, un día de éstos se nos queda en mitad de una juerga o como un pajarito encima de una puta. Esa maldita tos le está matando.

Manolo ya estaba cansado de la conversación; él quería salir a la calle.

—Bueno, ¿qué haces? ¿Vienes conmigo a tomar apuntes del natural?

—Te he dicho que no; saldré después. Ahora, si tú y todos los pesados que acudís aquí me dejáis tranquilo, me gustaría pintar.

—¿Tampoco vas a ir a la escuela?

Pablo no contestó y siguió pintando.

4

La planchadora

Entonces sus ojos se posaron en una de las figuras que había tras aquella ventana de la planta baja. Nunca, tal vez exceptuando a su padre, había visto a alguien tan abatido y tan triste. La muchacha parecía romperse mientras hacía presión sobre aquel objeto metálico.

Durante casi un año había recorrido los barrios degradados de la ciudad dibujando cuanto veía; durante ese tiempo, la ciudad cosmopolita y moderna le había mostrado su peor rostro. Había dibujado cuanto veía: mendigos, mujeres vencidas por la vida, trabajadores hundidos en la miseria, alcohólicos, ciegos, prostitutas, figuras tristes de cabezas tronchadas. Contemplaba toda la desesperación de la vida, la miseria y el horror. ¿A quién podía contarle todo aquello? Su padre miraba los dibujos, sí, con admiración, pero no le gustaban los temas, no le gustaba cuanto él veía en cada esquina miserable de la ciudad.

Pero nada de lo que había visto podía compararse a la figura de aquella joven fatigada por el trabajo, con el cuerpo escuálido arqueado sobre la plancha, con su rostro resignado y triste, el pelo recogido hacia atrás y con un mechón que le caía sobre el rostro que se movía con cada presión que la joven ejercía sobre la plancha. Aquel rostro podría ser bello si el cansancio, el hambre y el duro trabajo no hubieran hecho mella en sus mejillas. La línea de su espalda era como un junco a punto de quebrarse. Era una esclava atada a una plancha cuya vida se desvanecía con cada movimiento sobre la tela extendida en la mesa. Sin embargo, algo tiró de su corazón porque, y podía verlo con sus ojos, ¡cuán increíblemente hermosa era! El negro azabache de sus sucios cabellos, el incomparable óvalo de su rostro macilento, su piel blanca y enfermiza y aquella luz que penetraba por la ventana y envolvía su débil cuerpo enfundado en un vestido miserable e iluminaba sus ojos sin luz, fijos en la plancha. Sí, ¡cuán increíblemente hermosa era aquella joven sin edad y que parecía guardar en su cuerpo todas las heridas, todas las humillaciones, todos los silencios de todos los pobres de este mundo, de todas las anónimas trabajadoras, de todas las mujeres invisibles, doblegadas, apocadas, ofendidas, mortificadas, degradadas! ¡Qué gran postración en aquel débil cuerpo inclinado y, sin embargo, tan bello, delicado, noble y elevado!

Supo que la amaba cuando, tras extraer su cuaderno del bolsillo, empezó a dibujarla, cuando toda su vida, con trazos rápidos y dolientes, empezó a cobrar forma sobre el papel en blanco.

Se alegró de no haberle hecho caso a Pallarés, de haberse quedado en el estudio pintando hasta que le apeteció dar una vuelta.

Y ahora se encontraba allí, frente a ella.

—¿Qué haces? —le preguntó la joven aproximándose con curiosidad a la ventana.

—Te dibujo, ¿puedo?

—Bueno.

Las compañeras de la chica se echaron a reír. A Carmen le

había salido un guapo pretendiente; un niño demasiado bajito para su edad, de ojos y orejas grandes y que vestía de hombre para parecer mayor. El grupo de compañeras de aquel pequeño taller de plancha, situado en un bajo de la calle Montcada, ya tenía un motivo para sus bromas. Eran doce muchachas atadas a doce planchas que inclinaban diariamente su vida sobre una mesa atestada de ropa por planchar.

—¿Me lo dejarás ver? —dijo la joven.

—Cuando lo acabe.

—Vale.

—Si quieres, puedo esperarte y damos un paseo.

—Terminaré muy tarde —dijo la joven con el ánimo de quitarse de encima a aquel niño.

—No importa, yo te espero.

—¿No tienes otra cosa que hacer? ¿No deberías ir a casa con tus papás?

Aquella pregunta molestó al joven.

—A las nueve; salgo a las nueve —dijo Carmen con una sonrisa a modo de disculpa. No sabía por qué lo había hecho, quizá por cansancio, por curiosidad, tal vez por ver aquel dibujo. Nadie la había dibujado jamás; aunque un garabato hecho por un mocoso posiblemente no valdría mucho la pena. Pero el chico movía el lápiz con entusiasmo, clavando su mirada primero en ella y luego sobre el papel.

—Ahí estaré.

Pablo se alejó. Aún tenía tiempo para perderse por el dédalo de callejones angostos y tortuosos del casco antiguo. Entonces fue cuando aquel rudo y alto marinero chocó con él, le tiró el cuaderno y a punto estuvo de hacerle caer.

—Perdone —dijo el marinero con una voz grave, mientras recogía el cuaderno.

El marinero le echó un vistazo a los últimos dibujos sin pedir permiso a su dueño. Pablo no sabía qué hacer y permitió que el hombre pasara los dibujos.

—¿Es usted dibujante?

—Y pintor —afirmó.

—Es una muchacha horrible y muy triste. Todo lo que usted hace es muy triste, por lo que veo.

A Pablo le molestó aquel comentario. ¿Qué podía entender un sucio marinero sobre dibujo? Sin embargo, aquel tipo le atraía, con su voz arrogante y poderosa, su increíble altura y corpulencia.

—Si tiene un minuto puedo hacer un boceto de usted.

—¡A mí nadie me dibuja! ¡Detesto a los pintores! Creen que saben mirar la realidad, pero sólo pintan su propio ego —dijo tirándole el cuaderno que Pablo recogió al vuelo.

Curioso, pensó Pablo, mientras veía alejarse al rudo marinero en dirección a Santa María del Mar. Cuando dobló la esquina de Montcada, Pablo abrió el cuaderno e hizo un breve apunte de aquel extraño sujeto.

—¿Qué edad tienes?

—Dieciocho —contestó Pablo.

—Embustero.

—Dieciséis.

—¿Trece?

—Catorce..., recién cumplidos —afirmó Pablo—. ¿Y tú? —preguntó a su vez.

—Yo sí tengo dieciocho.

Parecía mayor, pensó el joven, mientras la veía caminar a su lado con paso cansado.

—Te dejo que me acompañes a casa y luego te vas; mañana tengo que trabajar.

—Lo entiendo, lo entiendo.

—Tienes una voz muy rara, ¿no eres catalán, verdad?

—No; nací en Málaga, pero también he vivido en La Coruña.

—No me extraña que hables tan raro: tres sitios, tres idiomas.

—¿Y cómo hablo?

—Pues eso, raro.

—¿Y tú de dónde eres?

—De un pueblo de Murcia. Mis padres vinieron aquí el año de la Exposición Universal.

—¿Vives con ellos?

El semblante de la muchacha cambió, se volvió más sombrío si cabe.

—No, mi padre murió. Un accidente mientras ponían en pie el monumento a Colón; era albañil.

—¿Y tu madre?

—Regresó al pueblo y... bueno, yo me quedé.

—¿Vives sola?

—Bastante.

—¿Cómo te llamas?

—Carmen, ¿y tú?

—Yo vivo con mis padres; en la calle de la Merced, muy cerca de aquí.

—¡No, hombre! ¡No te pregunto eso! Sino cómo te llamas.

—Pablo, Pablo Ruiz.

Le gustaba caminar al lado de aquella joven que le sacaba dos palmos, pero ¿qué podía decirle? Se sentía profundamente atraído y quería saber todo sobre ella, pero su experiencia con las mujeres se basaba en algunas relaciones esporádicas con cuatro putas. Aquello era diferente.

—¿No me vas a dejar ver el dibujo?

Pablo se detuvo, sacó el cuaderno, lo abrió por la página correspondiente y se lo ofreció. Clavó su mirada en ella intentando averiguar el efecto que su dibujo le causaba. Pensó que no le había gustado.

—¿Así es como me ves?

—Yo te veo muy hermosa.

—Pero el dibujo es muy triste.

—Tu trabajo es triste; tú eres hermosa.

—¿Eres bueno?

—Muy bueno... eso es lo que dice mi padre. Mi padre es un buen pintor... quiero decir, lo era.

—¿Ha muerto?

—Peor que eso; ha dejado de pintar. Da clases en la Lonja.

—¿Quieres mucho a tu padre, verdad?

—Sí, aunque últimamente no nos entendemos. Algo nos está pasando. Pero es que yo no quiero pintar como todos ellos, quiero hacer algo por mí mismo. Debo encontrar una forma, un nuevo modo de mirar como siempre hicieron los grandes maestros. Mi padre me lo repite constantemente pero, luego... es como si quisiera que caminara por... —no le salía la palabra.

—... ¿lugares seguros?

—Sí.

—¿Y tú qué dices?

—¿De qué?

—De ti; de tu trabajo.

—Que quiero ser el único pintor del mundo.

—¿El único?

—Bueno, quiero decir el mejor.

—Que es tanto como decir el único.

A partir de ese momento no pudo dejar de hablar. No sabía si la chica era capaz de entenderle, pero sentía la tremenda necesidad de contarle todo lo que ni siquiera a su amigo Pallarés se atrevía a confesar. Al cabo de un rato consideró que su nueva amiga posiblemente se estaba aburriendo y que tal vez no entendiera ni la mitad de todo lo que le contaba. Además, él no le había pedido acompañarla para hablar de sí mismo. Necesitaba saber quién era, cómo era, de qué estaba hecha aquella mujer de la que, estaba convencido, se había enamorado como un loco nada más verla en aquel mísero taller. Hubiera dado la vida por sacarla de aquel antro en el que se dejaba la vida, donde se marchitaba su belleza, donde, día a día, se le quebraba un sueño tras otro. Deseaba salvarla.

—¿Y tú qué quieres ser?

—Será una broma; ya has visto lo que soy —dijo Carmen con un desánimo que entristeció al niño pintor.

—He visto lo que haces; eso es todo.

Ella elevó su rostro hacia un cielo sin estrellas y dijo:

—Feliz; yo sólo quiero ser feliz.

Se detuvo cuando llegaron a un portal de la plaza de San Agustín Viejo.

—Ya hemos llegado.

—¿Podré verte mañana?

—¿Por qué?

—Porque te quiero —dijo con una rapidez y una convicción que le sorprendió que fuese capaz de manifestar.

—Pero ¿qué dices?... ¿Cómo lo sabes? ¿Has querido a alguien alguna vez?

—No; por eso lo sé.

Carmen guardó silencio, parecía estar buscando alguna frase que cambiara el rumbo de aquella conversación. Miró al chico y sonrió como si fuera una hermana mayor.

—¿No te quedas el dibujo?

—No lo has firmado.

El joven sacó el lápiz y escribió «Pablo Ruiz».

—No te preocupes, no lo venderé. Es el mejor regalo que me han hecho nunca.

—¿Entonces mañana? Si quieres podemos ir a mi estudio y te enseño lo que hago. ¿A la misma hora?

¿Qué tenía aquel niño que tanto le atraía? El dibujo le gustó; triste, pero era ella al fin y al cabo.

—Bien, mañana; a la misma hora.

—Gracias, ¿y tú no me haces un regalo?

Carmen le besó en la frente.

—Vete, o llegarás tarde a cenar.

5

El marinero

El joven cortó por Tiradores en dirección a Comercio. Se había hecho bastante tarde y seguramente la familia habría acabado de cenar. Tendría que dar explicaciones. Las de siempre: que se había entretenido dibujando como, en parte, así era; tenía todo un cuaderno repleto para demostrárselo a su padre. Durante el trayecto de bajada por la calle Comercio hacia Marqués de la Argentera no podía dejar de pensar en aquella hermosa muchacha. El fresco de la noche le animó, así como que no hubiera un alma en la calle.

«¡Carmen, Carmen, Carmen! ¡Mi hermosa Carmen! ¡Mi planchadora! ¡Mi dolorida y triste muchacha que merecía una vida mejor! ¡Mi pobre, desafortunada y desgraciada muchacha de belleza incomparable!», pensaba mientras se daba prisa y aceleraba el paso.

Pablo hubiera deseado besarla; jamás había besado a ninguna chica en su vida; ni siquiera a alguna de aquellas prostitutas que visitaba en compañía de Pallarés. Le atraían, pero al mismo tiempo le daban asco y el deseo de besarlas en la boca se veía contrarrestado por aquella repugnancia tan fuerte como el mismo deseo de besarlas. No, Carmen era otra cosa. Era la chica más hermosa del mundo y, camino de casa, mientras lo pensaba, también pensaba en que algún día se casaría con ella. La deseó desde el primer momento; deseó aquellos ojos grandes, oscuros y tristes y que dominaban un rostro hermoso como una luna de verano, sus pechos eran dos palomas famélicas en un cuerpo vencido por la vida y que había conocido mejores circunstancias; un cuerpo que, bien alimentado y libre del cansancio de un trabajo inhumano, sería como el de una diosa mediterránea. Pablo no podía imaginar un cometido más acorde ni más adecuado con sus deseos que liberar a Carmen de aquella vida miserable convirtiéndola en su esposa. Trabajaría para los dos. Sería un gran pintor, no como Bernardo Ferrándiz, Antonio Muñoz Degrain o don Emilio Ocón, a quienes tanto admiraba su padre. No, sería uno de los grandes; como Velázquez, Rafael o El Greco. Encontraría, encontraría. Sí, una nueva forma, un estilo propio a partir de todos aquellos desesperados que llenaban sus cuadernos de apuntes. De todos aquellos miserables que merecían otra vida, a partir de todos los desgraciados que veía en cada rincón de Barcelona y le desgarraban el alma. Porque aquella ciudad no era sólo lo que parecía ser; también era un nido de miseria, de opresión, de esclavos sin ningún futuro. Él lo pintaría todo con un estilo nuevo, con una forma nueva, y sus cuadros se venderían a mil pesetas, tres mil, cinco mil pesetas y luego no tendrían precio. Y él le daría una nueva vida a Carmen, le compraría vestidos que realzaran su belleza, visitarían las grandes capitales de Europa, les recibirían reyes y presidentes de gobierno, le compraría una buena casa y Carmen sería sólo para él y si alguien se atrevía a mirarla le partiría la cara.

—¡Eh, muchacho!

Aquel grito le sacó de sus ensoñaciones. Pablo se dio la vuelta. Allí estaba, el rudo marinero que se había encontrado aquella tarde, llamándole a voz en grito. No había nadie más en la calle.

El marinero se le acercó.

—Es usted.

—Hola, chico. ¿No es muy tarde para ti?

—¿Y para usted?

—Iba camino de mi barco cuando te he visto; me preguntaba si eras tú.

El marinero le extendió la mano. Pablo dudó un instante antes de estrechársela.

—Querría disculparme por lo de antes.

—No tiene por qué.

—Verás, me paso la vida navegando y no estoy muy acostumbrado a hablar con la gente. La verdad es que tengo pocas ocasiones para ello, excepto con mis compañeros que, como comprenderás, no son de lo más expresivo; ya sabes, viejos lobos de mar como yo, pendencieros y escasamente dados a la conversación. Te invito a un vino.

Pablo dudó.

—Venga, te debo una disculpa. De todas formas, no te vendrá mal perder diez minutos de tu tiempo con este viejo marinero.

Pablo aceptó.

Anduvieron juntos hasta llegar al cruce de Comercio con la calle de la Ribera, doblaron hacia la derecha y se dirigieron hacia la plaza de las Ollas, donde, según su compañero, había una tasca que aún estaría abierta. El marinero, durante el corto trayecto, no había dejado de hablar, relatándole sus viajes y travesías en diferentes barcos, así como de las ciudades y puertos en los que recaló a lo largo de su vida. Su barco era el *Patna*, un viejo barco mercante que, dos días antes, había llegado al puerto de Barcelona procedente de Bergen con carga general. Le habló de ciudades y puertos, de pendencias y aventuras, de lugares exóticos y lejanos. Parecía que el viejo marinero, de nacionalidad holandesa según le dijo en un momento de su largo monólogo, regalaba los oídos del muchacho con todo aquello que un joven de catorce años ansiaba oír. Era un tipo alto y desgarbado, algo caído de hombros, con una cicatriz que le cruzaba el rostro desde el mentón hasta su oreja izquierda que una anárquica y poblada barba no podía disimular.

No había muchos parroquianos a aquella hora en la sucia y vieja tasca. Se sentaron a una mesa y el marinero continuó refiriéndole sus aventuras mientras el dueño les acercaba una jarra de vino y un par de vasos.

A Pablo el primer trago de vino casi le revolvió el estómago.

Le gustaba aquel tipo, era simpático y hablador; sin embargo, había algo en él que le inquietaba aunque, al mismo tiempo, estimulaba su curiosidad.

—¿Así que eres pintor?

—Sí.

—¿Puedo ver de nuevo el cuaderno?

Pablo lo sacó del bolsillo y se lo ofreció. El marinero pasaba las páginas lentamente. Su semblante cambió a medida que pasaba de un boceto a otro: había dureza en su rostro, así como una expresión maligna que no había visto hasta ese momento. Entonces recordó que le había hecho un boceto sin su permiso y que no le gustaba que le dibujaran. Pero ya era tarde. El marinero se detuvo en su dibujo.

—¿Así es como me ves? ¿Como a todos esos desdichados que dibujas?

Pablo no contestó.

—Falta una hoja.

—Sí, se la he regalado a mi novia —dijo con una candidez que a punto estuvo de provocar una carcajada en el marinero.

—¿Tu novia?

—Sí; bueno, ella aún no lo sabe.

—¿Y cómo se come eso?

Pablo no contestó a su pregunta. Comprendió que debía aprender a reprimir su lengua. Quería recuperar su cuaderno, pero no sabía cómo hacerlo.

—¿No será una de esas desgraciadas que se pasan la vida planchando?

—¿Cómo lo sabe?

El marinero no atendió a la pregunta del chico, se limitó a arrojar el cuaderno sobre la mesa y, con tono despectivo, dijo:

—¿Sólo sabes dibujar mierda? ¿Sólo sabes hacer retratillos de toda esa gentuza que no vale una mierda?

Aquello indignó al joven.

—Usted no es mejor que ellos. Un paria que va de puerto en puerto.

—¡Qué sabrás tú! ¡Eres un maldito iluso que te crees todo lo que te cuentan y, lo que es peor, todo lo que ves! ¡No tienes ni idea! ¿Acaso no sabes que muchas veces las cosas que vemos no son verdad?... No, claro, ¡qué puede saber un simple mocoso!

Pablo se levantó de la mesa. No le gustaba el giro de aquella conversación. En un momento aquel sujeto había cambiado, era como si estuviera sentado con una persona diferente al marinero hablador y simpático que, poco antes, le había invitado a entrar en aquel tugurio. Tenía ganas de mandarlo a la mierda. ¿A qué respondía el inesperado y violento giro en la conversación? ¿Qué sabía de Carmen y del taller de planchado? De todas formas, no estaba dispuesto a averiguarlo. Sólo quería irse.

—¡Siéntate! —le ordenó el marinero.

Algunos clientes levantaron la cabeza en dirección a su mesa. El chico se sentó.

—Crees que sabes algo, ¿verdad? Que eres un chico muy listo, ¿no es cierto? Un chico con un don especial. Hay tantas cosas que ignoras, tantas...

Silencio.

—¿Qué es lo que sabes? No eres más que un chico vulgar que vive en un barrio vulgar, repleto de gente que no merece ver la luz del sol por las mañanas. Cuando te despiertas sabes perfectamente que no hay nada en el mundo que te perturbe. Vives tu pequeño día vulgar y por la noche duermes, después de haber dibujado cosas que crees maravillosas sobre personas anónimas que te parecen interesantes. Duermes lleno de dulces y estúpidos sueños, ilusiones... mientras papá y mamá te ponen un plato en la mesa, vas a tus estúpidas clases de pintura y te entretienes en tu mísero taller soñando con llegar a ser un genio. Así vives tú, un niñato de mierda alimentando sueños que no valen una mierda... ¡Y yo voy a provocarte pesadillas! ¿No es cierto?... Vives como en un sueño, como un sonámbulo, como un ciego. Tus cuadernos son basura... ¿Qué sabes tú de cómo es el mundo? ¿Sabes que el mundo no es más que inmundicia? ¿Sabes que si derrumbaran las fachadas de las casas no se encontraría más que cerdos?... El mundo es un infierno, ¿qué importa lo que pase en él? ¡Despierta!... ¡Utiliza tu inteligencia!... Estoy aquí para que veas otro mundo... ¡Aprende algo!

—Está loco.

—Me ayudarás.

—Está rematadamente loco —dijo recogiendo su cuaderno—. Usted desprecia a la gente —añadió.

—¡La gente! ¡Todos horribles! Mira esas mujeres —dijo señalando hacia otra mesa—. Gordas, ajadas, codiciosas, enfermas.

—Pero son seres humanos.

—¿Seres humanos, esas putas? ¿De veras? ¡Apestan! Son como animales. ¿Y qué les pasa a los animales cuando se ponen gordos y envejecen?

El muchacho se levantó y el marinero le detuvo tomándole del brazo.

—La misma sangre corre por nuestras venas; el mismo fuego. He venido del infierno para enseñarte las entrañas del mundo.

—¡Déjeme en paz! ¡Suélteme el brazo!

—Estamos unidos, muchacho. No lo olvides. Nunca me separaré de ti. Llegará un día que pintarás con mis ojos y nunca lograrás sobreponerte. ¡He ahí mi juramento!

Pablo abandonó el local después de haber volcado su vaso sobre la mesa. No miró hacia atrás. No quiso ver por última vez a aquel energúmeno que seguía vociferando en la mesa, se burlaba de él y le prometía que aquello sólo era el principio, que le arrastraría hasta los mismos confines del infierno.

6

El dibujo

—Es mi padre —dijo mostrándole el cuadro a la chica.

Pablo la recogió en el taller y la llevó a su estudio de la calle de la Plata. No era muy ordenado, pensó la chica cuando vio aquel caos de cuadros, dibujos y pinturas esparcidos por la pequeña pieza que le servía de lugar de trabajo.

—Voy a conocer a toda tu familia —dijo la chica bromeando.

El joven pintor le enseñó los retratos y dibujos en los cuales su padre, su madre y su hermana Lola le servían como modelos.

—Son demasiado académicos —dijo el joven pintor.

—¿Están bien?

—Ya te digo, son muy académicos; aún no he encontrado mi propio estilo. ¿A ti qué te parecen?

—Yo no entiendo nada, pero sí, creo que son muy buenos. Son como los cuadros de verdad… quiero decir… que no parecen pintados por…

—¿Un niño?

Carmen se dio cuenta de que estaba metiendo la pata. Pero el joven no se enfadó; entendía perfectamente lo que la joven quería decir. En el fondo la chica manifestaba la misma sorpresa que tuvieron sus profesores cuando ingresó en la Lonja mucho antes de la edad requerida. Todos sus compañeros le llevaban varios años y ninguno era tan bueno como él.

—Tu padre tiene pinta de buen hombre, pero algo tristón. ¿Verdad que parece extranjero, tan alto y pelirrojo? Pero no mira recto, es como si no tuviera ilusión. También los colores son tristones. A mí me da una impresión como si le hubiesen dado una paliza.

Aquel juicio rápido de la chica ante su obra le pareció brillante. Había captado con palabras sencillas la esencia de lo que deseaba pintar.

—Eres mejor que mis profesores mirando un cuadro.

—No te rías de mí; ni siquiera sé leer ni escribir. Soy una tonta.

—No digas eso. Mirar es seleccionar, ése es mi trabajo. Pero tú, tú has comprendido… mi estado de ánimo.

El chico sin duda la adulaba, pero a Carmen le gustó porque, junto a él, dejaba de ser invisible. La escuchaba y, lo que era mejor, se la comía con los ojos.

—Tu madre se parece mucho a ti, quiero decir de aspecto —dijo señalando un cuadro de la madre del artista—. Es una mujer muy viva. No es como tu padre, es pequeñita y regordeta pero tiene los ojos alegres.

—¿Cómo puedes saberlo si tiene los ojos cerrados?

—Lo sé. También sé que te quiere mucho, que eres lo que más quiere y, además, piensa que su hijo será el rey del mundo.

—Eso lo piensan todas las madres de sus hijos.

—Sí, pero ella tiene motivos para creerlo. ¿Con qué lo has pintado?

—Sobre papel, con una especie de tizas de colores que llamamos pastel. Lo pinté poco después de trasladarnos a la calle de la Merced. Mamá estaba agotada con todo el trajín de la mudanza. Entonces se sentó en una silla y se puso a coser.

No había dado dos puntadas con la aguja cuando, vencida por el cansancio, entornó los ojos y dejó caer su cabeza sobre el pecho. Todo lo que estaba sobre su regazo, las llaves, agujas, hilos, gafas y tijeras fueron a parar al suelo. Mi hermana Lola se apresuró a recogerlas, pero yo la contuve, le dije que no se acercara, que se estuviera quieta y que no hiciese ruido alguno. Entonces dibujé ese momento. Este cuadro es su resultado.

Carmen se sintió conmovida por el relato de aquella escena. El joven tenía una voz extraña y sugerente. Una voz que no se correspondía con alguien de su edad. Pero lo que realmente la cautivó fue, mirando de nuevo el cuadro, de qué forma tan bella había pintado la sencilla escena familiar que acababa de relatarle.

—¿Y estos dibujos?

—Son estudios para un cuadro que hice el año pasado. Se titulaba *La Primera Comunión*. La niña arrodillada en el reclinatorio con el misal y vestida de comunión es mi hermana Lola. El hombre que está a su lado no es mi padre, sino el señor Vilchez, un amigo suyo. El monaguillo es su hijo. Lo difícil fue hacer el perfil de mi hermana, mirando a la derecha.

—¿Por qué es más difícil?

—Porque es más fácil hacia la izquierda. ¿Ves? Aquí tengo unos bocetos en que Lola mira hacia el otro lado.

—Parece un cuadro muy grande.

—Lo es. Lo difícil fue la composición, trazar las diagonales. El misal de Lola me sirvió como punto de intersección.

—No entiendo nada.

—Bueno, es igual. Ya lo entenderás. Yo te lo explicaré todo.

Dijo la última frase con una convicción que iba más allá de lo que en realidad expresaba. Aquel todo implicaba muchas cosas.

—Lo presenté a la exposición de Bellas Artes e Industrias Artísticas.

—Eso es importante, ¿verdad?

—Y tan importante. Se presentaron Rusiñol, Graner, Casas, Mir, Nonell y muchos otros... —y añadió, pues iba tan rápido que le pareció que Carmen no le seguía—: Son grandes pintores.

—Cuando me hiciste el dibujo no dibujaste la cadena que llevo al cuello.

—Lo sé.

La joven llevaba una cadena con una pequeña medalla de la Virgen del Carmen.

Pablo tardó en responder.

—No creo en Dios —dijo.

—Pero éste es un cuadro religioso —dijo señalando los dibujos de *La Primera Comunión.*

Pablo no lo había visto desde esa perspectiva. Se trataba de una estampa familiar, de su hermana tomando la primera comunión. Poco o nada significaban las convicciones del pintor.

—Verás, cuando vivíamos en La Coruña, Conchita, mi hermana pequeña, estuvo muy enferma. Tenía apenas ocho años.

—¿Y tú qué edad tenías?

—Doce o trece, creo. —Pablo se detuvo buscando las palabras exactas para que Carmen comprendiera lo que sintió en aquel momento—. Conchita se iba apagando poco a poco y mi padre, desde entonces, ya no fue el mismo. Yo le hice un juramento a Dios: juré que no volvería a pintar nunca más si él permitía que la niña viviese. Le prometí que le entregaría lo que más amaba en el mundo, pintar. Nunca tomaría un lápiz, jamás un pincel. Pero Conchita murió, y desde entonces no creo en Dios.

A Pablo se le saltaron las lágrimas, tenía un nudo en la garganta. Carmen le abrazó y un instante después ambos se besaron en los labios. Luego la joven llevó la cabeza del pintor hacia su pecho y Pablo pudo notar el ritmo de aquel corazón que tanto amaba bajo una de aquellas palomas pequeñas y enfermizas. Llevó una de sus manos hacia la paloma y vio cómo el cuerpo de ésta se endurecía y el ritmo de aquellos latidos se acrecentaba.

—No está bien —dijo Carmen separándose del muchacho—. Aún no, eres un niño.

Pero la separación duró unos instantes pues poco después ambos se encontraron rodando sobre el suelo. Ella se incorporó y se abrió la camisa y el niño pudo ver un cuerpo débil pero hermoso; ligero y tenue como una gardenia violeta.

La dejó dormir mientras la tarde declinaba y la luz se iba diluyendo sobre su cuerpo desnudo. Pablo no podía dejar de mirarla. ¡Era tan bella! Nunca había estado con una virgen. Eso es lo que Carmen era: una virgen digna del mejor Rafael.

Hizo varios dibujos de la joven mientras dormía y, después, se dibujó a sí mismo junto a ella. Luego empezó un boceto sobre aquel desagradable marinero que no podía alejar de su pensamiento. ¿Qué había querido decir al afirmar que estaban unidos, que le ayudaría, que la misma sangre corría por sus venas? ¿Unidos en qué? ¿Qué pesadillas quería provocarle? No podía dejar de pensar en aquella amenaza proferida por un loco que terminó afirmando que le arrastraría hasta los mismos confines del infierno.

Carmen despertó.

—¿Qué haces? —Él pareció no oírla—. ¡Qué pregunta más tonta! ¡Dibujando! ¿No puedes dejar de hacerlo nunca?

—Nunca —afirmó Pablo, y le mostró los últimos dibujos.

—¡Eres un guarro! ¿Te parece bonito dibujarte a mi lado lamiéndome ahí abajo como si fueras un gato? —preguntó bromeando.

—¿Y a ti? —preguntó sonriendo.

—Sí, me parecen muy bonitos... pero eres un guarro.

Ella se incorporó y aquel leve movimiento agitó sus dos pequeñas palomas, para deleite del joven pintor, que las contempló extasiado.

El rostro de Carmen se ensombreció de pronto; aquello no le pasó inadvertido a Pablo.

—¿Qué pasa?

—Yo conozco a este hombre —dijo mostrándole el dibujo del marinero, el último boceto del cuaderno.

Aquella afirmación desorientó al muchacho. Y en ese instante recordó algunas frases que le lanzó el marinero: «¿No será una de esas desgraciadas que se pasan la vida planchando?».

—¿De qué le conoces?

—El día que nos vimos por primera vez... poco después de marcharte... —Carmen intentó ordenar sus pensamientos—. Ese hombre, ya te digo, al poco de alejarte se aproximó a la ventana. Al principio no nos dimos cuenta, pero todas sentimos una presencia de fuego, una atmósfera asfixiante que provenía de la ventana. Entonces le vimos, enmarcado en ella, con sus ojos incandescentes y crueles y fijos en todas nosotras. Era una profunda mirada de desprecio que nos encogió el alma. Realmente llegamos a sentirnos asustadas y pequeñas, muy pequeñas e indefensas.

—¿Y qué ocurrió?

—Ana, una de mis compañeras que es de armas tomar y no se corta un pelo, se acercó a la ventana y se enfrentó a él. No recuerdo lo que le dijo, pero le puso como hoja de perejil. ¡Buena es ella cuando algo no le gusta! Lo que sí recuerdo es lo que él respondió.

—¿Qué?

—¡Putas!

—¿Y qué más?

—Sólo eso; pero con una voz tan terrible que nos espantó a todas. Luego se alejó, mientras Ana, en jarras, le sostenía la mirada. Se alejó unos pasos, ya te digo, y después se dio la vuelta y me señaló con el dedo; tenía en la cara mucha crueldad. Aquel dedo señalándome el pecho era como un cuchillo, como si penetrara en mi carne, como si me hiriera y hurgara muy dentro de mí. Me llevé las manos al pecho y cuando volví a mirar hacia la ventana, aquella presencia terrible había desaparecido. Estábamos muy asustadas, pero yo me sentí...

—¿Cómo te sentiste?

—Sentí un terror como nunca. Vi a la muerte, vi un pozo negro, una oscuridad total. Creí estar muerta. Por unos instantes había abandonado este mundo.

—¡Cálmate, cálmate! —le dijo el chico, abrazándola.

Entonces Pablo le contó el encuentro y la conversación que tuvo con el mismo marinero cuando regresaba a su casa. Y terminó diciendo:

—Por la mañana me acerqué al puerto y pregunté por el *Patna*. No había ningún barco con ese nombre, ninguno llamado así había recalado y ninguno lo abandonó. Ese barco no existe.

—¿Qué crees que pretendía ese sujeto?

—No lo sé; posiblemente se trataba de un loco, de un don nadie, un resentido. En cualquier caso, ha desaparecido de la misma forma que entró en nuestras vidas.

A Carmen no le satisfizo la respuesta de Pablo. Pero, claro, ¿qué podía pensar un niño cuya mente se centraba en sus manos de oro? No, lo presentía, el viejo marinero no había desaparecido. Volverían a encontrarse y ese solo pensamiento hacía que se le sacudiera el corazón.

—Tengo que volver, es muy tarde. ¿Por qué no me acompañas?

7

Ciencia y caridad

Algunos meses antes don José había presentado el cuadro de su hijo, *La Primera Comunión*, al certamen de Bellas Artes e Industrias. Llevó el número ochenta en el catálogo, fue valorado en mil quinientas pesetas y la crítica fue muy elogiosa con él. El 15 de mayo apareció una reseña en el *Diario de Barcelona* en la que Miguel Badía afirmaba que «hay sensibilidad en los personajes y firmeza en el trazo de ciertas partes». Aquella crítica se la leyó por entero a Carmen meses después, en su estudio. Pablo empezó a llevar a Carmen a las exposiciones. El joven pintor le comentaba los cuadros de los otros pintores, las obras de Rusiñol, Brull, Casas, Nonell y otros artistas. Pero el entusiasmo que mostraba Pablo chocaba con las contradictorias sensaciones de Carmen. ¿Qué hacía ella, una auténtica analfabeta, junto a aquel crío con tanto talento y al que todo el mundo jaleaba como un artista de gran futuro?

—Tú entiendes mis cuadros mejor que todos ellos —le decía el pintor cuando Carmen le manifestaba sus dudas.

Pero Carmen sabía que no podía estar a la altura de aquel joven que era todo curiosidad y actividad incesante y que quería comerse el mundo con la energía de sus manos y que se pasaba el día deambulando al azar por el casco antiguo siempre con su caja de pinturas a mano. En muchas ocasiones iba a buscarla y paseaban juntos hasta el claustro del monasterio de San Pablo del Campo o al barrio de la Barceloneta. Ella le contemplaba en silencio, siempre a su lado, mientras el joven intentaba captar un instante y fijarlo en el papel.

Pablo era un remolino que la arrastraba, que la hacía sentirse viva, que le mostraba otro mundo y que le hablaba de otras cosas que ella nunca había sospechado y que la amaba, la abrazaba, la protegía y le decía constantemente que terminaría por liberarla de aquel trabajo de esclava. Pero Carmen, podía sentirlo muy dentro de sí misma, era un lastre para el joven pintor. Él no lo sabía, no podía comprenderlo; en cambio, Carmen sabía que no podía atarse a su vida, a una vida que debía ser libre y volar y buscar y encontrar. Ella quedaba fuera de todo eso.

Se amaban en el estudio, a escondidas de don José, que le visitaba con frecuencia y le preparaba los lienzos con el deseo de que su hijo se consolidara tras el modesto éxito obtenido con *La Primera Comunión*. El estudio estaba muy cerca de la calle de la Merced, donde el padre había alquilado un segundo piso en el número tres. La proximidad le permitía vigilar a su hijo, de quien sospechaba que salía con una joven mayor que él.

Padre e hijo se entendían bien en el nuevo proyecto, con el que Pablo quería alejarse de las exigencias académicas y de los proyectos de tema religioso que tan de moda y tanto gustaban a sus maestros. Pablo quería olvidarse de *El monaguillo* y *La Primera Comunión*, y su padre estaba de acuerdo. El tema se lo había propuesto don José y su hijo lo había aceptado. El cuadro representaría a un médico tomándole el pulso a una enferma mientras ésta era observada por una monja sosteniendo a un niño y ofreciéndole un tazón a la enferma. Don José se gastó dos duros por sesión contratando a una pordiosera y a su hijo, que pedían limosna cerca del estudio de Pablo, para que ejercieran de modelo. También, gracias a su hermano Salvador, don José consiguió un hábito de hermana de la Caridad perteneciente a una clienta suya a la que había atendido en algunas ocasiones: sor Josefa González, de la comunidad de San Vicente de Paúl. La figura del médico fue el propio don José, que posó para su hijo en múltiples sesiones preparatorias.

Pablo se dedicó al trabajo como siempre, con un entusiasmo desmesurado. No vio a Carmen en tres días, aunque esto no era raro en él; muchas veces deseaba estar solo. La soledad era el mejor alimento del pintor, le decía siempre su padre, y era cierto. Aunque después, llevado de su carácter impulsivo, necesitaba lanzarse a la calle, ver gente o encontrarse con Carmen siempre que él lo deseara. Y ella debía estar dispuesta a sus exigencias.

No la encontró cuando, al cuarto día, abandonó los pinceles y se dirigió al taller de la calle Montcada. Carmen se había despedido y sus compañeras no sabían nada de ella. Se dirigió a la plaza de San Agustín Viejo, al portal donde siempre la dejaba; aunque no sabía el piso donde vivía, llamó a una puerta del primer piso y preguntó por ella. Allí nunca había vivido nadie con ese nombre. No hizo caso de la información y subió hasta el siguiente piso. Llamó a la puerta y le atendió una mujer con un niño en los brazos.

—No conozco a nadie con ese nombre. ¿Dice usted que la acompañaba siempre? ¿A qué piso?

—No sé el piso, por eso se lo pregunto. La dejaba en el portal y luego me marchaba.

—Pues se habrá equivocado de portal. He vivido toda la vida aquí y, ya le digo, no conozco a nadie con ese nombre.

Salió a la calle con una desazón indescriptible. No, no se había equivocado de portal. ¿Cuántas veces la había dejado allí mientras ella le veía marchar? Sin duda Carmen le había engañado permitiéndole que la acompañara a una dirección ficticia, pero ¿qué sentido tenía? ¿Por qué ella no deseaba que supiera el lugar en el que realmente vivía?

Decidió regresar al taller de las planchadoras. En la puerta habló con una de ellas.

—Lleva tres años trabajando en este taller. Yo era su mejor amiga aquí, pero sé muy pocas cosas de ella. Ya sabes cómo trabajamos, de la mañana a la noche y, aunque estamos todo el día juntas, no tenemos mucho tiempo para hablar de nuestras cosas. Esto es agotador, llegas cansada por el día anterior y acabas peor cuando terminas, y así día tras día, deseando que llegue el domingo. Lo que sé es que, desde que te conoció, nunca la había visto tan feliz y tan alegre. Hablaba constantemente de ti, de su joven pintor.

—¿Y por qué se ha ido?

—No lo sé. Desde hacía unos días no hablaba con nadie. Yo le preguntaba sobre ti y, aunque me contestaba, ya no era como antes. Algo estaba rumiando, algo le bullía en la cabeza.

La planchadora se calló. Pablo, que como un perro apaleado, daba vueltas en círculo, se detuvo de golpe.

—¿Qué? —preguntó Pablo.

—Yo creo que pensó que no te convenía, que no pertenecía a tu mundo y todo eso... bueno, yo no sé cuál es tu mundo. No entiendo nada de pintores, pero tal vez Carmen tenía razón.

—No, no la tenía. Yo la amaba.

—Y ella también. ¿Qué cambia eso?

—Todo.

—Eres un niño y no entiendes nada de la vida. Ahora crees estar enamorado. Ves a una chica pobre, una desgraciada, como yo misma, sin esperanzas y deseas cambiar su situación. Pero ¿y después? No, chico, el amor es otra cosa. Tal vez no lo entiendas, pero si ella se ha marchado es porque realmente te amaba. Una vez me dijo que a tu lado había descubierto la belleza del mundo y que, aunque ahora era capaz de reconocerla, ésta no le pertenecía. Yo creo que tú la veías como miras tus cuadros o los cuadros de los demás, por el orgullo y el deseo de poseerlo, de hacerlo tuyo, de ser su dueño. Carmen, Pablo, te miraba de otra forma. Tú seguirás siendo bueno para ella aunque pertenezcas a otra persona, a ti mismo o a nadie. Así te vio Carmen y de esa forma te ama.

Pablo no la entendió o no quiso entenderla, porque su desazón iba más allá de cualquier palabra. Su mundo no eran las palabras. Ella se había marchado. Le había abandonado y, a pesar de lo que le había dicho la planchadora, seguía sin entender por qué.

Regresó a la plaza de San Agustín Viejo y paseó su desventura dando vueltas y más vueltas alrededor de ella mientras la tarde iba muriendo lentamente, como un enfermo sin esperanzas. Se paró en el portal donde tantas veces había dejado a Carmen y lloró.

Desde el otro lado de la plaza una mujer le miraba a través de una ventana.

8

Els Quatre Gats

Barcelona, julio de 1897

—Anímate, Pablo. Vamos a la exposición de Els Quatre Gats. Te gustará y así te animas un poco.

Pablo llevaba meses arrastrando una melancolía que a Manolo le inquietaba. Participaba de las juergas, sí, pero Pablo no era el mismo.

Pallarés había acudido, junto con el inseparable Sitwell, al estudio de su amigo. Llevaba días encerrado sin ver a nadie, entregado al trabajo. Pablo pintaba de noche y dormía hasta muy avanzada la mañana.

—Es una taberna que te va a encantar. La abrieron hace un mes y, como dice Manolo, hay una exposición muy interesante con obras de Casas, Rusiñol, Utrillo, Nonell —dijo Sitwell con entusiasmo, apoyando la insistencia de Manolo.

—¿Nonell? ¿Has dicho Nonell?

—Eso he dicho, y también Mir y Torrent.

Desde luego aquello le seducía; toda la plana mayor, los mejores y más innovadores artistas catalanes exponían a un tiempo. Pablo siguió trabajando en los tonos ocres y grises de su nuevo cuadro, *Interior de un café*, sin aparentemente prestarles atención a los dos amigos que de improviso habían invadido su espacio. Pero si exponía Nonell aquello era otra cosa y merecía la pena verlo. A pesar de ello, tardó en dar una respuesta afirmativa.

Els Quatre Gats se había inaugurado hacía un mes, el 12 de junio. Era un local al estilo del Chat Noir y otros famosos locales artísticos de Montmartre, por lo que le contaron ambos amigos mientras él se decidía. Tenía un aire de cervecería entre modernista y wagneriana.

—Es un café al estilo de los de París —insistió Manolo.

—¿Y quién lo ha montado?

—Cuatro gatos. Parece que la idea fue de Utrillo y éste se la comentó a Pere Romeu. Ya sabes que Pere estuvo trabajando en París, en el Chat Noir de Rodolphe Salis.

Pablo iba atendiendo a las informaciones de sus amigos sin apartar la vista del cuadro.

—La sala principal está decorada con un lienzo de Casas. Es magnífico. Se le ve a él y a Romeu montados en un tándem; es una buena pintura —dijo Sitwell.

—Pues habrá que verla —afirmó Pablo abandonando los pinceles.

—Hemos quedado en la puerta dentro de media hora con Cardona y Casagemas. Carles Casagemas te va a gustar; es un tipo genial y un gran artista; presumo que seréis buenos amigos —insistió Manuel.

Se dirigieron a la casa Martín, construida por Puig y Cadafalch, en cuyos bajos, con arcadas acristaladas y en estilo neogótico, se encontraba la mencionada cervecería.

Llegaron a la esquina del pasaje del Profeta media hora después. Los otros amigos les esperaban en la entrada.

El interior estaba muy concurrido. Una gran araña pendía del techo, cuyas vigas de madera le daban cierto aspecto rústico. Todo el local estaba repleto de variados objetos y las paredes recargadas de platos, hierros, carteles, cuadros y dibujos. A media altura se completaba la decoración con un colorido y alegre azulejo valenciano. Al fondo del local había una pequeña salita en la que Miguel Utrillo deleitaba a los clientes y amigos con espectáculos de marionetas y sombras chinescas.

No se podía dar un paso.

9

Respeto

El joven, casi de madrugada, entró tambaleante en su casa. Richard Sitwell había esperado a su hijo en la biblioteca y salió cuando le oyó entrar. Le encontró en el suelo, junto a la puerta de entrada, delirando y con un lastimoso aspecto de perro apaleado. Se quedó unos segundos quieto, observándolo con dolor. Ricardo tenía la mirada perdida y hacía grandes esfuerzos por incorporarse.

—Mira cómo vienes; da pena verte —dijo.

El joven ni le escuchó. Deliraba, decía palabras que su padre no podía entender. El mayordomo hizo su aparición en ese momento.

—Ayúdeme; le llevaremos a su habitación.

Entre amo y criado le alzaron, le sostuvieron la cabeza y le llevaron hasta su habitación.

—Puede dejarnos; yo le atenderé.

Su padre le miraba allí volcado en la cama, como un fardo; mientras, el chico decía frases incomprensibles.

—¡Qué desperdicio! —bramó Sitwell intentando aplacar su cólera.

Se sentó en una silla, junto a él. Mirando aquel espantajo, le costaba recordar su rostro saludable, su cuerpo vigoroso.

—Nunca debí permitir que hicieras tu voluntad; los jóvenes no tenéis voluntad —dijo.

El joven tenía escalofríos y su padre le cubrió con una manta.

—¡La sangre! ¡La sangre! —empezó a gritar.

—¡Olvida eso! —le ordenó su padre tomándole por los hombros—. Es un mal sueño. ¡Olvídalo!

Ricardo se incorporó y abrió los ojos; al ver a su padre junto a él emitió una sonrisa idiota y una risita histérica e incontenible.

—No me tiene ningún respeto —dijo, repitiendo la frase innumerables veces.

—¿Quién no te tiene respeto?

—Pablo.

—¿Quién?

—Pablo —dijo señalando los dibujos que colgaban en las paredes de su habitación.

—Empieza por respetarte a ti mismo. Yo no he tenido un hijo para que se convirtiera en un degenerado y un borracho.

Pero no le oyó; el joven se hundió en un atontamiento convulso hasta que, entre jadeos silbantes, se durmió.

10

Málaga

Málaga, verano de 1897

El éxito del cuadro no animó al joven pintor. Don José, que soñaba con un gran futuro académico para su hijo, envió *Ciencia y caridad* a la Exposición Nacional de Bellas Artes de Madrid.

—¡Has obtenido una medalla honorífica, hijo! ¿No te alegra eso?

No le alegró, ni tampoco la Medalla de Oro que, el mismo cuadro, ganó cuando fue expuesto en Málaga. El corazón y la mente del joven estaban en otro sitio. En una mujer que había desaparecido sin dejar rastro.

Pasaron el verano en Málaga, donde don José quería celebrar el éxito de su hijo con su hermano Salvador y con el resto de la familia.

Todos estaban muy eufóricos, sobre todo don Salvador; parecía que era él quien había pintado *Ciencia y caridad*. Su satisfacción fue absoluta cuando su joven sobrino le regaló el cuadro; tío Salvador lo colocó en el rellano del piso principal. Ahora tenía un pintor en la familia con un gran futuro y debía hacer algo por ese brillante futuro.

—¿Qué te parece si enviamos al chico a la Real Academia

de San Fernando? Allí están nuestros amigos Muñoz Degrain y Moreno Carbonero —le dijo a su hermano José.

A don José aquel ofrecimiento le llenó de orgullo, pero él no tenía dinero para enviar al chico a Madrid. Su silencio fue tan elocuente que su hermano Salvador añadió:

—Yo estaría dispuesto a costear una parte; además, le daría una asignación para sus gastos en la capital. ¿Qué dices? Seguro que el resto de la familia también está dispuesta a colaborar. ¡No todos los días se tiene un pintor en la familia!

Aquella última frase le dolió; antes que su hijo, él había sido el pintor de la familia, aunque nadie parecía haberse enterado en todos aquellos años. Pero sí, el ofrecimiento de su hermano era muy importante para Pablo. Él lo sabía; en Madrid había muy buenos académicos que centrarían al muchacho y, además, estaba el Prado. ¿Qué más podría desear un aspirante a pintor?

—Habla con el chico, pregúntale qué piensa. Yo creo que es una buena cosa para su futuro.

Pablo aceptó. ¿Qué se le había perdido en Barcelona sin Carmen? Tenía buenos amigos, estaba Manuel, pero no los echaría de menos. Quería alejarse de aquella ciudad violenta, donde lanzaban bombas en los teatros o en mitad de una procesión, donde los bohemios jugaban a ser anarquistas y los hijos de los burgueses que explotaban a los obreros se dedicaban al arte, fundar revistas o viajar a París y en la que había perdido a la única joven que amaba. Por lo demás, tal vez no le enseñaran mucho en Madrid, pero era la capital de España y los grandes maestros le esperaban en las salas del Museo del Prado. ¡Allí sí que podría aprender y no con los antiguos colegas de su padre que pintaban todos igual!

No se equivocó en sus apreciaciones.

Fue un verano en el que el chico se hizo muy popular; sobre todo después de que un amigo de su tío le bautizara como pintor, tirándole sobre la cabeza unas gotas de champán y nombrándole caballero-pintor en la fiesta que organizó la familia.

Todos pensaron que el joven se sintió atraído ese verano por su prima Carmen. La realidad era distinta. Pablo y su prima Carmen Blasco paseaban por las noches frecuentemente, por la arboleda y bajo el fresco nocturno. Y el joven se sinceró con ella.

—Ve a Madrid, aprende cuanto puedas y luego regresa a Barcelona y búscala. Ella te quiere, estoy convencida. Lo que le ocurre es que cree que no te merece, que sería una carga para ti.

Una noche Pablo le dijo:

—Esto es para ti como agradecimiento. —Y le ofreció una pandereta decorada con un ramo de flores.

—Míralos —comentó Carmen señalando hacia la madre de Pablo y otros familiares que no les quitaban ojo desde el portal de la casa—. Creen que estamos enamorados —añadió.

—Déjales que lo crean. Mi madre ya piensa que me instalaré en Málaga como pintor y me casaré contigo.

Los dos jóvenes rieron en su complicidad mientras observaban al grupo, que también lo hizo, pensando que la cosa iba por buen camino.

11

Madrid

Madrid, otoño de 1897

Llegó a Madrid en otoño y, desde la estación, se dirigió a una modesta pensión de la calle San Pedro Mártir. No sería la primera, pues, después de dos cambios más, terminó en una en Lavapiés, cerca de la calle del Progreso.

No se encontró bien en ninguna de ellas. Era la primera vez que estaba solo y que debía administrarse. La asignación familiar no estaba mal, aunque no le permitía ningún lujo en aquel invierno madrileño, que recordaría como uno de los más fríos y húmedos de toda su vida.

—¡Voy a hacer de usted un gran pintor naturalista! —le dijo Muñoz Degrain cuando Pablo se presentó en la academia.

Pero enseguida se dio cuenta de que el muchacho no estaba dispuesto a aceptar su ofrecimiento. Aquel joven de quince años tenía un carácter díscolo, seguro de sí mismo y de su competencia y con una vanidad andaluza que no le era desconocida. Ejercía de independiente y parecía saberlo todo; sobre todo aquello que no quería ser.

Desde el primer momento, entre maestro y alumno se abrió un profundo abismo.

Pablo no quería ofenderle pero, en Barcelona, quizá por su mayor proximidad a París, había visto otras cosas.

Pablo asistió a la academia durante varias semanas, al menos hasta que remitió el crudo invierno y ya no le era tan imprescindible la buena calefacción que encontraba en sus aulas. La relación con sus profesores no era buena y tampoco con sus compañeros; por otro lado, le parecía que aquellas clases académicas no tenían nada que ver con la vida. En consecuencia, Pablo empezó a no acudir con la debida frecuencia. Su único amigo allí era un joven condiscípulo argentino, Francisco Bernareggi, con quien empezó a acudir al Museo del Prado para hacer copias de sus maestros favoritos. También visitaba a menudo la Academia de San Fernando, que poseía una buena colección de obras de Zurbarán, Murillo, Goya y algunos maestros alemanes. Pero, si le daban a elegir, prefería el Museo del Prado.

—Mañana visitaremos Toledo. Quiero que ustedes vean las pinturas de El Greco —dijo un día el profesor Moreno Carbonero.

Pablo, que por casualidad se encontraba ese día en clase, decidió participar en la excursión. Su admiración no tenía límites cuando, en compañía de los otros alumnos, contempló *El entierro del conde de Orgaz*. Aquello sí era pintar, se dijo el muchacho. Moreno Carbonero les pidió a sus alumnos que, como ejercicio, hicieran una copia del cuadro.

—¡Esto es un insulto! —le dijo el profesor a Pablo cuando vio su copia.

Pablo había hecho una buena composición del cuadro, pero tuvo la ocurrencia de sustituir las cabezas de los personajes por las de sus compañeros y profesores.

A Moreno Carbonero no le hizo ninguna gracia aquella estúpida broma y montó en cólera. Pablo decidió no poner más los pies en la academia.

Tampoco don José y el resto de la familia se sintieron muy ufanos cuando supieron lo ocurrido. ¿Qué le pasaba a aquel muchacho? ¿Cómo dilapidaba el esfuerzo económico que hacían todos para que estudiara con los mejores en Madrid? Su tío Salvador y el resto de la familia le retiraron la asignación; ninguno estaba dispuesto a mantener a alguien que despreciaba el esfuerzo económico de toda la familia. Sólo don José, que aportaba la mayor parte de la asignación familiar, siguió mandándole cuanto pudo, aunque no acabara de entender a su hijo y éste echara por tierra todo lo que él había imaginado para su futuro: encargos, honores, el premio de Roma, las recompensas, un puesto de profesor, una gran reputación como pintor académico. ¿En qué diablos estaba pensando el chico? ¿Cómo podía hacerle aquello?

Mientras, Pablo, muerto de hambre, deambulaba por Madrid dibujando escenas callejeras: personajes madrileños, mujeres con capa, riñas, músicos ambulantes, animales, chimeneas, guapas con trazo firme y línea suelta. Y un pequeño dibujo que tituló *Carmen*, fechado el 5 de febrero de 1898.

Se encontraba muy enfermo cuando, en un quiosco callejero, vio la noticia en primera página: el acorazado estadounidense *Maine*, enviado a La Habana para proteger los intereses estadounidenses, había explotado el 15 de febrero. Estados Unidos estaba a punto de declararle la guerra a España.

La clase obrera, alertada por la propaganda anarquista, era la única que no quería la guerra y se oponía a la política colonial del gobierno. El general Valeriano Weyler, que había sucedido a Martínez Campos como capitán general y gobernador de la isla, no despertaba ninguna simpatía: había mandado construir campos de concentración en Cuba y en ellos morían a miles los independentistas, incluidos mujeres y niños. Paradójicamente fue el mismo Weyler quien defendió los intereses de Estados Unidos —una nación que estaba a punto de ponerse al lado de los cubanos— cuando en 1895 aplastó una revuelta causada por el aumento del arancel estadounidense que estaba arruinando a los plantadores cubanos e hizo bajar los salarios. Estados Unidos tenía importantes negocios en la isla, donde compraba azúcar y tabaco.

Ésas eran las noticias cuando Pablo, en marzo, enfermó de escarlatina. El frío se le había metido en los huesos mientras perseguía con el lápiz a los personajes del ambiente callejero, a las mujeres que, siguiendo la moda imperante, llevaban grandes sombreros, a las mujeres públicas, que se perdían por los barrios populares y castizos y por el parque del Retiro o cuando estaba encerrado en la pensión pintando autorretratos e intentaba entrar en calor a bofetadas. Allí no podía quedarse. Tenía apenas dieciséis años y se encontraba desamparado; nadie podía entenderle. Madrid había sido una gran decepción y, además, no había conseguido olvidar a Carmen. En la triste y fría habitación de la pensión, muerto de hambre, solo y con fiebre, el rostro de la muchacha y el vuelo de sus dos hermosas palomas se le aparecían constantemente.

Sus padres no supieron nada hasta su regreso, cuando fueron a recogerle a la estación, con el rostro demacrado y apenas incapaz de sostenerse sobre sus pies.

No hubo reproches.

—Vamos a casa, hijo. Te pondrás bien —dijo don José tomando la maleta del joven.

El primero en visitarle fue su amigo Manolo Pallarés. Pablo se encontraba realmente muy enfermo. Pero no era sólo la escarlatina. El alma del pintor también estaba grave. Pablo necesitaba un cambio, pensó.

Decidió hablar con don José.

—En mi pueblo el aire es bueno y la comida es excelente. Creo que un cambio de aires será beneficioso para Pablo. ¿Qué dice usted? —terminó Manolo después de un buen rato de intentar convencer a don José.

El viejo profesor dudó mientras Manolo no dejaba de hablar.

—Mis padres estarán encantados de que Pablo pase una buena temporada en Horta de Sant Joan. Le aseguro que no será ninguna molestia; después de todo lo que ustedes han hecho por mí, qué menos que corresponderles. ¿Qué dice usted, don José? ¿Y usted, doña María?

El matrimonio asintió. Quizá Manolo tenía razón y lo que el chico necesitaba era un cambio de aires que reforzara su cuerpo y su espíritu. Sí, quizá una larga estancia en el pueblo de Pallarés no era una mala idea.

—Bien, hijo. Me parece bien; eres el mejor amigo que Pablo puede tener.

—Gracias, don José. ¡Ya verá! ¡Se lo devolveré como nuevo!

12

Nuevos mundos

Barcelona, 1899

Don José no podía dar crédito a lo que estaba oyendo. Pablo, desde su vuelta en febrero, ya no era el mismo. Le había dado tiempo para que se acomodara después de su regreso de Horta de Sant Joan con su amigo Manolo Pallarés, demorando aquel enfrentamiento que él sabía que, más pronto o más tarde, se produciría. Pablo cumpliría dieciocho años, pero don José veía cómo, después de aquellos largos ocho meses de ausencia, el chico se le escapaba. Don José tenía más de sesenta años y no sabía cómo cruzar aquel abismo que le separaba de su hijo y que, en los últimos tiempos, se había ido agrandando. Don José sabía que Pablo ya no le haría caso nunca más.

—¿Cómo que te niegas a matricularte en la Lonja? ¿Y qué vas a hacer?

—Pintar.

—Hijo, no estás formado; careces prácticamente de estudios y no tienes ni idea de cómo vive un adulto. Yo había soñado para ti…

—Sé lo que había soñado para mí, padre —le cortó Pablo—, pero eso nada tiene que ver con mis propios sueños.

—¿Y cuáles son, Pablo? Dime, ¿cómo puedo ayudarte?

No podía. Pablo sabía que no podía. Sólo debía confiar en él. Pero ¿cómo decirle que lo hiciera cuando sus ideas eran tan distintas?

—No te comprendo, Pablo; no te comprendo —dijo don José ante el silencio de su hijo. El hombre también guardó silencio, cabizbajo, y luego añadió—: Tienes grandes dotes, hijo, un don extraordinario; un don que te permitiría ampliar el sentido y el concepto de la belleza.

—¿La belleza? Para mí es una palabra sin sentido porque no sé de dónde viene su significado ni adónde va.

—He visto todo lo que has hecho últimamente y, aunque no lo comprendo, sé que es bueno, podrías canalizar todo eso...

—¿De forma académica?

—Bueno, no lo sé. Podíamos hablarlo; siempre lo hemos hablado todo tú y yo.

—¿Usted ha visto lo que se está haciendo en Barcelona?

—¿Te refieres a lo que hacen tus amigos bohemios? No, no lo he visto. Pero ésos no son pintores, Pablo. No se puede pintar llevando una vida desordenada, pasándose el día de charla en los bares y visitando los prostíbulos. Más de la mitad son ricos que se entretienen pintando, viajando a París, ilusionándose con cartelistas de medio pelo. Eso no es serio, Pablo. Ellos se lo pueden permitir porque casi todos son ricos. Pero tú... nunca te aceptarán. No eres de los suyos. Eres pobre y andaluz; ahora todos te jalean porque, y no lo dudo, pintas mejor que todos ellos. ¿Cuánto durará eso? Yo creo que debes prepararte, buscarte una salida decorosa que te permita vivir de tu talento y, por otro lado...

—No, padre. Eso se acabó. Quiero romper con todo eso. Yo no puedo pintar como sus amigos. Lo que yo quiero, padre, es romper con la pintura tal y como se hace, lo que quiero es destruirla. Quiero algo más directo, más feroz, más valiente, no quiero obedecer ninguna norma.

—¿Y cómo se hace eso? ¿Te refieres a todos esos cuadros y dibujos de desharrapadas, moribundas, pacientes de hospital, prostitutas? ¿Cómo te vas a ganar la vida con eso? ¿No ves que no, hijo? ¿Qué quieres? ¿Ser como ese Nonell?

—Yo no quiero ser Nonell, padre. De todas formas, me parece el mejor de todos ellos. Por lo menos pinta la vida. ¿No ve lo que está pasando en Barcelona? ¿En España?

—¿Qué esta pasando, hijo?

—Todo se desmorona. Hay todo un mundo, hay toda una masa humana que sufre y que desea ser vista y oída. Yo no quiero pintar una realidad aparente y vacía de contenido. Hay nuevos mundos, padre; los hay. Hay nuevas visiones, nuevas potencias, y ya no se puede pintar como se ha hecho hasta ahora.

—¿Y cómo debemos pintar?

—Aún no lo sé, padre. Pero lo encontraré.

De nada sirvió que don José hablara con Pallarés para que convenciera a Pablo de que se matriculara en la Lonja. Su hijo ya había decidido y no estaba dispuesto a escucharle, ni a él ni a su amigo. Por primera vez, su mujer no se puso de parte del chico, aunque tampoco de la suya. María guardó silencio y no intervino cuando don José le dijo que no estaba dispuesto ni a pagarle un estudio ni a mantenerlo.

Cuando Pablo dijo que se marchaba de casa, el corazón se le quebró a don José. Pero ya no había marcha atrás.

—¿Dónde irás?

—No se preocupe, padre, me buscaré la vida.

—Pero si no tienes una peseta, hijo.

—La ganaré.

Don José no sabía cómo, pero, después de todo, quizá era bueno que su hijo se enfrentara solo al mundo. Siempre tendría un plato en casa y una cama.

Y eso Pablo debía saberlo.

13

La Emperatriz

—¿Y dónde vives ahora? —le preguntó su amigo Santiago.

—En un burdel.

—¡En un burdel! ¿Vives en una casa de putas?

—Sí, en un burdel de la calle Avinyó.

—¿Desde cuándo? —preguntó de nuevo Santiago que no salía de su asombro.

—Desde hace un par de semanas.

—¿Y cómo pagas si no tienes ni una peseta?

—No pago; pinto.

Su amigo Santiago iba de sorpresa en sorpresa. Pablo le había contado su discusión con la familia y su marcha de casa, pero lo que menos se esperaba era que su amigo estuviera viviendo a costa de cinco chicas que se ganaban la vida ejerciendo de putas en un piso de la calle Avinyó, o Aviñón. Sabía que Pablo tenía buena mano con las mujeres; que, a pesar de ser un enano no muy agraciado físicamente, tenía una suerte increíble con el bello sexo, pero de ahí a vivir en un burdel sin pagar ni un duro... ¡Aquello no se lo podía creer!

Pablo le contó que frecuentaba aquel burdel desde hacía tiempo con su amigo Pallarés, pues se encontraba cerca de una tienda de pinturas a la que acudía cuando necesitaba material.

—Siempre les he regalado dibujos y me tienen en gran aprecio. El día que me fui de casa me encontré por casualidad con una de ellas en la tasca que hay cerca de las Ramblas, en Casa Matías. Tenía catorce duros que me había dado mi madre hasta que encontrara alojamiento, así que, esa noche, me fui a comer algo y luego pensé en buscar una pensión. Me pedí una cazuelita de gorriones estofados por diez céntimos. Cuando terminé de comer me di cuenta de que allí estaba ella.

—Esperando algún cliente —dijo Santiago.

—Bueno; no lo sé. La cuestión es que se sentó a mi mesa y charlamos. Le conté lo que me había ocurrido y me dijo que podía quedarme en el prostíbulo hasta que tuviera dinero.

—¿Así, sin más?

—Sin más, no, Santiago. Yo me ofrecí a pintarles el prostíbulo.

—¿A pintarles el prostíbulo? —repitió Santiago.

—Eso es. Empecé por la pequeña habitación que me había asignado Benigna. ¡Es una mujer estupenda! ¡Como una madre!

—Sí, sí, como una madre.

—Bueno, ya sabes a qué me refiero. Quiero decir que no tenía por qué ayudarme. Me ha hecho un gran favor.

—¿Y qué haces todo el día en el prostíbulo?

—Pues lo que te he dicho; pinto. Empecé por mi habitación y he continuado con el resto.

—¡Harás algo más que pintar!

—Bueno, sigo siendo un buen cliente... cuando ellas quieren.

—¿Ellas?

—Sí, todas ellas.

—¿Y dices que son cinco?

—Eso he dicho. A veces, como están tan atareadas, les preparo algo de comer mientras ellas trabajan. Muchas noches cenamos en la cocina, mientras me cuentan sus cosas, y luego me voy a Els Quatre Gats.

—¿Y después?

—Bueno, si alguna está libre, se viene a mi cama. Pero, ya te digo, son unas chicas estupendas.

—No lo dudo... después de lo bien que se portan contigo.

—Muchas veces viene Pallarés y entonces montamos una buena.

—¡Qué historia, Pablo! ¡Qué historia! ¡Tú te vienes ahora mismo a mi casa!

—¿Y dejar el prostíbulo? ¡Ni lo sueñes!

Santiago Cardona terminó convenciendo a su joven amigo para que se aviniera a compartir su estudio.

—No te costará ni una peseta —le dijo.

Santiago también era pintor. Ambos jóvenes se habían conocido en la Lonja, donde su hermano Josep fue compañero de curso del joven Pablo. Josep se dedicaba a la escultura y sentía un profundo aprecio por su amigo malagueño, así que cuando su hermano le comentó que Pablo compartiría el estudio con él, le pareció una excelente idea.

—¿Qué te parece? —le preguntó Santiago cuando le enseñó su pieza.

Se trataba de una pequeña habitación donde podría pintar y dormir, con una ventana que daba a la bulliciosa calle de Escudellers Blancs.

El estudio formaba parte de un entresuelo en el que se encontraba el taller de la madre de sus amigos. La habitación estaba al fondo de una sucesión de pasillos, cuyas restantes habitaciones se destinaban a la maquinaria y a las operarias del taller que se dedicaban a la confección de corsés. La Emperatriz, que así se llamaba la tienda, era una casa especializada en corsés de todas formas, clases y precios con «ballena verdadera», según rezaba su publicidad. Uno de sus productos más demandados era el que denominaban «corsé higiénico» que, examinado por la Muy Ilustre Academia de Medicina y Cirugía de Barcelona, estaba hecho especialmente para el período de embarazo y para señoras delicadas, y que sólo se podía encontrar en La Emperatriz, como le gustaba recordar siempre a sus clientes la dueña del establecimiento.

A la madre de los jóvenes le cayó bien aquel chico que parecía tímido pero que, inmediatamente, entabló conversación con las chicas que allí trabajaban y se interesó por cuanto éstas hacían.

—Bueno, pues ya está todo dicho. A mi madre le has caído muy bien. Ya puedes traerte tus cosas e instalarte desde ahora mismo, si quieres —le dijo su amigo Santiago.

14

Y tan buena, padre

—No estamos aquí por gusto, Pablo, sino por hambre.

Eso le había dicho Benigna Caselles la noche que se lo llevó a su burdel. Benigna había trabajado en una pastelería antes de dedicarse a aquel negocio. Procedía de un pueblecito cercano a Tremp y marchó a Barcelona con dieciséis años en busca de otra vida. Había llovido mucho desde entonces, le dijo, y las cosas no habían salido como ella esperaba. Un día llegaron dos hombres a la pastelería que le propusieron presentarle a un tercero, extraordinariamente rico, que podría ofrecerle un trabajo interesante. Convencida de que su vida iba a cambiar, siguió a ese hombre hasta Madrid. De repente se encontró encerrada en una casa, junto con otras chicas a las que obligaban a prostituirse. Trabajó durante dos años bajo coacción hasta que un día, gracias a un cliente, logró escapar y regresar a Barcelona.

Buscó un trabajo decente sin éxito. Entonces se dio cuenta de que era puta, que no lo hacía mal y que, quisiera o no, era un medio de vida. Tenía veinte años, era guapa, los hombres perdían el sentido por ella y, por primera vez, descubrió que podía elegir a sus clientes. Sería puta, eso estaba claro. Pero no una puta callejera, de las que se lo montaban como perras en los descampados, en la muralla de mar o en cualquier tugurio del tres al cuarto. En Barcelona había mucho burgués que deseaba considerarla la perdición de los hombres. Ellos ya estarían perdidos cuando acudieran a ella, pensó. Pero necesitaba capital. Fue al cura de la parroquia y le pidió un préstamo.

—Es para montar un negocio, padre. Se lo devolveré.

Y así lo hizo cuatro meses después, con un interés del diez por ciento que el sacerdote no le exigió pero que ella se sintió moralmente obligada a entregarle. Aquel hombre la había hecho libre y, además, sólo le hizo una pregunta:

—¿Es por una buena causa, hija?

—Y tan buena, padre: por la mía.

«¡Para que luego digan que la Iglesia no está a favor de los pobres!», pensó Benigna cuando, después de alquilar un piso en la calle Avinyó y buscar a cuatro compañeras, se estableció por su cuenta.

Desde entonces, todos los miércoles por la mañana visitaba la iglesia de Santa María del Mar y dejaba en el cepillo el equivalente a una jornada de trabajo.

—En esta vida hay que ser agradecido, Pablo —le dijo al joven cuando terminó de contarle cómo le había ido en la vida—. Todas mis chicas tienen una historia parecida —añadió—. Ahora yo tengo también mi pintor; como María Gabino, la del As de Oro.

María Gabino era una de las prostitutas más famosas de Barcelona y había sido modelo de Isidre Nonell.

Sí, Benigna Caselles tenía su pintor, pero ahora se le iba. Le ayudó a recoger sus cosas.

—Vuelve pronto con tus amigos. Te prepararé una fiesta.

Pablo le estaba profundamente agradecido; había sido feliz en aquel burdel. Todas le querían y a todas conocía y tanto él como sus amigos se lo pasaban de miedo con las chicas. Ellas se morían de risa con aquella peña de jóvenes pintores alocados, llenos de vida y con ganas de juerga, viciosos y divertidos. Pallarés no era muy pudiente, pero no escatimaba un céntimo en las chicas cuando conseguía algo de dinero del pueblo. Aunque la mayoría de las veces era Ricardo Sitwell quien se hacía cargo de la cuenta de todos ellos. Su amigo inglés no reparaba en gastos con tal de participar en sus correrías.

Pablo conocía a muchos de los clientes que acudían periódicamente al burdel. Ellas se encargaban de ponerle al día y, en la cocina, contaban las particularidades de cada uno de ellos. Muchos se hubieran hecho cruces si hubieran escuchado, de la boca de las prostitutas, lo que decían de ellos. Los había llorones, viciosos, tímidos, timoratos, impotentes, imaginativos y con peculiaridades inconfesables que ellas se encargaban de airear en la cocina mientras cenaban con Pablo y se reían a carcajadas.

—Hay alguien en mi habitación que quiere conocerte —le dijo un día Benigna, entrando en la cocina, a la semana de vivir en el burdel.

—¿A mí? ¿Quién?

—Un cliente, sígueme.

—¿Y qué quiere?

—Pues no lo sé; parece que le interesa la pintura. Igual te hace un encargo. No sé su nombre, dice que es médico; aunque nadie lo diría, pues a pesar de su ropa elegante parece un marinero o un estibador del puerto. Seguro que es impotente.

—¿Por qué dices eso?

—Se limita a mirar a las chicas mientras se desnudan, luego les ordena que se pongan en diferentes posturas: ponte de espaldas, levanta el culo, ábrete de piernas, de rodillas, baja la cabeza, estírate en la cama, tócate, mientras, con tono muy educado, las insulta sentado en una esquina de la cama. Jamás las toca, como te digo se dedica a mirarlas con desprecio y a insultarlas. —Hizo una pausa y añadió—: No es el primero.

También viene un anarquista que pretende regenerarnos mientras se masturba y nos lee libros.

—¿Libros? ¿Os lee libros?

—Sí, capítulos enteros de uno que se titula *Nana* y otro, *La ramera Elisa*, creo. Ya te digo, hay gustos para todo. Al doctor le encanta humillar a las chicas, pero sólo de palabra. Aunque hay veces que le tenemos miedo.

—Pero si no os toca.

—No hace falta. Es su mirada, Pablo. Terrible.

—¿Y por qué no le largas?

—Paga bien y, de verdad, los hay peores. Anda, que te está esperando.

Pablo entró en la habitación de Benigna. El médico estaba de espaldas, contemplando los dibujos de la pared. Era un tipo alto, que vestía elegantemente, con el pelo rojizo y ensortijado. Cuando se dio la vuelta, unas enormes gafas le cubrían la mitad del rostro.

—¿Ha hecho usted estos dibujos? —se limitó a preguntar.

—Sí.

—¿Qué representa éste? —dijo señalando una parte de la pared con el bastón que llevaba en la mano derecha.

—Lo que ve.

—¿Es usted?

—Sí, con la Negra.

La Negra era una de las cinco prostitutas que trabajaban en el burdel.

El dibujo representaba al joven Pablo, desnudo, sentado en una silla y fumando en pipa, mientras la Negra, sobre sus rodillas, le acariciaba el sexo, y éste llevaba su mano izquierda al clítoris de la prostituta. La Negra vestía unas medias azules y unas botas de color marrón y mantenía las piernas abiertas, ligeramente levantada la izquierda.

—¿Y la figura de la derecha?

—Un marinero sentado en la cama, observando la escena.

—¿Por qué?

El dibujo del marinero estaba hecho con cuatro líneas, pero tenía una fuerza inusitada. Una figura terrible, que les observaba desde la entrada de la habitación.

—Porque es impotente y ha pagado sólo para mirar —dijo Pablo.

El médico no dijo nada y se limitó a contemplar el resto de los dibujos; un grupo de jóvenes desnudos revolcándose con las cinco chicas del burdel. Pablo no dejaba de observarle. Benigna tenía razón: tenía un aire brutal que no se correspondía con un médico.

—Son amigos míos.

—¿Estudiantes como usted? —preguntó y su voz sonó casi como un reproche, mientras no dejaba de observar al grupo.

—Sí, antiguos compañeros de la Lonja.

—¿En qué curso está?

—En ninguno. No me he matriculado.

El médico no dijo nada más. Siguió con la mirada fija en el dibujo. Pablo avanzó hasta poder ver el rostro del sujeto, quería ver qué efecto producían sus dibujos en aquel tipo extraño que ni siquiera se había presentado y empezó la conversación con preguntas directas. Había dureza en su mirada y un rictus de desagrado en sus labios. Le recordaba a alguien; si hubiera sido más alto, a pesar de su cabello pelirrojo y sus enormes gafas, hubiera pasado por el marinero. Aunque aquello era imposible, el tono de su voz no era el mismo y tampoco sus movimientos, breves y cortos, como los de un felino. ¿Qué edad tenía aquel sujeto? Pablo no podía precisarlo. En eso estaba cuando el médico se volvió, avanzó hacia él y, sencillamente dijo, clavándole su mirada:

—¡Apártese!

Fue una orden que Pablo no pudo eludir; se hizo a un lado

instintivamente, pues aquel sujeto estaba dispuesto a arrollarlo si no obedecía.

El médico salió de la habitación.

Pablo se quedó quieto preguntándose qué había pasado.

—Se ha marchado sin decir una palabra. ¿Qué le has dicho? —preguntó Benigna entrando en la habitación.

—Creo que nada.

—¿Le han gustado tus dibujos?

—No.

15

La Pajarera Catalana

Pablo había conocido al Patas en el Eden Concert, un local inaugurado hacía doce años y que no tenía nada que envidiar a otros music-hall de París, Berlín o Hamburgo, y donde se daban cita todos los libertinos de la ciudad. La libertad con que se exhibían los cuerpos desnudos le habían convertido en el café concierto por excelencia del Raval, con espectáculos picantes y escogidos que hacían las delicias de bohemios y burgueses.

Pablo lo había descubierto gracias a Pallarés.

—Te voy a llevar a un lugar donde te olvidarás de todas tus penas.

Pablo sólo tenía una: Carmen. A pesar del tiempo transcurrido, el joven no había conseguido olvidar a su planchadora. Pero eso no le impedía ser tan juerguista como los demás e incluso tener mucho más éxito que todos ellos. Las chicas del Eden Concert se lo rifaban, pues su aire melancólico y taciturno las atraía como un imán. Pero eso era sólo al principio. Luego, Pablo, en compañía de las chicas, se convertía en otro: divertido, ocurrente, descarado y vicioso. Sólo el Patas le ganaba bebiendo absenta y en imaginación erótica. El Patas no era otro que Ángel Fernández de Soto, el más crápula de todos ellos y con una fama de mujeriego y bohemio que se había ganado a pulso. Un año más joven que Pablo, era un sujeto pálido, con orejas de soplillo y aspecto enfermizo que caminaba siempre con el cuerpo ladeado hacia la izquierda. Tenía una mirada vidriosa, conquistada gracias a cientos de copas de absenta, y un aire de dandi despreocupado, melancólico y nihilista que, desde el primer momento, captó la atención del pintor malagueño. Ahí había un buen cuadro, había pensado. Y le invitó a su estudio situado en la tienda La Emperatriz, la corsetería de la madre de sus amigos Santiago y Josep Cardona.

—Un día de éstos te pintaré un buen cuadro con una copa en la mano —le dijo Pablo a Ángel, mientras éste posaba para él y le daba un buen repaso a una botella.

—¡Y te darán millones!

—¿No puedes dejar de moverte, Ángel?

No podía. Por algo le llamaban el Patas. Se pasaba el día para arriba y para abajo recorriendo Barcelona, haciendo recados para el almacén en el que trabajaba con Ramón Raventós.

—¿Cuándo vendrá tu amigo? —preguntó Pablo mientras continuaba dibujándole.

—Está al caer, Pablo. He quedado aquí con él. Le he hablado muy bien de ti.

—¡A saber qué le habrás dicho!

—La verdad, Pablo, la verdad. Que eres un tipo con mucho talento, de los que vale la pena conocer. Mi amigo también te va a gustar. Está un poco cegato, ya lo verás, pero es escritor y poeta.

—¿Y cómo dices que se llama tu amigo?

—Jaume Sabartés; lo dicho: un gran poeta. Le habrás visto en Els Quatre Gats.

—No lo recuerdo.

La primera impresión no fue buena. Cuando Jaume Sabartés llegó al taller, a Pablo le pareció un sujeto excesivamente místico e introvertido. Luego, un par de comentarios de aquel joven de su misma edad sobre sus dibujos, despertaron el interés de Pablo. «Sí, tal vez sea un buen poeta», se dijo. Jaume Sabartés se sintió cautivado por Pablo desde el primer momento y, aunque notó cierta reticencia en el pintor, pasados los primeros momentos iniciales, ambos mantuvieron una conversación bastante animada. Aquel joven malagueño tenía mucho que decir con los pinceles. Lo que había en aquel estudio era algo nuevo, había mucho talento en las manos y en la cabeza de aquel muchacho.

—Yo al principio quise ser escultor.

—¿Y por qué no lo eres?

—Por los ojos. Tengo una enfermedad que me impide hacer trabajos fatigosos. Y la escultura lo es.

Aquella respuesta le pareció una perogrullada, pero no se la rebatió. La verdad era que llevaba unas buenas gafas. Era un auténtico cegato, pensó Pablo.

—Bueno, ya es mediodía; creo que es hora de marcharme —dijo Sabartés.

Y entonces se le ocurrió, al pasar delante del pintor para despedirse, inició una reverencia turbado por la fuerza mágica que desprendían los ojos de Pablo.

Éste estuvo a punto de echarse a reír.

—¿Qué te ha parecido? —preguntó Ángel cuando Sabartés abandonó el estudio.

—Bien, bien. Es un hombre que reconoce el talento.

Ángel se echó a reír y dijo:

—¡Bien, ya no poso más! ¡Se acabó el trabajo por hoy! ¡Nos vamos de putas!

Ángel había quedado con Raventós, Pallarés y Sitwell en la Rambla de los Estudios, frente a los grandes almacenes El Siglo, un edificio de siete plantas que ocupaba cuatro números de la Rambla. Era un edificio monumental construido por el arquitecto Leocadio Olivarría y encargado por un camisero leridano. Aquel edificio, especializado en camisas y guantes, era motivo de orgullo para los barceloneses, pues representaba un magnífico exponente del espíritu mercantil de la ciudad.

—Editan una revista cada quince días —le dijo Ángel de Soto a Pablo señalando el edificio, y añadió—: Tienen buenos dibujantes: Pellicer, Padró y Apel·les Mestres. No sé, tal vez podrías ofrecerte a colaborar, Pablo.

—¿Quién la dirige?

—Eduardo Lustonó.

—No sé, tal vez le haga una visita.

—Yo creo que es buena cosa. Tienen dinero, no hay nada más que ver el edificio, y creo que pagan bien —insistió Ángel.

Esperaron. Pablo sacó su cuaderno y su lápiz.

—¿No puedes parar nunca?

—Nunca —contestó Pablo escuetamente mientras de un solo trazo dibujaba a dos niños que iban de la mano de su cuidadora.

—Lo miras todo como si estuvieras buscando a alguien.

—Y así es —dijo sin levantar la vista del dibujo.

—¿A tu planchadora?

—¿Quién te lo dijo?

—Pallarés. No te habrá molestado.

—No.

—¿Cómo era?

—Era la mujer de mi vida.

—Tranquilo, Pablo. Tendrás más, no existe la «mujer de mi vida».

—Tal vez de la tuya no, pero sí de la mía. Tú, mi querido amigo, eres un auténtico crápula.

—Pues no lo parece, Pablo. Tienes todas las mujeres que quieres —contestó su amigo sin hacer caso a la última frase. ¿Y qué si era un crápula? ¿Qué otra cosa se podía ser a su edad?

—No, no todas, Ángel; no todas —dijo con melancolía.

—Mira, ahí vienen nuestros amigos.

Pablo guardó el cuaderno.

—Y vienen con nuestro querido Sitwell. Hoy lo tendremos todo gratis. ¿De dónde sacará ese chico tanto dinero?

—Su padre es rico.

—Y trae su carpeta, como siempre. Yo creo que le podrías echar un vistazo, eres su ídolo, Pablo. Viene por ti, puedes estar seguro.

—Lo sé, lo sé. ¡Pero es tan malo!

—No tanto, Pablo; no dibuja tan mal.

—Eso es cierto. Dibuja bien... sólo que con doscientos años de retraso.

Cuando el grupo se reunió se dirigieron al barracón de refrescos de la Rambla, en Canaletas.

El barracón era un establecimiento sin pretensiones donde se servía horchata, anisados con agua de la fuente de Canaletas, alcoholes mezclados con sifón, café y sodas importadas de Estados Unidos. El establecimiento tenía una cafetera exprés que su dueño había hecho traer de Turín y cuyo silbido se oía de un lado a otro de la Rambla. Agustín Pons, que había arrendado aquel barracón de refrescos al Ayuntamiento por trece mil pesetas al año, se jactaba de servir más de cuatro mil cafés al día.

—Te he traído unos dibujos, los últimos, y me gustaría que les echaras un vistazo.

—Luego, Ricardo; luego. Ahora vamos a divertirnos —contestó Pablo.

Después de aquella primera parada, cuya cuenta pagó Ricardo Sitwell, decidieron ir al Paralelo.

Desde hacía cinco años el Ayuntamiento había previsto urbanizar aquella gran avenida que se uniría por un lado con las Atarazanas y por el otro con la plaza de España; pero sólo era un proyecto y el Paralelo, en ese momento, era una inmensa terraza de cafés al aire libre, anárquicos barracones de feria y escenarios artísticos de music-hall y cafés concierto donde un río humano paseaba bajo un ambiente de fiesta constante, alegre y popular, ante el asombro de los vecinos del barrio, menestrales y obreros que no tenían tiempo de frecuentar los cientos de improvisados locales de ocio. El Paralelo era un reducto de ociosos, burgueses, artistas y prostitutas que iban de un local a otro mezclándose entre una algarabía incesante.

—Me han dicho que se ha abierto un local nuevo, con un entarimado con cuadros flamencos, chicas desnudas, números picantes y un tío disfrazado de mujer, un transformista, que cuenta chistes que avergonzarían a un marinero —dijo Ángel de Soto.

—¿Y cómo se llama el local?

—La Pajarera Catalana.

—¿Eso no es una tasca? —preguntó Ricardo.

—Lo era; pero el dueño se hartó de marineros borrachos y gente de mal vivir y lo ha traspasado a un andaluz que promete juerga. Además hay mujeres buenas, bonitas y baratas.

—Vamos primero al Café Circo Español; aún es pronto —dijo Pallarés.

—Yo prefiero ir a los Napoleones —dijo Pablo.

—¿Dónde? —preguntó Ángel.

—Al cinematógrafo de la Rambla de Santa Mónica.

—¿Ahora vas a volver a la Rambla? ¿A ver qué? ¿Fotografías animadas? ¿Vas a meterte en una barraca oscura a ver cómo sale la gente de misa y vistas de trenes y de la ciudad?

—Creo que hay nuevas películas de Lumière.

—¡Pablo! ¿Cómo puede gustarte el cinematógrafo? ¿No ves que eso no tiene futuro? Es sólo una novedad científica que en poco tiempo cansará a la gente.

—Pues a mí me gusta —insistió Pablo.

Aquel invento entusiasmaba al joven pintor. Pablo había

asistido a su primera sesión de fotografías animadas en el teatro Principal al poco de llegar a Barcelona. En mayo de 1895, cinco meses antes del traslado de su familia a aquella ciudad, se había presentado el kinetoscopio de Edison en una improvisada construcción en la plaza de Cataluña. Las sesiones eran cortas y, las películas, números de magia con gente que aparecía y desaparecía de los fotogramas ante el asombro y el entusiasmo de Pablo y del resto del público, vistas tomadas desde el interior de un tren y otras con breve argumento, trama sencilla y escenas cómicas. Más tarde compraron un lote de películas francesas que pasaban miles de veces y que el público no se cansaba de ir a ver: *La salida de los obreros de la fábrica*, *La llegada de un tren*, que hacía que los espectadores abandonasen la butaca despavoridos cuando veían a aquella locomotora que parecía querer salir de la pantalla y arrollarlos.

El invento no era seguro, pues las películas se inflamaban constantemente. A los hermanos Belio, que fueron, junto con los Napoleón, los primeros exhibidores comerciales, se les quemó el pabellón que habían levantado en la Puerta de la Paz. El público salió aterrorizado de la sala en llamas. Pero el nuevo invento era imparable y los Belio volvieron a construir el local, que convirtieron en una nueva sala de gran éxito: el Cinematógrafo Belio. Allí iba Pablo con frecuencia, atraído por aquella publicidad que afirmaba que

> … aquel prodigioso descubrimiento estaba causando admiración en las principales capitales del mundo. Nadie hubiera creído hasta ahora que se pudiesen hacer fotografías animadas de todas las escenas de la vida, en las cuales se pudiera apreciar, con todos sus detalles y en tamaño natural, el empuje de las olas del mar estrellándose contra las rocas, la llegada de un tren a toda velocidad, calles y paseos con gran circulación de carruajes y transeúntes, bailes, cargas de caballería, re-

tratos de personas gesticulando y, sin embargo, es un hecho. El maravilloso descubrimiento de las fotografías animadas es hoy el tema de conversación de las personas delicadas y el punto de discusión y estudio de los hombres de ciencia de esta maravilla del siglo XIX.

Los precios eran para todos los gustos y bolsillos: palcos, plateas y primer piso, tres pesetas; gradas, plateas del segundo piso, una peseta; medias entradas, veinte céntimos.

A veces, y como reclamo publicitario, los exhibidores, al pie de los programas, incluían la siguiente coletilla: «Este espectáculo, que realmente es un importante progreso científico, es en todas las poblaciones de España muy visitado por respetables individuos del clero y personas de luto».

—Yo voy y luego os espero en La Pajarera Catalana —insistió Pablo, que no quería perderse las nuevas fotografías animadas.

—Mejor en el Café Sevilla —dijo Ricardo Sitwell.

Estaba claro que esa tarde ninguno se iba a poner de acuerdo.

—Pero si en el Sevilla siempre están los del Safrà, babeando con las artistas flamencas y las líricas. Seguro que nos encontramos con Nonell y Canals en primera fila —repuso Manolo Pallarés.

—Bueno, yo me voy al cinematógrafo y ya me diréis dónde quedamos —dijo Pablo para zanjar la cuestión.

Esa tarde Pablo no fue ni al Sevilla ni a La Pajarera Catalana. Se pasó horas en el cinematógrafo viendo las películas una y otra vez hasta que cerraron. Sus amigos, después de salir de La Pajarera Catalana y para hacer tiempo, se dirigieron a la caseta de Tiro Nacional, donde un enorme cartel anunciaba que en el interior podían despacharse a gusto en «el tiro de pichón y de conejo». Raventós fue el que estuvo más acertado con la escopeta. Luego el grupo esperó a Pablo a la salida del cinematógrafo.

—¿Te has pasado toda la tarde ahí dentro?

Pablo estaba entusiasmado. Les contó que había visto los rollos una y otra vez. Nada de vistas, rollos cortos que contaban historias y muchas de ellas realmente divertidas e ingeniosas, les dijo.

—Bueno, ahora nos vamos a una *casa de barrets* a terminar la juerga —dijo Ángel que ya estaba visiblemente colocado.

El grupo se enzarzó de nuevo en una discusión pues, mientras una mitad era partidario de visitar a las chicas de Ca la Tripona, la otra prefería gastarse los dineros de Ricardo Sitwell en Els Tres Llits.

—Vosotros no conocéis a la Negra; ésa sí que te hace cosas impresionantes —dijo Pablo.

—¿La Negra? —preguntó Ángel de Soto con ojos libidinosos.

—Una chica nueva de Casa Benigna, en Avinyó.

—¡Pues nada! ¡A Casa Benigna, que siempre es una garantía! —exclamó Pallarés entusiasmado.

—¡Y nada de floreros! —dijo Ángel, dándole un empujón a Ricardo Sitwell—. ¡Hoy moja todo el mundo!

—Sí, pero aún es pronto. Antes pasaremos por el estudio de Pablo para que veáis en lo que está trabajando el genio —dijo Pallarés.

—No, mejor no. Siempre me lo revolvéis todo.

—¡Mira quién va a hablar! ¡Como si fuera el rey del orden! —dijo Ángel de Soto, y dirigiéndose a todos añadió—: Pablo tiene la virtud de convertir cualquier espacio en una pocilga.

Todos rieron.

—A mí me gustaría ver lo que haces ahora —dijo Ricardo Sitwell, después de un golpe de tos, con un interés que infló el ego del pintor.

—Está bien… pero poco rato.

—¡Eso, eso! ¡Que luego nos vamos de putas! —exclamó Soto y dirigiéndose a Ricardo añadió—: ¡Esa tos! ¡A ver si te la curas! ¡Nos vas a pegar la sífilis a todos!

A Ricardo no le hizo gracia el comentario. Su tos no era para tomarla a broma.

16

Lulú

Llegaron al burdel con bastantes copas de más y armando gran escándalo. Ángel apenas si se sostenía en pie y se apoyaba en Ricardo Sitwell quien, por su parte, era el que menos aguantaba la bebida.

Benigna intentó calmarlos.

—¡Hoy mojamos todos juntos! ¡Mojamos todos juntos! —gritaba Ángel.

—¡Qué vas a mojar tú, si no puedes ni sostenerte, mi niño! Venga, calmaos.

Y Benigna empezó a distribuirlos por las habitaciones.

—¡La Negra para Ricardo! ¡A ver si espabila! —gritaba de nuevo Ángel fuera de sí, entre risas.

—Tú entra aquí y calla. Si armas tanto jaleo terminarán por cerrarme el establecimiento.

Hizo entrar a todos en las habitaciones menos a Pablo y a Pallarés.

—Tú vendrás conmigo —le dijo Benigna a Manuel.

—Estupendo, Benigna; estupendo —exclamó Pallarés reconociendo con aquella frase el magisterio de Benigna. La jefa le iba a dar un buen repaso, de eso estaba seguro.

—¿Y yo?

—Para ti, Pablito, tengo algo especial. Se trata de una chica nueva.

—¿Tienes una chica nueva?

—Sí, María se ha marchado.

Era una lástima, pensó Pablo; aquella ausencia se iba a notar en el burdel. María tenía, al menos con él, una auténtica devoción por su trabajo.

—Se ha liado con un comerciante de paños y novedades. Un buen cliente. El hombre se quedó viudo y siempre mostró un gran interés por María. Ha decidido retirarla.

—¡El amor! —exclamó Pallarés.

—¿Y quién es la nueva? —preguntó Pablo.

—Es una chica muy guapa e... inexperta. Lleva una semana con nosotras. Se llama Lulú.

—Tiene nombre de perro —dijo Pablo.

Aquella broma no le hizo ninguna gracia a la dueña.

—Trátala bien. Como te digo, es nueva.

—Y joven.

—Bastante joven —afirmó Benigna indicándole la habitación del fondo.

—Eres una bruja; siempre le dejas lo mejorcito a Pablo —dijo Pallarés.

—¡Podrás quejarte! ¡Venga, que te voy a dar un repaso que no olvidarás en tu vida!

—Sí, pero la nueva para Pablo —insistió Manuel.

—Ya sabes que es mi pintor favorito.

—¡Entenderás tú de pintura! —exclamó.

Y ambos, cogidos del brazo, se dirigieron a la habitación.

—Has crecido —dijo Lulú cuando se volvió.

—¿Ahora te dedicas a esto?

Al principio no la había reconocido. La joven estaba en la cama, de espaldas a la puerta. Ella se dio la vuelta y, al verlo, se puso en pie. Entonces fue cuando hizo aquella afirmación.

La joven llevaba la camisa abierta y Pablo contempló aquel vuelo de palomas que nunca había olvidado, y aquel rostro tan hermoso que ni siquiera aquellas pinturas tan grotescas podían afear. Ya no estaba tan escuálida, sus formas eran más rotundas y sus pechos tenían una singular firmeza. Sin duda su nuevo oficio le proporcionaba una mejor alimentación.

—¿Ahora te dedicas a esto? —volvió a preguntar.

Ella bajó la cabeza, tomó los dos extremos de la camisa y se cubrió. No contestó a la pregunta.

—¿No tienes nada que decirme?

—¿Y qué quieres que te diga?

—¿Por qué te fuiste?

—Me fui; eso es todo.

Él esperó otra respuesta. Esperó, junto a la puerta, en silencio. Siempre soñó que volvería a encontrarla, pero no en un lugar como aquél. No vendiendo su cuerpo.

—Yo no te quería; eso es todo —mintió Carmen.

Si aquello era cierto, Carmen lo había disimulado muy bien durante el poco tiempo que estuvieron juntos. De todas formas, eso poco importaba ya. Sintió una rabia incontenible. Su Carmen, la mujer con la que había soñado día tras día desde el mismo momento que desapareció de su vida, la mujer que no había podido apartar de su mente ni un solo segundo desde aquel momento, ahora trabajaba en un burdel por cuatro cuartos, entregándose a cualquier hombre.

—¿Qué les dices? ¿Qué les dices a tus clientes cuando te soban, cuando se meten dentro de ti? ¿Qué les dices a todos los desgraciados que entran aquí para humillarte, para sentirse importantes mientras gritas fingiendo placer? ¿Qué les dices?

—Nada. No digo nada. Y eso les gusta.

Carmen hubiera deseado que se la tragara la tierra. Ella había querido poner tierra de por medio entre los dos y, ahora, allí estaba él, ante una puta. Podía sentir su rabia, podía sentir su rencor, podía adivinar todos y cada uno de los pensamientos que pasaban por la cabeza del joven. Y también podía notar su desprecio. Entonces estalló: quién era él para juzgarla, quién era él para mirarla de aquel modo. Había dejado su medio de vida por él, se había apartado de su vida por él. Sí, estalló porque no podía soportar aquella expresión de repugnancia en el rostro del único joven que amó en su vida.

—Y dime, ¿qué sientes tú cuando pagas por clavarla en una pobre chica que no tiene otro medio para ganarse la vida? ¿Qué sientes tú, el gran pintor, el genio, cuando ellas gimen y a ti te importa una mierda y sólo quieres magrearlas, irte dentro de ellas, buscando tu propio placer, y luego les tiras unas monedas y hasta la próxima ocasión? ¿Qué sientes tú?

—Te voy a mostrar lo que siento —dijo el pintor acercándose a ella y empujándola sobre la cama. Se echó sobre ella como un animal herido, volteándole la cabeza para no sostener su mirada, arrancándole las bragas casi de un zarpazo. Le mordió en los pechos y en el cuello; ella quería mirarle, pero Pablo le apartaba el rostro. Luego le hurgó en el sexo casi clavándole las uñas. Un grito de dolor escapó de la garganta de Carmen. Y otro desgarrador escapó de nuevo cuando entró en ella con la violencia del Minotauro, sin contemplaciones. Sus movimientos eran rápidos, salvajes y descomunales y a cada feroz embestida Carmen se quedaba sin aliento. Luego le dio la vuelta como a una muñeca de trapo y la embistió por detrás como un toro furioso saliendo a la plaza en busca de un paño rojo. «¡Por ahí no!», gritó ella. Pero él no atendió a ninguno de sus ruegos, iracundo, y de un solo golpe se la hundió hasta que ella creyó partirse por la mitad. Carmen estalló en llanto pero Pablo no parecía oírla y continuó cruelmente, como un picador en la plaza que hunde la pica buscando al animal, queriendo mermar sus fuerzas.

Se levantó sudoroso mientras ella lloraba como una cría, se cubría con la sábana y se llevaba una mano hacia el punto de su cuerpo que más le dolía. Ni siquiera le miró: hundió la cabeza en la almohada, ocultándola, y continuó llorando.

Pablo le lanzó unos billetes sobre la cama.

Salió a la calle sin saber hacia dónde dirigirse. Se sentía sucio, con el estómago revuelto y con ganas de vomitar. ¿Qué había hecho? ¿Qué le había hecho?

Avanzó sin rumbo, deseando perderse.

17

Nonell

—Acabo de cometer una tremenda injusticia.

Pablo no sabía por qué le había dicho aquello a Nonell. Tal vez fue porque llevaba horas dando vueltas por las calles con una angustia y una rabia que le rompía el alma. O porque vio a aquella pobre desgraciada en el escenario intentando hacer reír a toda aquella pandilla de degenerados que se reían más de ella que de sus gracias.

El caso fue que, después de dar vueltas sin rumbo, dudando entre regresar y pedirle perdón a Carmen o entregarse un poco más a la degradación, decidió entrar en El Aperitivo Bursátil; un tugurio infame donde sucios marineros, gentes de mal vivir y algunos burgueses adinerados en busca de emociones se entretenían en insultar y lanzar procacidades sin medida a las ajadas artistas. El Aperitivo Bursátil era un tugurio infecto, sin luz y cargado con el humo de mil cigarrillos. Sobre la breve tarima, una desgraciada cantante en estado de gestación, vestida de yockey y medio borracha, intentaba, con voz ronca, entonar una canción de las que harían enrojecer a un sargento de carabineros mientras, vacilante, se quitaba algunas prendas entre el griterío sin control de la chusma.

Y allí estaba él, el mejor pintor de Barcelona; seguramente recién llegado de París. No le fue difícil reconocerlo, sentado a una mesa en primera fila, solo. Con su cabellera a la romana y una negra corbata que le daba tres vueltas al cuello, un chaleco fantástico y unos pantalones anchos sujetos con botones a los zapatos y que serían el disloque de cualquier *sportman*. Nonell tenía, allí sentado, la aureola del que había estado en París. Nadie hubiera dicho que era el hijo de un fabricante de pastas de sopa, un joven que atendía vestido con una bata, vendiendo fideos en la tienda de su familia, hasta que le dijo a su padre que aquello no era para él, que quería ser pintor. Allí estaba, el pintor de los suburbios, el que prefería pintar en las afueras de Barcelona antes que en las aulas; el pintor de la vida humilde, de los desgraciados, de las *xinxes de fàbrica*, de los elementos populares, de la Boquería, de los deformados físicamente, de los retrasados, de los cretinos. El maestro de la distorsión caricaturesca y el que iba en contra de una pintura mansa y convencional. El mejor de todos ellos.

Nonell también le vio y con un gesto le indicó que se sentara a su mesa. Los dos se animaron en la conversación.

—En esto somos iguales, Pablo. Gracias a mi padre también soy pintor. Los dos hemos sido malos estudiantes y hemos perdido las clases emborronando los libros y los cuadernos con dibujos mientras no prestábamos atención a las insufribles matemáticas. Los dos les hemos decepcionado, él quería que me dedicara al negocio familiar, vendiendo pasta en la tienda de la Baja de San Pedro, pero yo no servía para estar en la tienda. Debo agradecerle que accediera a que me dedicase al dibujo y me convirtiera en un buen pintor, ya que no podía ser el comerciante que él había soñado. A los doce años ya me pagaba clases de dibujo en la academia que tenía Josep Mirabent en la calle Montcada.

—Yo no aprendí nada en la Lonja y mucho menos en Madrid —dijo Pablo.

—Ni yo. Y bien poco en la academia privada de Gabriel

Martínez Altés, que también me pagó mi pobre padre. Aquel tortosino estaba empeñado en que fuera un pintor de género, al modo de Moreno Carbonero.

Aquello le sonaba a Pablo. Sí, realmente, tenían vidas paralelas.

—Graner fue otra cosa, con él sí que aprendí. Luego, en la Lonja, me rechazaron tres veces. Cuando finalmente conseguí entrar, ¿sabes cuál fue el comentario de nuestro ilustre profesor Antoni Caba?

—No.

—Que nunca haría nada bueno.

—Bueno, has demostrado que se equivocaba.

—Pero no me lo perdonan, Pablo. Todos quieren colores bullangueros y asuntos al alcance de todas las inteligencias. Lo mío no vende, dicen que soy desagradable. ¿Puedes creerlo? ¡Desagradable!... ¡Como si la pintura fuera algo que tuviera que agradar a los imbéciles! Dicen que me regodeo más en los temas que en la forma. Pero yo busco, Pablo; busco. Para mí la forma es tan importante como el tema. ¿Qué otra cosa puedo pintar que la miseria? Ésta es una ciudad miserable. ¡Mira a esos burgueses de mierda insultando a esa desgraciada del escenario! —dijo señalando a la tarima—. Y esos otros —dijo señalando a un grupo de harapientos con su traje de rayadillo—. Esos soldados desharrapados no tienen donde caerse muertos, han salido de Cuba por piernas y ahí están, olvidados de todos, sin oficio ni beneficio, en este tugurio maloliente a la sombra de una botella... Un crítico dijo que no había buen burgués que se acercara a mis cuadros y dibujos porque, si bien tengo una poderosa personalidad, mi inspiración es abominable por mi insistencia en los temas desagradables.

—No pintamos para decorar paredes. Pintamos estados de ánimo. Se acabó pintar ninfas al claro de luna, o jóvenes de rubia cabellera tocando el piano. Estamos rodeados de imágenes con la miseria más abyecta, de seres abatidos, hundidos, embrutecidos. Deberíamos pintar en un solo color. En el color de la tristeza y la degradación, en el color de los ciegos, de los hambrientos, de los desheredados. Pero ¿cuál es ese color?

—No lo sé, Pablo. Tú busca tu color. Un día de éstos empiezo a pintar gitanas aunque sólo sea para joderles. Yo tenía un profesor que siempre repetía la misma bobada, que el arte era la creación de obras bellas y que para el artista es sólo materia y sujeto de sus producciones lo grande, lo noble y lo hermoso; mas no la apoteosis de lo feo y repugnante, no la copia rastrera que, profanando la divina chispa de la inspiración, se consagra a ensalzar la depravación y el crimen. ¡Bobadas, Pablo, bobadas! ¡Ya te digo, gitanas! ¡Pintaré gitanas!

Sólo le faltaba eso, pensó Pablo, pintar gitanas. Nonell era un pintor que producía una sensación de incomodidad en amplios sectores; el público burgués salía indignado de sus exposiciones ante su insistencia por mostrar los modelos más degradados de la escala social. Y los pobres no compraban cuadros; bastante tenían con llegar al final del día sin poner remedio a su desesperación.

—¿Sabes? Tengo una amante gitana.

Aquella confesión sorprendió a Pablo.

—Se llama Consuelo y está enferma. ¡Pero si la vieras! ¡Con su melena negra y su rostro y su cuerpo castigado por la vida! *Quina pobre més bonica!*

No hizo ningún comentario más sobre la gitana, excepto que le había hecho algunos bocetos y que tenía intención de contratarla como modelo.

Pablo había conocido a Nonell después de leer una crítica antigua en la que se decía: «Sentimos que el autor se empeñe en seguir por un camino que no le dará resultados cuando bien pudiera obtenerlos también buscando temas más interesantes, toda vez que domina la ejecución». ¿Quién era aquel pintor? ¿Qué hacía? Fue en la Sala Parés, en enero del 96; Nonell exponía junto a Casas, Rusiñol, Mas i Fontdevila, Graner y otros afamados artistas. Expuso dos obras: *Tarda de primavera* y *Cap al tard*, que un crítico manifestó que eran el resultado de «sus buenas intenciones». Pero a Pablo le parecieron magníficas. Procuró no perderse ninguna exposición en la que se colgaran algunas de sus obras.

El 12 de junio del 97 se abría la cervecería Els Quatre Gats, dirigida por Pere Romeu. Un mes después se organizaba en ella una exposición de esbozos a lápiz y notas de color de los artistas habituales del local; entre ellos de Isidre Nonell. Pablo decidió no perdérsela. Se incluían nueve dibujos del artista, de las colecciones particulares de Riera y Raimon Casellas: dibujos pertenecientes a su serie de los *Cretinos* y algunos óleos sobre tela: *Paisatge de Sant Martí* y *Paisatge de Caldes*. A Pablo aquella forma de dibujar le pareció nueva, además de la tremenda compasión que latía en las obras. Al joven le impresionó un pequeño dibujo coloreado a lápiz cuyo título era: *Dona cretina amb nen demanant caritat*. Acababa de descubrir a un auténtico artista que, posiblemente, no se ganaría la vida con aquellas obras, pero cuyo mundo le parecía muy cercano. Nonell no asistió a la exposición, pues se encontraba en París, y a Pablo le dolió no poder manifestarle sus impresiones.

Ahora tenía la ocasión y así lo hizo.

—Sí, yo estaba en París por aquel entonces —le contestó Nonell a Pablo—. Le llevé algunos de mis dibujos a Camille Pissarro y sus palabras benevolentes me animaron a trabajar. Tienes que ir a París, Pablo; allí se hacen cosas importantes. ¡No puedes imaginarte lo que sentí cuando en la primavera de hace dos años expuse en el Salón del Champ de Mars! ¡Allí había tres cuadros de Toulouse-Lautrec y uno de Gauguin! ¿Puedes imaginártelo? ¡Yo estaba junto a ellos y a Van Dongen!

Había emoción en la voz de Nonell, una emoción que Pablo percibía casi como si fuera suya. ¡Nonell había expuesto en París!

—Luego, Canals y yo expusimos conjuntamente en la sala Dosbourg. ¡Todo un mes, Pablo! ¡Y con un catálogo presentado por el crítico Fabrice! Los diarios hablaron muy bien de nosotros. Dijeron que mi intención caricaturesca entroncaba con Ribera, Velázquez y Goya. ¡Les gustaron mis «fritos» de las escenas captadas en las calles de París y durante mi estancia en Caldes de Bohí!

«Freír» era un procedimiento que utilizaba el joven pintor con frecuencia; consistía en sumergir en un baño de aceite de pintor los dibujos ya coloreados. Pablo también lo había intentado, pero reconocía que en ello Nonell era un maestro.

Nonell le habló de París largamente y con tanta pasión que Pablo podía ver sus calles, las obras de Toulouse-Lautrec y Gauguin, el bullicio de sus bulevares. ¡Cómo deseaba visitar aquella ciudad!

—Pero no me gano la vida, Pablo. A pesar de las exposiciones en la Sala Parés y de participar en la IV Exposición de Bellas Artes, no me gano la vida. Cuando se perdieron las colonias de las Antillas y de Filipinas, tuve que regresar. Yo vivía en París con lo poco que me enviaba mi padre. Pero no corrían buenos tiempos para su negocio, ya sabes, la maldita guerra y la devaluación de la moneda me forzaron al retorno. Llegué poco después del desastre naval de Cavite. Luego, en este país, todo ha ido a peor. Míralos —dijo señalando a los soldados—, son el puro testimonio del desastre. Han vuelto enfermos, derrotados, humillados y los barceloneses les dan la espalda.

Tornem de batalles, venim de la guerra
i no portem armes, pendons ni clarins;
vençuts en la mar i vençuts en la terra,
som una desferra...

Así recitó Nonell, recordando aquellos versos de Joan Maragall de su *Cant del retorn.*

Sí, aquellos miserables se entretenían en El Aperitivo Bursátil vistiendo aún sus ajados uniformes militares de rayadillo, sin recursos para regresar a sus casas, deambulando como muertos vivientes por las calles de Barcelona, tocando instrumentos o extendiendo en el suelo la bandera bicolor que habían arriado en Ultramar a cambio de unas monedas.

Nonell hablaba con infinita compasión de todos ellos, y de la pobre desgraciada embarazada que, sobre una tarima, hacía un número lamentable para solaz de los soeces parroquianos, de las putas que adormecían su cansancio en las barras y en las mesas de El Aperitivo Bursátil. Una compasión que a él le había faltado aquella noche. Pablo se entristeció.

—Acabo de cometer una tremenda injusticia.

—Pues háztela perdonar, Pablo; si aún estás a tiempo.

No contestó, apuró su vaso y decidió que su amigo tenía razón.

—Me voy a Els Quatre Gats. ¿Me acompañas?

—Antes tengo que conseguir el perdón.

18

Marta Planas

Marta Planas abandonó el prostíbulo avanzada ya la noche. Su primera intención fue dirigirse a su piso miserable en Cotoners, un callejón estrecho en el que a duras penas llegaba la luz del día; pero, cuando llegó a la esquina de Avinyó con Fernando, decidió desviarse hacia la izquierda. El taller de su padre estaba muy cerca, apenas a unos metros, también en una calle estrecha y sin luz: Remei. Donde ella había nacido.

Era una pequeña casa de dos plantas donde, en la baja, se encontraba el taller de fabricación de colchones y en la superior vivía la familia: su padre y sus cinco hermanas. Tres pequeñas habitaciones, dos que se repartían las chicas y otra pieza pequeña ocupada por su padre. Un lugar minúsculo en el que habían sido felices con bien poco hasta que su madre falleció cuando Marta tenía seis años. Ella era la pequeña de la casa y la niña de los ojos de su padre. Pero todo fue a peor cuando su madre dejó este mundo.

Su padre estaba siempre trabajando, esponjando la lana, atando los bastones, cosiendo a la inglesa con su aguja triangular, o haciendo *ullets* con la máquina manual, trabajando y trabajando en los colchones para, al cabo, no poder casi nunca llegar a fin de mes con cierto desahogo. Ella y sus hermanas le ayudaban, vareando la lana en el tejado, lavándola e hirviéndola mientras hacían auténticas batallas campales lanzándose, entre risas, bolas de lana bajo la mirada benevolente de su padre.

—Niñas, al trabajo. Vais a ensuciar la lana —decía.

Francisco Planas había heredado el negocio de su padre, un mal negocio. Pero no sabía hacer otra cosa, preso en un oficio que había aprendido de niño.

Las desgracias no venían solas y, cuando murió su esposa, el negocio empezó a bajar; cada vez recibía menos encargos. A pesar de tener fama de ser el que hacía los mejores colchones de Barcelona, los pobres no compraban o no se los hacían reparar y los burgueses ricos preferían encargarlos en las nuevas tiendas de moda del Ensanche barcelonés o hacérselos traer del extranjero.

Cuando Marta cumplió quince años decidió no pasar hambre nunca más, aunque no sabía cómo hacerlo.

Y una mañana entró él en el taller de su padre, con sus buenos modales, su simpatía a flor de piel y con una sonrisa permanente que la cautivó desde el primer momento. Vestía bien, decía ser corredor de bolsa y, también, que se había enamorado perdidamente de ella.

Marta se dejó cautivar por aquel hombre maravilloso que la llevaba a buenos teatros y cafeterías.

—No me gusta ese chico. Hay algo en su sonrisa que no me gusta. Tú sabrás lo que haces, Marta.

Su padre tenía razón. El pollo la dejó embarazada y luego desapareció.

Ella también lo hizo. Y fue un error porque, estaba segura, su padre la hubiera perdonado. Pero ella no; Marta no se perdonó a sí misma y, un día, sin despedirse, recogió sus cuatro cosas y se marchó de casa dejándole una nota a su padre y a sus hermanas.

Encontró trabajo en una bombonería del Paseo de Gracia.

La señora Rius era viuda y la trató bien. Quizá demasiado bien, pensó Marta cuando entró como dependienta en aquel lugar tan distinguido, donde los hombres importantes de la ciudad acudían a comprarles cajas de bombones a sus esposas y a sus queridas.

La señora Rius, y Marta no tardó en darse cuenta, no era la mujer piadosa y amable que pretendía ser. La bombonería era la tapadera de un negocio mucho más lucrativo para su dueña. Su oficio consistía en proporcionar a los elegantes caballeros jovencitas para sus momentos de ocio y relax. Pero, con una hija de meses, ya no había vuelta atrás; o accedía a las pretensiones de la señora Rius o se iba a la calle.

—Se trata de señores elegantes y discretos. Eso es lo que quieren, amabilidad y discreción, y tú eres una chica muy bonita.

Trabajó para ella durante dos años, aguantando a viejos babosos o impotentes que se las prometían muy felices con una chica de dieciocho años tímida, timorata e inexperta.

—Lo haces muy bien. Ellos están encantados. ¡Eres tan dulce, tan llorona y tan inocente! ¡Les encantas!

Pero ella no quería encantar a nadie. Lloraba de verdad. Lloraba por lo que se había convertido su vida calentándole la cama a todos aquellos viejos importantes que, después de desahogarse con ella, se vestían de tiros largos y acompañaban a sus esposas al Liceo o se pavoneaban en las reuniones de Fomento del Trabajo Nacional o en los consejos de administración del Banco Hispano Colonial.

El día que se inclinó en un banco de Santa María del Mar para pedirle a Dios que la ayudara, cambió su vida. Aquella mujer, después de alejarse del cepillo, se le acercó. Se sentó a su lado y hablaron.

—No puedo cambiar lo que eres. Pero, si tú quieres, desde ahora trabajarás para ti.

Y así fue como empezó en Casa Benigna. Ya nadie se quedaría el setenta por ciento de su trabajo. El dinero sería para ella; todo el dinero, excepto el correspondiente a los gastos comunes del negocio.

—Por lo demás, todos los hombres son iguales. Si lo sabes hacer, se conforman con bien poco y, además, se quedan encantados. Hay que adelantárseles, no darles opción. Por otra parte, es tan ínfimo lo que reciben en sus casas de sus beatas asustadizas, que creerán que contigo han estado en París.

Benigna tenía razón.

Marta dejó de pensar en cómo había transcurrido su vida y en qué se había convertido. Acercó su mano hacia la puerta de entrada del taller de su padre y la acarició. Ella estaba ahorrando para su hija y para todos los suyos; después de años de trabajo disponía de una bonita suma. Unos años más y lo dejaría todo. Volvería y le compraría a su padre maquinaria nueva o, mejor aún, le retiraría y, también, procuraría que sus hermanas llevaran mejor vida. Eso haría, se dijo mientras se alejaba en dirección a su casa.

Y entonces lo vio.

Un último cliente quizá, pensó. ¿Por qué no? La noche aún era joven y podía dedicarle una hora más.

Un último cliente y, después, a casa con su pequeña.

Lo que Marta no sabía era que sería el último de su vida.

19

Un soberano imbécil

Pablo no pudo pedir perdón. Carmen ya se había marchado.

—Es tarde, hijo. Vete a casa —le dijo una Benigna soñolienta cuando le abrió la puerta al joven—. Tus amigos se fueron hace ya bastante y las chicas también. Bueno, queda la Negra, pero por hoy ya tienes suficiente. —Y repitió—: Vete a casa.

Él no quería estar con la Negra; quería a Carmen.

Benigna vio el desasosiego en el muchacho, pero no preguntó. Algo le había pasado con la chica nueva, de eso estaba segura; pero no preguntó. Benigna quería dormir. ¿Esos jóvenes artistas no descansaban nunca?

Pablo se dio la vuelta y bajó las escaleras sin despedirse. Decidió dejarse caer por Els Quatre Gats.

—Creíamos que te habías perdido. ¿Qué pasó? ¿Te asustó la nueva? Chico, pareces un fantasma —le dijo Pallarés cuando Pablo se sentó a la mesa.

No contestó. Todos estaban allí menos Ricardo Sitwell.

—El chico se largó con un acceso de tos que casi le voltea. Yo creo que la Negra le dio lo suyo —dijo Soto.

—Ese tío se muere; un día de éstos se nos muere —afirmó Pallarés.

—¿Dónde has estado? —preguntó Raventós.

—Por ahí. Yo también me voy a casa.

—Te acompaño —dijo Pallarés.

Salieron del local sin despedirse de nadie. En otra mesa estaban los de la Colla del Safrà discutiendo sobre El Greco. Rusiñol era quien ponía más entusiasmo en la conversación.

—Era ella —le dijo Pablo a Pallarés cuando salieron a la calle.

—¿Tu planchadora?

Pablo asintió.

—Yo sabía que algo había pasado... Cuando Benigna me dijo que te habías marchado supe que algo había ocurrido. Pero esto, ¡menudo encuentro! —Pallarés guardó silencio—. ¿Estás bien?

—No.

—¿Quieres estar solo?

—No.

—Te acompañaré a casa.

Pallarés siempre había ejercido de hermano mayor, pero esa vez no sabía qué decirle.

—Tanto tiempo buscándola, sin podérmela quitar de la cabeza, soñando con ella y... —Pablo no siguió.

—Bien, la chica es puta, pero ¿eso qué cambia?

—¿Cómo que qué cambia?

—Quiero decir... bueno, no sé qué quiero decir, Pablo. No lo sé, realmente no lo sé.

—Pues no digas nada.

Pero Pallarés continuó:

—Bueno... quiero decir, ¿qué sabes realmente de ella? ¿Te has preguntado realmente por qué lo hace? ¿Crees que todas esas pobres desgraciadas están ahí por gusto? Tienen hambre, Pablo; hambre. ¿Puedes entender eso? Todo el mundo tiene hambre en esta maldita ciudad; todo el mundo menos cuatro hijos de puta que matan de hambre a todos los demás —repitió machaconamente Pallarés—. ¿Por qué pintamos, Pablo? ¿Por qué pintamos? ¿Para decorar las paredes de todos esos burgueses de mierda? Yo no, Pablo. Para eso me quedo en mi pueblo, ayudando a mi padre, que se mata a trabajar y nadie se acordará de su nombre cuando esté muerto. Queremos cambiar las cosas con aquello que realmente creemos que sabemos hacer.

—Yo no quiero cambiar nada. ¿Qué van a cambiar unos pintamonas como nosotros?

—Entonces, ¿por qué no te dedicas a lo que hace Carbonero? ¿Por qué no obedecemos a nuestros profesores? ¿Por qué este desasosiego que nos hunde el alma? Te diré por qué. Porque el mundo necesita una nueva perspectiva, un nuevo tono, un nuevo color, una nueva geometría. Porque el mundo merece y pide ser dibujado de otra forma, con una línea distinta para expresar sentimientos y emociones nuevas. Porque el foco y la textura del mundo están cambiando. Ya no podemos pintar como Rafael o como Velázquez. Exigimos un nuevo análisis porque empieza un nuevo siglo que será terrible.

—No sabía que eras un teórico y un adivino —dijo Pablo con sorna.

—En realidad, ni yo mismo sé lo que quiero decir. Pero hay algo que tengo muy claro desde el momento en que te vi, desde el mismo momento en que vi lo que eras capaz de hacer con tus manos. Pablo, tú serás Dios, eso lo sabemos todos nosotros. Así que hazte el favor de no juzgar a esa pobre puta que estoy seguro que te quiere. Hazte el favor de mirar al mundo con todas sus caras y píntalo, con todo lo que tiene de terrible y humano, para que todos podamos verlo. —La exaltación dominaba el rostro de Pallarés, que estaba vivamente fuera de sí—. ¡Y ahora me voy a casa, porque estoy muy cabreado contigo y allá te las compongas! ¡A veces me pareces un soberano imbécil!

Y Pallarés se dio la vuelta y se alejó dejando a Pablo solo, en mitad de la calle.

20

Una carnicería

El cadáver de Marta Planas fue encontrado sin vida en la plaza Milans, desangrado y con veinticinco puñaladas. Quien dio el aviso fue un joven que trabajaba de botero en el muelle de pescadores de la Barceloneta. El joven, Emilio Bordons, se levantó a la hora de costumbre, muy pronto, y se dirigía al trabajo cuando, al llegar a la plaza, se topó con el cadáver.

Abel Fonte, el jefe de policía, en compañía de dos agentes y un médico forense, se personó en el lugar del suceso.

El crimen, según certificó el forense, se había producido sobre las dos de la madrugada. Le habían cosido a puñaladas. Emilio Cabot, el médico, nunca había visto nada igual. La mujer, de unos veinte años, vestía una falda lila, enaguas blancas, una holgada chaqueta negra y unas desgastadas botas con cordones del mismo color. Llevaba muerta alrededor de cuatro horas. Trasladaron el cuerpo de la muchacha en un carro de mano hasta las dependencias policiales más cercanas. Allí, el médico procedió a examinar el cadáver con más detenimiento.

El inspector Abel Fonte guardaba silencio mientras el médico realizaba su trabajo. Fonte era un hombre circunspecto, de unos cincuenta años y, por su pasado militar en Cuba, familiarizado con la muerte. Había visto morir a muchos soldados, pero nunca nada como aquello.

—Es posible que la chica muriera desangrada, pero no en el lugar donde la encontramos. Tiene una herida en el corazón y cinco en el pulmón izquierdo. No presenta heridas defensivas; quiero decir cortes y heridas en las manos o en los brazos, que se producen cuando la víctima intenta defenderse. La primera, imagino, fue en la garganta; el asesino la degolló y luego, ya en el suelo, la apuñaló salvajemente: he contado veinticinco. Además de las que ya he comentado, reviste una herida en el esternón y cinco en el sexo. Le hizo una carnicería en... bueno, ya sabe dónde le digo. Nunca he visto nada igual, le desgarró y cortó las ropas y se ensañó con ella. Las puñaladas en los genitales son terribles, una auténtica salvajada. Este corte limpio... ¡Le arrancó el hígado!

—¿El hígado?

—Eso he dicho, inspector. El asesino le ha quitado el hígado —repitió el forense.

Hurgó en el interior de la herida.

—¿Qué ocurre?

—Parece que... sí... un momento.

El médico extrajo algo sanguinolento y se lo mostró al inspector.

—¿Qué es?

—No estoy seguro, pero parecen granos o pepitas de granada.

El médico depositó en la mesa el fruto. El inspector removió con unas pinzas.

—¿Qué sentido tiene? ¿Le arranca el hígado y deja esto en su interior?

El médico no contestó. No sabía qué pensar.

—¿Fue violada? —preguntó el inspector.

—No lo parece.

—¿Por qué dice que no la mataron en el lugar donde fue encontrada?

—Por la sangre. La presión arterial habría manchado las paredes del lugar donde fue encontrada. Cuando se corta una arteria la sangre no gotea, sino que sale despedida; seguramente el asesino se manchó las manos, la ropa y los zapatos.

—Suponiendo que la hubiera herido de frente.

—Por supuesto. Pero yo creo que el corte indica que fue así. Luego, una vez en el suelo, la apuñaló y se entretuvo en extraerle el órgano. Fue un trabajo que le llevó su tiempo y por eso creo que fue en otro lugar; luego trasladó el cuerpo hasta donde lo encontramos.

—¿Qué clase de asesino obra de esa manera?

—Por lo poco que yo sé, un loco y un sanguinario.

—¿Un crimen pasional?

—He visto de todo, pero nada como esto. No creo que fuera un crimen pasional. Se entretuvo, inspector. Ningún marido o amante celoso pierde tanto tiempo y luego deja eso en su interior —dijo señalando las pepitas—. No, esto es otra cosa. El asesino estaba fuera de sí; es un hecho, pero luego… no, no creo que sea un crimen pasional.

—¿Qué tipo de arma empleó?

—Por las heridas, yo diría que se trata de una especie de cuchillo con una hoja puntiaguda y un buen mango.

—El asesino debe de ser una persona muy fuerte.

—No necesariamente, inspector; con un arma afilada y puntiaguda resulta fácil realizar digamos… esta labor. Hasta un niño hubiera podido hacerlo.

—Bien, tenemos trabajo. Primero debemos saber quién es la chica y luego investigar en su entorno inmediato —dijo el inspector.

21

Igual que en el 90

La noticia llegó pronto a las redacciones de los periódicos. Liberto Manent, uno de los subdirectores adjuntos de *La Vanguardia*, que había empezado en el periódico como dibujante, recibió la noticia: una prostituta había sido encontrada muerta en una plaza de Barcelona, horriblemente mutilada.

Llamó a su despacho al encargado de sucesos y le pidió toda la información de que disponía. Según la policía, la joven hallada muerta respondía al nombre de Marta Planas y ejercía su trabajo en un piso de la calle de Avinyó. Luego pasó a relatarle todos los pormenores.

Un crimen igual que en el 90, pensó Manent echando mano de su memoria. Sí, lo recordaba perfectamente. Hacía poco que había entrado a trabajar en *La Vanguardia* y el director le encargó a él y a su compañero Osorio que investigaran un crimen: una prostituta había sido salvajemente asesinada. La noticia de aquel horrible suceso se publicó, pero no así los otros dos asesinatos que se produjeron días más tarde y con similares características. Alguien ordenó que no se les diera publicidad. Tres prostitutas salvajemente asesinadas. Y de eso hacía nueve años.

Aquella noticia debía ocupar la primera página de la edición del día siguiente. La historia, pensó, volvía a repetirse.

Liberto Manent decidió acudir personalmente a las dependencias policiales con un fotógrafo del diario para recabar más información sobre el suceso.

Fonte intentó quitárselo de en medio, pero aquel periodista era duro de pelar. Respondió a cada una de sus preguntas con la información de que disponía, que no era mucha.

—Le agradecería que diera la noticia con objetividad y sin alarmismos —le advirtió el inspector.

—No se preocupe. Trabajo en un periódico que trata las noticias con seriedad y de forma contrastada —respondió Manent guardándose sus notas en el bolsillo.

—No sabemos nada del asesino; estamos investigando en el entorno de la chica —respondió Fonte cuando Manent le preguntó si tenían alguna idea al respecto.

22

La caja

Esa mañana Pablo se levantó tarde y se dedicó a dibujar una escena portuaria del muelle del carbón: los cargueros estaban anclados en la dársena, con la montaña de Montjuïc como telón de fondo; se entretuvo en el sombreado y en dotar al dibujo de perspectiva.

Antes de eso buscó su cuchillo y no lo encontró. Revolvió por la mesa, ¿dónde diablos había dejado el cuchillo? Tampoco encontró uno de sus cuadernos preparatorios para un gran cuadro cuyo tema era el burdel de Benigna. La idea hacía tiempo que le rondaba por la cabeza y había tomado bastantes apuntes de las chicas. La mañana empezaba mal, pensó. Sus malditos amigos siempre se lo revolvían todo y a saber dónde habían metido, entre aquel caos de cuadros, papeles, pinceles y trastos, las dos cosas que andaba buscando.

Una de las chicas del taller llamó a la puerta de su estudio y Pablo le dio permiso para que entrara.

—Han traído esta caja para ti.

—¿Una caja?

—Sí. La llevaba un niño y, al parecer, se la dio un marinero con el encargo de que te la hiciera llegar.

—Déjala en la cama; luego la abriré.

—¿Qué estás haciendo?

—Un dibujo a partir de unos apuntes que tomé en mi cuaderno.

—Es muy bonito, pero un poco oscuro.

—¿Tú crees?

—Sí, pero claro, yo no entiendo nada.

—¿Sabes? Creo que tienes razón... ¿Qué te parecen éstos? —dijo mostrándole otros dibujos que tenía en una carpeta.

Se trataba de una serie de dibujos cuyo tema era el litoral barcelonés, la dársena y escenas cotidianas de la vida en el puerto.

—Lo dicho, muy bonitos, pero oscuros.

—Pues les llamaré así: dibujos oscuros —dijo Pablo.

La chica sonrió y luego salió dejándole acabar su dibujo.

Pablo lo terminó media hora después. Se sentía satisfecho. Era un buen dibujo. Iba a salir a desayunar cuando se acordó de la caja que la chica había dejado sobre la cama.

Era pequeña y estaba envuelta en un tosco papel marrón. La abrió con curiosidad.

Pablo se asustó al ver el contenido y cuando sus manos se llenaron de sangre. Sobresaltado dejó caer la caja, volcando sin querer el contenido en el suelo. ¿Qué era aquello? Parecía un órgano. Lo recogió con nerviosismo, depositándolo de nuevo en el interior de la caja. Si aquello era una broma, le pareció de pésimo gusto. ¿Quién podía mandarle una cosa así? Se lavó las manos intentando limpiarse la sangre. Luego inspeccionó la caja. Aquello no pertenecía a un animal. ¡Era un órgano humano! ¡Parecía un trozo de hígado o el riñón de un ser humano!

Salió al pasillo y se dirigió al taller.

—¿Quién dices que ha traído la caja?

La chica se asustó al ver al joven tan atribulado y nervioso.

—Un niño.

—¿Hace mucho?

—Bueno, te la llevé en cuanto la trajeron. ¿Ocurre algo?

—¿Por dónde se fue el niño? ¿Qué aspecto tenía?

—No sé por dónde. Me dijo que era para Pablo el pintor y me dejó la caja. Yo pregunté que de parte de quién y me dijo que de un marinero, que tú ya sabrías. Eso es todo. El niño abrió la puerta y se marchó. ¿Ocurre algo, Pablo?

—Nada, nada. No ocurre nada.

—Parece que hayas visto a un fantasma.

Pablo salió a la calle sin decir nada. Avanzó unos metros por la calle Escudellers, alejándose del taller. A esa hora había cierto bullicio en la calle, pero ningún niño. ¿Qué esperaba encontrar?

—¿Qué haces, Pablo?

—¿Y tú?

—Venía a buscarte para ir a dibujar cuando me he enterado de algo horrible —dijo Pallarés—. ¿Buscas a alguien? ¿Has perdido algo? Pareces fuera de ti, ¿qué te ocurre?

—Ven, vamos a mi estudio; quiero enseñarte una cosa.

—Yo también quiero decirte algo. Ha ocurrido un hecho espantoso, Pablo; horrendo.

Pallarés le contó la noticia. No se hablaba de otra cosa por todo el casco antiguo.

—Y se trata de Marta, Pablo. La han asesinado de la forma que te he dicho. ¡Una barbaridad! ¿Quién ha podido cometer un crimen tan espeluznante?

—¿Y dices que le faltaba un órgano?

—Eso dicen, Pablo. Bueno, la gente comenta muchas cosas. Ya sabes que cuando ocurre algo así a todo el mundo se le dispara la imaginación.

—No es imaginación, Manolo.

—¿Qué quieres decir?

Pablo señaló la caja que había dejado junto a los enseres de pintura.

—Mira dentro, Manolo. Mira dentro —dijo Pablo con un hilo de voz, y añadió mientras su amigo se acercaba a la caja—: Me la acaban de traer hace apenas una hora. Un desconocido se la dio a un chico para mí.

—¿Qué es esto?

—Creo que es de Marta. Creo que es...

—¡Cielo santo! ¡Qué horror! Pero... cómo... ¿quién pudo...? —no le salían las palabras.

—Al parecer un marinero se la dio a un niño para que me la entregara.

—¿Un marinero?

—Sí, y creo que sé quién es.

Pablo le contó la historia del marinero.

—Tienes que ir a la policía.

—¿Y qué les digo? Que una vez conocí a un marinero y...

—Está la chica que recogió la caja. Ella puede corroborar tu historia.

—Hay algo más, Manolo; me ha desaparecido el cuchillo y un cuaderno de dibujo.

—¿Y eso qué tiene que ver con este asunto?

—No lo sé; pero todo es muy raro.

—¿Les has preguntado a las chicas del taller?

—No entran en mi estudio si no estoy yo. No, estoy convencido de que no ha sido ninguna de ellas.

—Entonces ha sido uno de nosotros; el pirado de Soto para gastarte una broma. Aquí sólo entramos tus amigos, Raventós, Ricardo, Sabartés, yo mismo...

—No, no ha sido Soto. Ha sido el asesino.

—¿El asesino? ¡Pablo, estás pirado! Este maldito regalo ha hecho que te salgas de tus casillas.

—Dime entonces, ¿qué sentido tiene esto si no el hecho de que el asesino de Marta quiere implicarme en su crimen? La cuestión es ¿por qué?

—Por eso mismo tienes que acudir a la policía.

—No; ésa es la razón para que no acuda; al menos por el momento.

—¿Y qué vas a hacer con…? —dijo señalando la caja.

—Tirarla.

—¿Vas a destruir una prueba?

—Voy a ganar tiempo.

23

Desolación

—La policía ha estado aquí y no ha parado de hacerme preguntas. Estoy hecha polvo, Pablo. ¿Quién ha podido hacer una cosa así? Marta era una buena chica.

Benigna era la imagen de la desolación.

Pablo, en compañía de Pallarés, había acudido a verla en cuanto su amigo le dio la pavorosa noticia.

—Si no le hubiera pedido que viniera a trabajar conmigo, tal vez ahora estaría viva.

—No te atormentes. Tú no eres culpable de nada —dijo Pablo abrazándola.

—Tenía una niña pequeña. ¿Qué va a ser de esa niña ahora?

—¿No tenía familia? —preguntó Pallarés.

—Sí, el padre y cinco hermanas. Tiene un taller muy cer ca de aquí.

—Pues ya sabes dónde hay que llevar a la niña —dijo Pallarés.

—¿Dónde está Carmen? —preguntó Pablo.

—En su casa. No creo que sepa nada, ni ella ni ninguna de las chicas.

—No se habla de otra cosa —dijo Pallarés.

—Me gustaría verla. ¿Sabes su dirección? —preguntó Pablo.

Benigna se la dio.

24

Una reunión

Sir Richard Sitwell, como muchas tardes, acudió a su tertulia del Círculo. El coche le dejó en el número diez de la Rambla de Santa Mónica.

El alcalde, marqués de Santa Isabel, algunos prohombres de la ciudad y el nuevo gobernador civil, a quien aún no conocía, le estaban esperando. Le presentaron al gobernador, un hombre mayor, llano y espontáneo, y se estrecharon la mano.

La noticia del día presidía la conversación.

—Mañana, cuando lo publique la prensa, no se hablará de otra cosa en la ciudad —dijo el alcalde.

Sitwell intentó sumarse a la conversación ya iniciada. Les escuchó con atención mientras se acomodaba en uno de los confortables sillones que su padre había pagado.

El Círculo Ecuestre, bajo el auspicio de su progenitor y otros ilustres caballeros barceloneses aficionados a la hípica, se había fundado el 26 de noviembre de 1856. Aquélla era su segunda sede. El primer emplazamiento fue en la calle de San Pablo hasta que, debido al éxito de la iniciativa y al incremento del número de socios, se trasladó cuatro años después a la Rambla de Santa Mónica. Su amigo, el marqués de Santa Isabel y presidente de la entidad, era un hombre con ideas y había ampliado las actividades sociales y recreativas.

Un camarero les sirvió café y pastas.

—¿Y la policía? —preguntó Ernesto Pla, industrial del textil y miembro destacado de la ejecutiva de la entidad.

—Está desconcertada y no sabe por dónde tirar. La verdad es que no tienen mucho para empezar —dijo el alcalde.

—Esperemos que todo quede ahí y el asunto se olvide. Al fin y al cabo se trata de una simple prostituta —manifestó Pla.

—Ya tuvimos algo así en el 90: tres crímenes horribles, muy parecidos a éste —afirmó el alcalde.

—Yo diría que idénticos —apostilló Sitwell.

—¿Quiere decir que se trata del mismo asesino que ha vuelto? ¿Después de tantos años? —preguntó el gobernador que hasta entonces había guardado silencio.

—Pero los crímenes cesaron. Mataron a tres prostitutas y... —afirmó Pla siendo interrumpido por Sitwell.

—Nunca se descubrió al criminal que los había cometido.

—¿Cree usted que se trata del mismo asesino? ¿Que después de nueve años ha decidido volver a matar? —preguntó el alcalde.

—Sí, eso es lo que creo. Estoy convencido de que esto no ha hecho más que empezar y que deberíamos solicitar ayuda —amplió Sitwell.

—¿Ayuda? ¿A quién? —preguntó el alcalde vivamente interesado por el nuevo elemento introducido en la conversación.

—Hace mucho tiempo, en mi país, en Londres, se cometieron una serie de crímenes idénticos a éstos. Cinco prostitutas fueron asesinadas en dos meses y medio. El asesino las degollaba y luego... en fin, terrible. Fue una auténtica carnicería que tuvo asustada a toda la ciudad. La gente no se atrevía a salir sola de noche. Luego los crímenes cesaron y, también como el 90 en Barcelona, nunca se descubrió al asesino.

—Sí, recuerdo el caso. Al asesino le llamaban Jack el Destripador, porque eso era lo que hacía, destripar a sus víctimas —intervino el gobernador.

—¿Sugiere usted que hay un destripador suelto por las calles de Barcelona? —preguntó el alcalde con incredulidad a Sitwell.

—Estoy convencido.

—Estos crímenes sólo los puede cometer un extranjero; ningún catalán haría una cosa así —afirmó Pla llevado por su fervor patriótico.

—Catalán o no, extranjero o no, estamos en un verdadero apuro —continuó Sitwell.

—¿Y cree usted que deberíamos pedir ayuda? —insistió el alcalde.

—Eso he dicho. ¿Quién lleva las investigaciones? —preguntó finalmente Sitwell.

—El mismo comisario general, personalmente —contestó el alcalde.

—Un hombre muy capacitado. Un militar de Cuba nombrado directamente por el ministro —amplió Pla.

—En realidad entró en el cuerpo para el cumplimiento de la ley de septiembre de 1896 —continuó el alcalde.

—¿Qué ley es ésa? —preguntó Sitwell con interés.

—La ley para la represión del anarquismo. A través de una real orden del 19 de septiembre de ese año, se creó un cuerpo de policía judicial en Madrid y Barcelona, encargado del descubrimiento y persecución de los delitos cometidos por medio de explosivos. Ahí entró Abel Fonte, un militar experto en la represión en la isla de Cuba, ya le digo, nombrado directamente por el ministro. Un hombre muy capacitado —apuntó el gobernador.

—Pero no es policía —terció Sitwell.

—Ahora sí —afirmó el gobernador.

—¿Qué propone usted? —le preguntó el alcalde a Sitwell, interesado por sus opiniones sobre un asunto tan desagradable.

Sitwell tardó en contestar, pero cuando lo hizo fue contundente.

—No dudo de la capacidad de Abel Fonte, pero está pisando un terreno que desconoce. Necesitamos un auténtico policía, alguien con grandes dotes de observación y deducción, que conozca la mente criminal, sus caminos fríos y tortuosos. Alguien que vea la investigación policial como una ciencia exacta y que conozca los métodos policiales más modernos. Alguien incapaz de especular sin información concreta y que considere la exaltación mental un arma para luchar contra el crimen, que juzgue de la mayor importancia no dejar que los datos inútiles desplacen a los útiles; un observador capaz de hacer un examen justo y sistemático de todo cuanto le rodea.

—¿Y tenemos a alguien así? —preguntó Ernesto Pla, vivamente interesado por los argumentos de Sitwell.

—Lo tenemos: Steven Arrow.

—¿Cómo ha dicho que se llama? —preguntó el alcalde.

—Steven Arrow; el único detective consultor privado.

—¿Un detective consultor? ¿Qué quiere decir eso? —inquirió, extrañado, el gobernador.

—No lo sé. Arrow ha creado su propio oficio.

—¿Lo conoce usted?

—No personalmente, pero sí conozco su trabajo. Arrow fue ayudante del inspector Abberline, de Scotland Yard, en el caso que les he comentado de los crímenes de Londres. Un hombre de una inteligencia superior.

—Pero que no descubrió nada; usted mismo ha dicho que los crímenes de ese Jack el Destripador quedaron impunes —manifestó el alcalde.

—Eso es cierto. Como también lo es que, desde que abandonó el cuerpo, ha resuelto todos los casos en los que ha trabajado, unos trescientos, y que asesora y colabora con la policía de Londres. No lo duden, señores: Arrow es nuestro hombre.

—Tenemos dos mil ochocientos cuarenta y siete elementos en el cuerpo de policía entre comisarios, inspectores, agentes, aspirantes, vigilantes y ordenanzas. ¿Creen ustedes que, con todos esos efectivos, necesitamos la ayuda de un...? ¿Cómo le ha llamado?... ¿Asesor privado detective? —dijo el alcalde, que no estaba muy convencido de las tesis de Sitwell.

—Eso es; lo creo.

—No sé cómo se lo tomará Abel Fonte, pero no creo que le haga mucha gracia que le pongamos a alguien por encima —terció Ernesto Pla.

—Yo no he dicho eso. Se trataría de alguien que colaboraría con él, en un plano de igualdad, en un asunto que, como les digo, no ha hecho más que empezar. El asesino, les aseguro, volverá a matar.

—Bien, podemos estudiarlo... aunque no hace falta precipitarse —zanjó el alcalde.

La conversación derivó hacia otros temas. Discutieron dos iniciativas de Sitwell, quien estaba empeñado, junto con otros aficionados, en fundar un club de tenis y, además, otro dedicado al balompié.

—Sobre el primer tema me he reunido con algunos amigos que están muy interesados en el proyecto: Ernesto Witty, Alfonso Macaya y Udo Steimberg. Incluso he establecido contactos con la Lawn Tennis Association de Londres.

—¿Y sobre el balompié? —preguntó el alcalde, que no daba crédito al entusiasmo de sir Richard por los deportes.

—El tema está muy avanzado, los señores John y William Parsons y el comerciante Hans Gamper están muy interesados. En honor a la verdad, la idea fue de Gamper; yo sólo le secundo.

—¿De dónde saca usted tiempo para tantas iniciativas? —preguntó el alcalde con admiración.

—Es cuestión de organizarse. Podríamos tener hasta un campo para seis mil espectadores.

—¿Seis mil?... Eso no funcionará. El *foot-ball* está bien para ustedes los ingleses. En este país no tenemos conciencia de equipo; somos gente individualista —afirmó el industrial con hondo convencimiento.

—Barcelona es otra cosa; se lo puedo asegurar.

25

El pintor y la modelo

—¿A qué has venido?

—¿Puedo pasar?

Carmen se hizo a un lado y le permitió la entrada.

Pablo entró. Era un piso pequeño de una habitación.

—¿Es…?

—Sí, un niño. Pero no te preocupes, no es hijo tuyo. Le estaba dando de comer cuando has llamado a la puerta.

Pablo se quedó en el centro de la habitación sin saber qué hacer.

—Siéntate.

Carmen sacó al niño de la cuna y continuó dándole la papilla.

—¿Y tu marido?

—No tengo marido. Vivo sola… con mi hijo.

—¿Qué edad tiene?

—Un año.

—Es muy guapo.

—¿Has venido para decirme que mi hijo es muy guapo?

—No, lo he hecho para pedirte perdón.

—Ya estás perdonado. Una tiene que amoldarse a los gustos e inclinaciones de los clientes; discúlpame tú por no haberlo entendido así la otra noche.

—¿Eso soy yo para ti? ¿Un cliente?

—¿Qué quieres, Pablo?… Estoy muy cansada y esta noche tengo que trabajar.

—Hoy no trabajarás, me lo ha dicho Benigna. Ella fue quien me dio tu dirección.

Carmen no entendió.

—Ha ocurrido algo terrible. Han asesinado a Marta.

—¿Qué estás diciendo?

—Lo que te estoy contando. La encontraron tirada en la calle, con la garganta seccionada y cosida a puñaladas. Por eso no trabajarás hoy. Benigna está destrozada. Ninguna de vosotras trabajará hoy.

Pablo le relató todo lo que sabía sobre la muerte de Marta.

—Pero eso no es posible. ¿Quién hubiera querido hacerle daño a Marta, y de esa forma tan horrible?

—Eso es lo que la policía intenta averiguar. Han interrogado a Benigna… si Marta tenía algún amigo, algún novio, algún cliente que… La policía está como al principio, no tienen nada. Y es posible que el asunto nunca se resuelva. ¿A quién le puede interesar la muerte de una prostituta?

—No hables así. A mí me interesa, era amiga mía.

—Y a mí; también era mi amiga.

—Voy a acostar al niño.

Llevó al crío hasta la cuna, lo arropó y tomó asiento junto a Pablo.

—¿Has venido a contarme esto?

—Y a decirte que te quiero y que no puedo vivir sin ti. Que no he dejado de pensar en ti desde el día que desapareciste y que no entiendo por qué lo hiciste.

«¿Qué puedo decirle?», pensó Carmen. Decidió sincerarse.

—Lo hice por ti. Lo hice porque yo también te quiero, pero sé que no funcionará porque pertenecemos a mundos distintos. ¿No me ves? Soy una puta con un niño y que apenas sabe leer ni escribir. ¿Qué puedo ofrecerte?

—No tienes que ofrecerme nada. Yo no te he pedido nada. Sólo deseo que estemos juntos porque los dos nos queremos. ¿Tan difícil es de entender?

—Pero tú eres otra cosa; eres un artista. Llegará un día en que todos se darán cuenta de cuánto vales y, entonces, dime, ¿qué haré yo a tu lado si ni siquiera sé sostener un tenedor?

—Tú serás mi amor y mi modelo.

—Y mientras tanto, ¿de qué viviremos y en dónde? ¿En el estudio que te dejan tus amigos? ¿En un burdel?... ¿No ves que no es posible? Tú no puedes atarte a mí y a un niño pequeño que ni siquiera es hijo tuyo. Tú necesitas volar, Pablo. Lo veo en tus ojos. ¿Te acuerdas de cuando soñabas en viajar a París? ¿Ya te has olvidado de París?

—Iremos juntos.

La conversación la agotaba. Estaba claro que Pablo no veía la realidad. Sin embargo, sería tan hermoso vivir con él... con un soñador que era incapaz de ver los problemas de la vida, compartir su existencia con... un niño, al fin y al cabo. Pablo era un niño, su niño, eso no iba a cambiar porque estaba cortado así. Pablo era un crío acostumbrado a salirse siempre con la suya. Carmen sólo vio una forma de acabar con aquello.

—Y yo te mantendré hasta que consigas vender tus cuadros.

—¿Tú? ¿Cómo?

—Con mi trabajo, recuerda que soy una puta muy buena.

—No sé si eres buena, pero yo había pensado que podías cambiar de oficio.

—¿Y me dedico de nuevo a planchar hasta que mi hijo se muera de hambre? No, ahora soy libre, independiente y gano un buen dinero.

—¿Le llamas ser libre a estar al servicio del primero que llama a tu puerta?

—Yo elijo quién atraviesa mi puerta, no lo olvides.

—Bien, no quiero discutir contigo. Eso lo hablaremos más tarde.

—Lo estamos hablando ahora… ¿Ves como no puede ser, Pablo? Ambos estamos atados, cada uno a su propio destino.

26

El color

Pablo terminó convenciéndola para que le acompañara a su estudio de la calle Escudillers Blancs. Dejó el niño al cuidado de una vecina.

—Poco tiempo; el niño me necesita.

—¿Qué haces con él cuando vas a trabajar?

—Lo mismo que ahora; lo dejo al cuidado de mi vecina. Es una mujer mayor, viuda y sin hijos. Lo atiende a cambio de una cantidad que le pago cada mes. Al principio no quería nada a cambio, pero yo sé que la pobre mujer necesita el dinero. A veces viene a casa y la invito a comer.

—¿Sabe ella a qué te dedicas?

—No, pero se lo imagina. Ella también ha sido puta.

—¿Cómo lo sabes?

—No lo sé, tengo esa impresión. Estas cosas se saben sin saberlas.

—¡Veo que te pasas la vida imaginando!

—Es el hambre, Pablo. El hambre te da ese tipo de conocimiento; pero tú eso no puedes entenderlo.

Llegaron al estudio e hicieron el amor mientras la tarde declinaba. Carmen había cambiado físicamente. La última vez

Pablo, movido por la ira, no fue capaz de apreciarlo. Pero ahora sí; el cuerpo de Carmen era una nueva geografía que exploró hasta que ambos quedaron colmados. Ya no era la chica escuálida, frágil y quebradiza que había conocido. Su cuerpo tenía historia y, además, había dado una nueva vida.

—¿Qué has hecho durante todo este tiempo... aparte de pintar, claro?

—Estuve en Madrid y allí enfermé. Pallarés, para recuperarme, me invitó a su pueblo. Pasé medio año allí.

—No te imagino en el campo; aunque he podido comprobar que te has recuperado bastante bien —bromeó Carmen.

—Estar allí, entre gente sencilla, fue una gran experiencia.

—Pero también pintaste —afirmó Carmen.

—Sí, claro; sabes que no puedo dejar de hacerlo. Vivimos un tiempo en una cueva donde llevamos los enseres para trabajar, pinturas, lienzos que nos hacíamos traer en una mula. Vivíamos en la cueva como primitivos, con la sola ayuda de un cuchillo que me regaló Pallarés. Su hermano nos traía la comida en la mula. Y allí estábamos, Pallarés y yo solos en plena naturaleza. Hasta que una tormenta acabó con todo. ¿Sabes que hasta estuve a punto de morir?

Aquella afirmación inquietó a Carmen.

—Pero no te pasó nada; estás aquí.

Sí, estoy aquí gracias a Pallarés; él me salvó. Me caí en un torrente, el agua me arrastraba con fuerza y no sé nadar. Manolo fue quien me sacó del agua. Casi ni lo cuento.

Pablo se detuvo en su relato, Carmen esperaba sus palabras con interés. El pintor prosiguió:

—Una noche, de regreso al pueblo, nos llamaron para que asistiéramos a una autopsia. Una niña pequeña y su abuela habían sido fulminadas por un rayo. Fuimos al cementerio y presenciamos el espectáculo. El forense fumaba mientras el enterrador le ayudaba en su trabajo. Serraron la cabeza de la niña hasta que se convirtió en tres cabezas, luego las abrieron en canal. Manolo y yo no pudimos soportarlo y salimos vomitando mientras el forense y el enterrador se reían de nuestro poco aguante. —Pablo se detuvo; su mirada se hundió en los recuerdos, como si estuviera presenciando lo que, en resumen, le había descrito a Carmen.

—¡Dios, qué historia!

—Bueno, no todo fue tan terrible. La vida en el pueblo tuvo sus buenos momentos. Ayudaba en las labores del campo, en el molino de aceite de la familia de Manolo. Fueron unos meses en los que me di cuenta de cómo lucha la gente para sobrevivir en un pueblo apartado; cómo trabajan, comen, mueren. Gente sencilla, que lleva una vida realmente dura pero con unas ganas tremendas de vivir y salir adelante. Horta me cambió; sus gentes, su paisaje, su montaña. Horta me cambió —volvió a repetir y añadió—: Pero nunca olvidaré a aquella pobre niña arrojada a las tinieblas y con su cabeza en tres trozos.

El relato conmovió a Carmen. Sabía que ahora le tocaba contar a ella, pero no tenía ganas de hacerlo y decidió cambiar el rumbo de la conversación.

—¿No vas a enseñarme nada de lo que has hecho?

Pablo le empezó a mostrar sus nuevos cuadros y dibujos.

—Has cambiado, Pablo. Tus dibujos también.

—¿Qué te parecen?

—Yo no entiendo nada.

—Lo que tú digas, pero ¿qué te parecen?

—A mí me gustan, son tristes, pero me gustan. Ésos, ¿cómo los llamas?

—Autorretratos.

—Pues están llenos de melancolía y de tristeza.

—No es extraño; los pinté cuando te había perdido.

—Los anteriores eran más...

—Académicos.

—Supongo que sí. Éstos son más naturales, más sueltos. Pero los que me gustan mucho son tus cuadros de ventanas.

—¿Y qué te parece éste? —dijo, levantándose de la cama y quitando el paño que cubría el caballete.

Era un cuadro pequeño, de unos veinticinco por treinta centímetros. Un hombre y una mujer aparecían en un bar, sentados a una mesa en la que había una botella. El hombre acercaba su mano derecha al pecho de la joven morena.

—Es... diferente. No hay amor entre ellos, ni siquiera pasión. La pierna izquierda de él parece la pata de un caballo y el rostro de la chica, con ese toque de color rojizo debajo del ojo, hace que sepamos que está enferma, cansada y sola en la vida. El hombre es una masa negra que se abalanza hacia ella sin pasión; con la lujuria estéril del borracho. Es un bruto, un pobre desgraciado aturdido por el alcohol y sin trabajo. Tan negro que da miedo. Ella es puta y pasará la noche con él a cambio de bien poco. Me gustan los tonos verdosos y naranjas que les envuelven. Son dos personajes...

—De las cloacas de la ciudad, de la miseria moral y física; dos rechazados. Conozco a un pintor que ha sido capaz de reconocer la belleza en los cretinos, en los miserables, en todos los desgraciados ocultos en la Barcelona vieja y que los burgueses biempensantes de esta ciudad no quieren ver aunque, a veces, se mezclen con ellos.

—¿Se mezclan con ellos? Eso es imposible.

—Sí, en los entreactos del Liceo; entonces entran en locales como éste, donde dormitan seres como los que hay en mi cuadro. Entran en el Eden Concert, un tugurio a la francesa de canción frívola, y se mezclan durante un rato. Una mierda, Carmen, una mierda. ¡Si los vieras a todos juntos! ¡Artistas, putas, borrachos, burgueses, anarquistas!

—No creo que puedas vender muchos cuadros de este estilo; ni tu amigo tampoco. Pero este cuadro tiene energía, vitalidad.

—Nonell, se llama Nonell. Ha expuesto en París junto a Toulouse-Lautrec. Yo he aprendido mucho del coraje de su pincel, de su línea y su color. ¡Tengo que buscar un color!

—¿Cuál?

—No lo sé. Un color que me permita pintar la vida sumergida de esta ciudad.

—Encontrarás tu color, Pablo. Pero no es eso lo que te preocupa, ¿verdad?

—Estoy en un apuro —dijo con abatimiento.

—¿Puedo ayudarte?

—No, no puedes. Nadie puede hacerlo.

—¿Por qué no me dices de qué se trata?

Carmen se horrorizó cuando Pablo le contó lo que había recibido en una caja de cartón.

—Y eso no es todo. Me han robado el cuchillo y un cuaderno.

—¿Qué había en el cuaderno?

—Todas vosotras. Os dibujé a todas y, sin pretenderlo, también al asesino de Marta.

—¿Al asesino? Pero ¿qué estás diciendo? ¿Cómo?

—No lo sé. Es una intuición. ¿Te acuerdas de aquel marinero del que te hablé hace tiempo? ¿Del mismo que os observaba en el taller y al que tu amiga Ana se enfrentó?

—Sí.

—Yo lo dibujé, Carmen. Lo dibujé en mi cuaderno. Yo dibujé al asesino de Marta disfrazado de marinero y, también, de médico.

Y le contó la conversación con el supuesto médico en el prostíbulo de Benigna.

—Eran la misma persona; ahora estoy convencido. Llevo todo el día dándole vueltas a la idea. Sé que es él y, por alguna oscura razón que se me escapa, quiere implicarme en este horrible crimen. Me lo dijo aquella noche en la taberna y entonces no le entendí.

Carmen no sabía qué pensar.

—Tienes que ir a la policía y contarles todo esto.

—¿Y tú crees que me harían caso? No, no lo harían. Si acudiera a la policía ya tendrían cerrado el caso; tendrían a su asesino. ¿Quién soy yo? El hijo de un triste profesor de dibujo, que frecuenta anarquistas, tugurios de mala nota, que ha vivido en el mismo prostíbulo donde ejercía la chica asesinada y que dice ser pintor. No, Carmen; no me creerían.

—Tú no eres un asesino.

—Pero eso ellos no lo saben.

27

Con cariño, Jack

Entre las cartas que esa mañana encontró Liberto Manent sobre la mesa de su despacho, se encontraba una sin remite.

> Mataré a todas esas mujerzuelas una a una. Esto no ha hecho más que empezar. Estoy disfrutando mucho.
>
> ¡Atrápenme si pueden!
>
> Con cariño,
>
> JACK

Manent se quedó helado al leer la carta. ¡El asesino de Marta Planas le había escrito al periódico! Y lo que es más, anunciaba que seguiría matando. Aquello era una bomba a la que no podía dar crédito. Leyó la breve nota varias veces, con atención. Apenas cinco frases, pero terribles. Cinco frases escritas con una letra impecable, con una mano firme, casi comercial y que no parecía ejecutada por un desequilibrado. Le llamó la atención aquel toque macabro de humor con el que cerraba su breve nota. «Con cariño», había escrito.

Salió de su despacho con la carta en la mano y preguntó si había llegado el director; ni siquiera esperó una respuesta: recorrió el pasillo casi en tromba y abrió la puerta de Modesto Sánchez con decisión.

—¿Qué te pasa? Parece que has visto al diablo.

—Y así es.

El director estaba reunido con el jefe de redacción y dos empleados más del periódico ultimando la edición del día siguiente.

—¿Puedo hablar contigo?

—¿No puedes esperar?

—No.

—Bien, ¿de qué se trata?

—A solas —dijo Manent.

Modesto Sánchez hizo un breve gesto a sus tres colaboradores, quienes se levantaron y abandonaron el despacho, algo molestos por aquella súbita intromisión. Algo le pasaba a Manent; estaba blanco.

—Bien, siéntate.

—No; prefiero estar de pie. Toma, lee esto —le dijo ofreciéndole la carta.

Sánchez la tomó intrigado. Debía tratarse de una noticia importante y, a juzgar por el lamentable aspecto de Manent, estremecedora. Manent no era un sujeto impresionable o que perdiera la calma con facilidad.

—¿No habrá caído el gobierno?

Manent no contestó.

Sánchez olió la noticia en cuanto leyó la carta. Pero debía ser prudente y procuró que no se notara su turbación delante de Manent. De todas formas, pensó, *La Vanguardia* era un periódico serio y veraz y no podían meter la pata.

—¿Cuándo ha llegado esto?

—Hoy. Estaba sobre mi mesa.

—¡Joder! —dijo Sánchez que no era muy dado a las palabrotas—. Puede tratarse de una broma; de una broma macabra. Hay mucho loco suelto por ahí y no es la primera vez que recibimos anónimos.

—Pero no de este tipo. Yo creo que la ha escrito el asesino.

—El cabrón tiene buena letra.

—Sí, la tiene. ¿La publicamos?

—Lo primero que tenemos que hacer es informar a la policía.

—¿Puedo encargarme yo?

—Deberíamos pasársela a Octavio, a sucesos.

—Pero la nota iba dirigida a mí.

—Sí; eso es lo que no acabo de entender. Lo lógico...

—Es que te la hubiera enviado a ti; eres el director —cortó Manent.

—Habla con la policía. Luego me informas y veremos qué hacemos. Yo antes tengo que hacer unas consultas.

—¿A quién?

—A los dueños. Algo así tienen que saberlo los señores Godó.

«¡Qué tiempos!», pensó Sánchez; si aquello era verdad, la catástrofe sólo acababa de empezar. Al menos aquel cabrón había elegido un buen periódico para darse a conocer.

Abel Fonte le había hecho esperar un buen rato antes de hacerle entrar en su despacho.

—Usted dirá qué se le ofrece —le dijo Fonte indicándole que tomara asiento.

Manent pasó a relatarle lo ocurrido y luego le mostró la carta.

—Un loco asesino no tiene tan buena letra. La nota es falsa.

Manent no podía dar crédito. Hubiera esperado cualquier otro comentario, tal vez algo de emoción en el rostro del jefe de policía cuando leyó la carta. Pero nada, se limitó a dejar caer la nota sobre la mesa y a hacerle aquel breve comentario.

—Entonces, ¿la publicamos?

—¿Publicar qué?... ¿Un anónimo? ¿Desde cuándo su periódico se dedica a dar noticias sin contrastarlas?

—Pero la carta está firmada. Se dice llamar Jack, como el...

—Sí, lo sé —cortó Fonte—. Como ese asesino que mató a cinco prostitutas en Londres hace diez años. Lo recuerdo perfectamente.

—Once —puntualizó Manent.

Fonte pasó por alto la corrección.

—Esto no es Londres. Estamos en Barcelona. ¿Acaso cree que ese asesino, después de once años, ha decidido matar en nuestra ciudad? ¡Despierte! Usted es periodista y no un literato.

—Pero se ha cometido un crimen de las mismas características; no estoy diciendo que se trate del mismo asesino, sino de alguien que lo hace como él. Además, inspector, no es el primero.

—¿Qué quiere decir?

—Hace nueve años se cometieron tres crímenes en la ciudad exactamente iguales al de Marta Planas. Tres prostitutas fueron asesinadas y destripadas. Yo informé del primero en mi periódico. Acababa de entrar en plantilla en *La Vanguardia* cuando me encargaron el trabajo. Investigué los tres asesinatos pero sólo se publicó el primer crimen. Por alguna extraña razón no se nos permitió publicar nada de los otros dos.

—Bueno, eso no es extraño; no hay que darle notoriedad a estos sucesos. Provocan una alarma social innecesaria. El periódico hizo lo adecuado.

—No sé si hicimos lo adecuado. Lo que sí sé es que los tres crímenes quedaron sin resolver. Nunca se descubrió al autor.

—Eso es lo que ocurre en la mayoría de las ocasiones.

—¿Qué quiere decir?

—Se asombraría de la cantidad de crímenes que quedan sin

resolver. Las causas de que no continuaran los asesinatos pueden ser múltiples: que el asesino hubiera muerto, que se tratara de un extranjero que regresó a su país. Incluso que no fuera un asesino, sino tres. Maridos celosos, clientes degenerados. No olvide que se trataba de tres desgraciadas y, ¿con quién va esa chusma? Con basura de sus propias características; con borrachos, pervertidos, tipos envilecidos, proxenetas.

Hablaba con tal ausencia de piedad y compasión hacia las tres desgraciadas, que provocó la indignación en el interior de Manent. ¿Cómo podía ser jefe de policía aquel sujeto despreciable? ¿Qué derecho tenía en emplear aquel tono cuartelero al hablar de aquellas pobres chicas?

—¿Y los tres asesinos se pusieron de acuerdo para matarlas de igual forma? No, inspector. Yo creo que se trataba de un único asesino.

—Lo que usted crea no es significativo; usted no es policía. Usted no conoce toda la mierda que cada día llega a estas dependencias.

—Lo sé, inspector; lo sé. Durante años me he pateado las comisarías informando en mi periódico de toda clase de sucesos horribles. Lo sé; lo sé muy bien —repitió Manent para que a aquel sujeto no le quedara ninguna duda.

—Bien, admitamos que se trataba de un solo asesino. Éste sólo podía ser un extranjero. Ningún ciudadano de esta ciudad, por muy degenerado que fuese, es capaz de perpetrar los crímenes tan horribles a los que usted hace mención. La estadística prueba que la delincuencia no aumenta en los países en que las creencias religiosas conservan toda su fuerza. Es la instrucción no fundada en principios religiosos y morales la que da sujetos tan viles. Está demostrado en Francia: allí se observa claramente que la locura y el suicidio, así como la criminalidad en general, aumentan paralelamente con los progresos de la instrucción primaria. El criminal sólo pudo ser un extranjero —volvió a repetir.

Manent no daba crédito a aquel cúmulo de sandeces.

—Pues su extranjero ha vuelto y no tiene intención de contenerse —dijo Manent con un tono que dejaba entrever claramente lo malhumorado que se sentía en aquella reunión con un jefe de policía que, pensó, sería incapaz de encontrar la mesa de su propio despacho.

Salió casi sin despedirse. Debía informar a Sánchez de cómo habían ido las cosas con aquel mastuerzo. Si Dios no lo remediaba, la caza de las pobres chicas había comenzado otra vez.

28

Magia

Benigna mantuvo el cierre de su casa durante una semana. La muerte de Marta la sumió en un tremendo sentimiento de culpa. Si no se hubiera acercado a ella en la iglesia, tal vez la joven aún estaría viva. Benigna se sentía culpable de aquel horrible crimen.

La Negra decidió que no iba a perder una semana de trabajo por la muerte de una amiga. Marta lo entendería. La llamaban la Negra porque lo era como el humo de un tizón; había nacido en Santiago de Cuba, esclava en una plantación de caña. Aunque la trata se había abolido en 1820, sus padres fueron llevados de contrabando a la isla desde una remota costa de África a bordo de un barco negrero propiedad de Antonio López. Tampoco, en teoría, existía la esclavitud en la isla, pero ella, al igual que sus padres y muchos otros negros, trabajaba como esclava cortando caña.

Tenía doce años cuando un general venido de la península a poner orden en la isla se encaprichó de ella. La hacienda donde trabajaba la niña pertenecía a un indiano de Arenys de Mar que, en pago a los desvelos del militar, se la entregó para su solaz. Dos años convivió con él, siguiéndole en todas sus guerras hasta que fue destituido y obligado a regresar a la patria. Entonces la vendió.

—Esta niña hace magia —le dijo al que se la compró.

Verdaderamente hacía magia, acreditó el nuevo propietario cuando la niña durante un par de noches le transportó al cielo con sus manos angélicas. Pero como estaba viejo para proezas amorosas, y presentía que una noche más como aquéllas pondría fin a su vida, decidió sacar un buen dinero por ella: la niña haría las delicias de los clientes en cualquier burdel de la península.

Benigna tuvo conocimiento de las dotes amatorias de la Negra gracias al gobernador civil de Barcelona.

El gobernador era un buen hombre que exigía poco. Era uno de sus más antiguos y mejores parroquianos y un propagandista entusiasta del buen hacer de su burdel entre sus conocidos y amigos íntimos que, como él, deseaban pasar un buen rato olvidándose de sus mujeres y negocios. El gobernador trajo la prosperidad al negocio; prohombres solventes que no deseaban otra cosa que limpieza, discreción, fantasía y entretenimiento. Aunque él hubiera querido mucho más porque estaba enamorado de Benigna; pero estaba algo fósil para exigencias y ante la duda de exponer su corazón y que fuese rechazado, guardó silencio. Pero la quería con un amor liberal, generoso, desprendido, y hubiera dado su vida por ella.

Además, Benigna aprendía y se reía mucho con él. Le traía frases escritas en italiano para que ella se las pronunciara en la cama.

—Te amo, Giovanni. Eres el mejor hombre del mundo. Nadie me hace el amor como tú. ¡Mi amor, mi amor, mi amor! —pronunciaba Benigna en su oído y en italiano, mientras el gobernador, que no se llamaba Giovanni, se deshacía en el lecho.

—¿Por qué te empeñas en que te llame Giovanni?

—Porque suena muy poético, Benigna. Muy poético.

Y porque cuando lo pronuncias me derrito. ¡Qué bien hablas el italiano! ¡Pareces tan nativa!

—¿Has estado en Italia?

—Nunca —decía el gobernador con nostalgia.

Y entonces le hablaba de su paraíso perdido.

—Donde sí he vivido es en Puerto Rico y en Cuba. ¡La perla de las Antillas! ¡Qué lugar y qué mujeres! Allí dejé enterrado mi corazón.

El gobernador le relataba su pasado antillano con tal detalle que Benigna podía recorrer la isla siguiendo sus palabras.

—Se perdió por avaricia y por incompetencia. ¡Ahora le echan la culpa al gobierno! ¡Nosotros tuvimos la culpa! Sabes que la mayoría de la isla estaba en nuestras manos. Fuimos unos explotadores, Benigna; unos negreros. Si, a su debido tiempo, hubiéramos hecho cuatro reformas la isla aún sería nuestra. Un montón de guerras y un montón de muertos para nada; ése fue el coste de Cuba. Y no quisimos verlo. Claro, como no iban sus hijos; ningún burgués de mierda perdió a uno solo de sus retoños en la isla. ¿Y quiénes peleaban, Benigna? Los desgraciados; aquellos soldados eran los más pobres de España. Doscientos mil mandados al matadero, mal equipados, peor alimentados, a morir de fiebre amarilla en los campos pantanosos, mientras los acomodados liberaban a sus hijos del servicio pagando mil quinientas pesetas y jugaban a estrategia en los cafés. «España empleará la sangre de su último hombre, quemará su último cartucho y gastará su último céntimo en conservar aquellas provincias», dijo el maldito Cánovas. ¿Y para qué? Los insurrectos abandonaban los bohíos del campo y se lanzaban al monte a darnos caza. Y mientras tanto Cánovas seguía diciendo sus sandeces; sandeces como ésta: que los negros en Cuba son libres, pueden contraer compromisos, trabajar o no trabajar. Que la esclavitud era para ellos preferible a esta libertad que no han sabido aprovechar más que para no hacer nada y formar masas de desocupados. Todos los que conocen a los negros, seguía diciendo el muy imbécil, le dirán que en Madagascar, como en el Congo y en Cuba, son perezosos, salvajes, inclinados a obrar mal, que hay que manejarlos con autoridad y firmeza para obtener algo de ellos. Esos salvajes no tienen otros dueños que sus instintos y sus apetitos primitivos. ¡Y se lo dijo a un periodista francés!... ¡Perezosos!... ¿Cómo cree que obtuvimos nuestras fortunas? Y sólo faltó que Cánovas destituyera a Martínez Campos y mandara a aquel sanguinario de Weyler. Benigna, ¡tenemos el honor de haber inventado los campos de concentración! Allí matábamos a mujeres y niños y empleábamos el terror como arma de guerra.

—No te sulfures, Giovanni; no te sulfures, mi amor.

—¡Cómo no voy a hacerlo! Le entregamos la isla a los americanos y les vendimos Filipinas por cuatro duros. Nos hemos convertido en un país de segunda y a merced de las inversiones de los oligopolios extranjeros. ¡Eso es ahora España!

Benigna no sabía lo que era un «oligopecio» o como se pronunciara aquella extraña palabra, pero si su Giovanni lo decía, aquello debía ser muy malo.

—Te voy a animar un poco; tú no has venido aquí a hablar de política.

Así lo hizo Benigna, después de quitarle el sombrero y el traje que ella le había regalado hacía un tiempo. «Para mi príncipe», le dijo en aquella ocasión cuando el gobernador abrió su regalo. Luego le trató con tal destreza que, al hombre, poco a poco, se le fue borrando su Cuba de la memoria.

El gobernador civil, cuando quedó aliviado, miró su reloj. Aún tenía tiempo antes de su reunión. Rompió a hablar.

—¿Sabes que cierra Antoñita la Carnicera?

Antoñita era la dueña de Las Cuatro Rosas, uno de los burdeles más prestigiosos de Barcelona. Antoñita tenía el mote de la Carnicera porque era una auténtica devoradora de hombres.

—¿Cómo que cierra? ¡Pero si está forrada!

—Pues por eso será; porque está forrada. Se ha comprado una masía y se retira al campo.

—¿Y cómo sabes tú eso? ¿No te gastarás los dineros en la competencia?

—Ya sabes que voy para espiar; espío para ti. Tiene una chica... ¡La Negra!... ¡Qué niña!... ¡Y hace unas cosas!

—¿Qué cosas?

—No se pueden ni explicar. ¡Lo nunca visto! Deberías incorporarla a tu burdel; ahora que cierra, tal vez podrías llegar a un acuerdo con Antoñita.

Benigna le hizo caso. Compró a la Negra por dos mil quinientas pesetas; todo un dineral. Pero no le dolió aquella inversión.

—Ahora eres libre. Mis chicas son libres. En cuanto al dinero que pagué por ti, me lo vas devolviendo en la medida que puedas —le dijo Benigna. También buscó a la niña un lugar para vivir, un pequeño piso en la calle de las Tapias.

La Negra comprobó que no había gato encerrado en aquel acuerdo. Benigna era una buena mujer que se preocupaba por el bienestar de sus muchachas. Nadie la había tratado así, ni siquiera su pobre madre que, maltratada por la vida, nunca tuvo tiempo para un simple gesto de cariño.

«¡Pobre hija! ¡Si es una niña!», pensó Benigna la primera vez que la vio, después de cerrar el acuerdo con Antoñita.

Benigna constató que había hecho un buen negocio pues la Negra no tardó mucho tiempo en reembolsarle su inversión. Cobraba auténticas fortunas que, dadas sus habilidades, todos los burgueses pagaban religiosamente y sin rechistar. Aquella niña subía como la bolsa, le dijo en cierta ocasión un agradecido cliente.

—¿Cómo lo haces, mi niña? ¿Cómo es que te pagan tanto?

Benigna pudo observar sus habilidades y participar en ellas. Fue la noche en que Javier Galiana Meix, coronel de caballería destinado en el cuartel de los Dochs, pagó seiscientas pesetas por pasar toda la noche con dos putas.

El viejo militar estuvo a punto de no ver el amanecer del nuevo día. La Negra no le tocó. Empezó con una breve letanía mientras el coronel se desnudaba y se estiraba cuan largo era sobre la cama. La Negra se introdujo unas hierbas en la boca, y, mientras masticaba, no dejaba de recitar su chocante letanía. La maltrecha espada del coronel empezó a erguirse, entonces la Negra le sopló sobre la punta y un polvo negro recubrió el miembro del coronel, adhiriéndose a él como una segunda piel.

—¡Me lo habían contado! ¡Me lo habían contado! ¡Pero no daba crédito! ¡No daba crédito! —exclamaba el viejo coronel de caballería al comprobar cómo su miembro adquiría el tamaño de uno de sus antebrazos—. ¡Hazme algo, Benigna! ¡Hazme algo! —gritaba el coronel llevado por un entusiasmo que no sentía desde su última carga.

Benigna montó al coronel y cabalgó sobre él durante horas hasta que empezaron a resentirse sus riñones.

—¡Al trote! ¡Al galope! ¡Al trote! ¡Al galope! —ordenaba el coronel una y otra vez dando confianza a aquel abundante ardor juvenil que acababa de comprar por seiscientas pesetas.

Benigna se apeó del burro, porque aquello era un burro, un mulo, un animal de tiro infatigable que la horadaba sin misericordia. El corazón le estallaba en el pecho.

Entonces la Negra levitó hasta ponerse en paralelo sobre el cuerpo enardecido del coronel. Se movía en el aire sin tocarlo, a escasos centímetros del militar, que se moría de gusto al ver aquellos pechos duros meciéndose en la nada, aquellos muslos, aquellas curvas negras como el tizón, aquel rostro, aquellos labios carnosos que recitaban y recitaban su letanía. La Negra flotaba y Benigna no podía creerlo. La Negra desafiaba la gravedad sobre el lecho, a escasos centímetros del cuerpo del coronel, en un vaivén lento y continuado, adelante, atrás, adelante, atrás, mientras el miembro del militar seguía en línea recta el ritmo que aquella hechicera le marcaba, como la aguja imantada de una brújula buscaba el norte orientada hacia el polo magnético.

Amanecía cuando el órgano del anciano estalló. Fue como un surtidor, como un géiser cuyo fluido inundó el cuerpo de la Negra en el aire y gran parte del techo de la habitación, que se llenó con tal cantidad de vapor que los tres desaparecieron entre insólita neblina.

Benigna, a tientas, se levantó y se dirigió hasta la puerta de la habitación, la abrió; los vapores avanzaron por el pasillo y penetraron por las rendijas de todas y cada una de las habitaciones y estancias del prostíbulo.

Las chicas y los clientes salieron de sus habitaciones asustados.

—¡Nada, no pasa nada! ¡Un poco de niebla, eso es todo! ¡Venga, cada uno a lo suyo! —gritó Benigna entrando de nuevo en su habitación y cerrando la puerta.

Cuando el vapor se disipó, vio sobre la cama, el uno junto al otro, los cuerpos desnudos de la Negra y el coronel. Dormían boca arriba, plácidamente, como dos criaturitas recién alimentadas y bañadas. El coronel, bajo y rechoncho, había crecido un cuarto de vara y adelgazado dos arrobas.

—¡Diablos! ¡Y creía que lo había visto todo!

Se fue a la cocina y, aunque no tenía costumbre, se sirvió una copa de ginebra. Se llevó una mano al sexo; aún estaba bien mojada. Se sentó en una silla, con una sonrisa angélica en el rostro.

—¡Qué a gusto me he quedado! ¡Por Dios! —se dijo, recuperando una alegría de vivir que hacía mucho la había abandonado.

La Negra se enfundó en su vestido de colores brillantes y alegres y salió a la calle. Alrededor del cuello llevaba su pequeño bolsito de hierbas. Un puro camelo porque, en realidad, la magia estaba en las palabras que ella empleaba con sus clientes.

El coche avanzaba lento y se detuvo junto a ella.

No le vio la cara a la persona que viajaba en su interior, sólo su brazo se extendió a través de la ventanilla, ofreciéndole unos billetes y una granada.

La Negra los cogió y contó. El desconocido era muy generoso. Y el detalle de la granada, aunque la desconcertó, terminó agradeciéndolo. Miró al interior, pero no consiguió ver al viajero. La Negra se hizo una idea del interior del vehículo; no había mucho espacio para levitar, se dijo.

—Entra. Luego te daré más.

—¿Lo vamos a hacer aquí?

—Entra —ordenó de nuevo la voz.

Así lo hizo la Negra.

29

Un problema

—Lo que le han hecho a esta niña no tiene nombre —dijo el médico forense.

Liberto Manent no contestó, tampoco lo hizo Abel Fonte, el jefe de policía. Manent pidió permiso para continuar fotografiando a la Negra en el depósito de cadáveres.

Había tomado muchas fotografías en el lugar del crimen: a la pobre niña y a las docenas de personas que, a unos metros de la policía, se agolpaban con curiosidad morbosa unos, aterrados y confusos otros.

—Este monstruo no tiene ni sentimientos ni conciencia —dijo al fin Manent, llevado por una sensación de impotencia y de repulsión.

—La ha traspasado como si fuese mantequilla. He contado treinta y dos puñaladas. Este sanguinario tipejo cada vez está más loco. Le ha partido el esternón y le ha agujereado el pulmón derecho, el pericardio y la aorta. Le cortó la garganta como a la otra chica; también se ha llevado su hígado. ¿Para qué coño querrá el hígado este salvaje? Tiene cinco puñaladas en los genitales.

Cuando la encontraron, el médico tuvo que introducir los intestinos de la chica en la cavidad abdominal antes de llevarla al depósito; el asesino le había abierto el abdomen y, macabramente, le había colocado a la Negra sus intestinos sobre el hombro izquierdo.

—¡Ciérrele los ojos! —dijo el jefe de policía—. Parece que nos está mirando.

La Negra tenía los ojos muy abiertos, como si quisieran beberse el mundo antes de entrar en la oscuridad, mientras la vida se le escapaba o intentaba impresionar en sus retinas el rostro de su asesino. El médico se los cerró.

—¡Vaya día llevo, jefe!... ¡Esto es...! —no le salían las palabras al médico, desde que colocó los intestinos en su sitio no había dejado de vomitar—. No podré con esto, jefe. No podré. ¡Es obra del demonio! Ningún ser humano está tan loco como para hacer algo así... es...

—¡Cálmese! —le ordenó Fonte—. Salga fuera y tome un poco el aire.

Abel Fonte procuró no cruzar la mirada con Liberto Manent, quien parecía decirle que qué diablos estaba haciendo para resolver el caso. No podía enfrentarse a aquella mirada inquisidora.

—Tome —dijo Manent tendiéndole una nota al policía—. La recibí esta mañana.

> ¡Ah, el último trabajo fue tan divertido! Hoy he practicado una cesárea a una mujerzuela.
>
> Creo que en la policía están dormidos.
>
> Besos,
>
> JACK

Fonte la leyó. De no ser una prueba la hubiera estrujado entre sus manos.

—El cuerpo se descubrió a las cinco.

—Yo ya estaba en el periódico cuando nos avisaron; no podía dormir. No podía volver a mi casa. Entonces encontré la nota. Ese cabrón la mató y luego me dejó una carta. Se divierte provocando y burlándose.

Había pasado una semana entre ambos crímenes, poco tiempo, pero aun así Manent le preguntó al jefe de policía si ya tenían alguna bendita pista.

Fonte estaba molesto con él y, aunque había intentado disimular a lo largo de la mañana, desde que Manent llegó con su maldito artilugio fotográfico al lugar del crimen, no pudo contenerse por más tiempo.

—¡No, no tenemos nada! ¡Pero ya ha conseguido usted lo que quería!

—¿Qué quiere decir? ¿Qué es lo que yo quería?

—En breve llegará un endemoniado inglés a ayudarme o a hacerse cargo de la investigación.

—Yo no tengo nada que ver con eso —se defendió Manent.

—¿No? ¿Quiere hacerme creer que usted y su periódico no han forzado a los de arriba para que busquen ayuda en el extranjero?

—No sé de qué me está hablando. Lo único que le he preguntado es sobre el estado de la investigación policial.

—¡Le diré cómo va la investigación policial! —bramó Fonte fuera de sí—. Hemos analizado cientos de fichas antropométricas e interrogado y puesto bajo vigilancia a los que nos parecen sospechosos; tengo a policías entrenados en fisiognomía trabajando en el caso, a docenas de agentes disfrazados para que se mezclen entre la gente de mala nota en los antros dudosos, a sabuesos rastreando las calles. El forense, y usted ha podido verlo, no me ha proporcionado prueba o pista alguna. Tampoco el lugar del crimen porque, al parecer, el asesino no las mató donde encontramos a esas desgraciadas. Por el momento, no hemos podido obtener ni la más remota pista. No podemos hacer una reconstrucción del crimen, ni un retrato del asesino. Hemos interrogado a todos nuestros confidentes, pero no tenemos testigos que puedan facilitarnos una buena o mala descripción del posible criminal. Y, aun así, debemos dar gracias a Dios por haber sabido encontrar a las personas capaces de identificar a las víctimas. —Fonte se detuvo; estaba vivamente acalorado, tomó aire y acabó diciendo—: ¿Sabe de cuántos hombres dispongo? ¿Sabe cuántos habitantes hay en esta ciudad?... No, ¡qué va usted a saber! Tengo a un agente por cada diecisiete mil habitantes. Tengo a menos de tres mil hombres para perseguir más de doscientos tipos de delitos, para vigilar a anarquistas, maleantes, ladrones y asesinos. Esto no es un pueblo donde todos los que atentan contra la ley están controlados y sabemos quiénes son. Barcelona es una ciudad enorme donde nos es imposible distinguir al delincuente habitual del primerizo. Aquí los delincuentes adoptan nombres falsos y así evitan que les relacionemos con sus fechorías pasadas. Además, no tenemos ningún medio de identificación fiable y eficaz. La multitud es el peor enemigo de la policía. ¿Cómo podemos impedir que los delincuentes asuman falsas identidades para no ser descubiertos o no podamos relacionarlos con pasadas fechorías?

Visto de esa forma, pensó Manent, Abel Fonte tenía un verdadero problema. Fonte pareció adivinar los pensamientos del periodista y añadió:

—Pero ése no es mi verdadero problema. Mi problema son ustedes, los periodistas y sus informaciones. Ustedes han creado una auténtica alarma social aireando el caso de una puta asesinada, haciéndole creer a la población que corre un gran peligro; que ninguna chica honrada está a salvo de un sanguinario asesino que recorre las calles. Ustedes les meten el miedo a la gente y eso dificulta nuestro trabajo. La gente cree que somos unos incapaces, la masa presiona, la masa pone en duda a la policía; la masa piensa que somos unos auténticos incompetentes y unos soberanos imbéciles. ¡Eso es lo que consiguen con sus escritos!

—Nuestro deber es informar —se defendió Manent y añadió—: y el suyo no hacer distinciones entre una prostituta o una «buena chica» asesinada. Todos los crímenes son igual de reprobables. Lo que usted deja entrever con sus palabras es que hay mujeres que merecen ser asesinadas y otras no. Que las «desgraciadas», como usted dice, en el fondo se merecen ese horrible final.

—¡Váyase usted a la mierda! —bramó Fonte.

30

Otra caja

—Tienes que acudir a la policía —le dijo Pallarés cuando Pablo, sobrecogido, le mostró la segunda caja que había recibido.

Esa mañana la había encontrado junto a la puerta de su estudio. Un segundo regalo macabro. Un segundo órgano.

—Era otro chico. Dijo que te debía entregar el paquete personalmente y le dejamos pasar. ¿Ocurre algo, Pablo? —le dijeron las chicas del taller.

Pablo no contestó. El nuevo regalo había permanecido junto a su puerta un par de horas. El muchacho no llamó; se había limitado a dejarlo en el suelo. Pablo se dirigió al taller de su amigo Manolo Pallarés con el siniestro paquete quemándole las manos.

Le contó todo.

—No puedo acudir a la policía, Manolo, ¿no ves que eso es lo que quiere el asesino?

—Pero debes contarles todo; ellos te creerán. —Manolo insistió—: Debes contarles lo que me has contado a mí y a Carmen. ¿No dices que tienes un retrato del asesino?

—Lo tenía.

—Pero puedes volver a dibujarlo. Eso es una prueba, Pablo; justo lo que la policía anda buscando.

—No, lo que buscan es a un culpable y si yo me presento y les voy con esta historia, ellos ya tendrán lo que quieren: ya tendrán a su asesino. Yo conocía a Marta, yo viví en el prostíbulo. Ellos atarán cabos hasta que la historia les cuadre y me meterán entre rejas.

—¿Y si el asesino vuelve a matar? Si estás en la cárcel no puedes cometer nuevos asesinatos.

—¿Y si no vuelve a hacerlo? No, Manolo. El asesino va a por mí; eso está claro.

—Estás desvariando. ¿Quién puede odiarte tanto como para urdir algo así? Lo que yo creo es que debes adelantarte a él. ¿Y si la policía, en sus investigaciones, llega hasta ti? ¿Y si la policía descubre... eso? —dijo señalando hacia la caja—. ¿Qué les dirás entonces? ¿Que los recibiste por correo? ¿Que alguien te envió un par de cajas con trozos de la víctima? Si la policía estrecha el cerco, te será muy difícil que luego te crean.

Pablo estaba sumido en un mar de confusiones, de pensamientos contradictorios. Puede que Pallarés tuviera razón y cuanto más esperara fuese mucho peor. Él no era un asesino; nadie podía creer eso... ¿o sí? Durante toda la semana no había dejado de darle vueltas al asunto. Bastaría con que dos personas testificaran que le habían visto en el lugar del crimen como para que fuera carne de cárcel o de garrote. Y había gente, le constaba, dispuesta a testificar cualquier cosa a cambio de unas monedas ¿Qué valor tenía su vida? ¿Qué valor tenía la vida de un joven emigrante andaluz frecuentador de prostíbulos sin oficio ni beneficio y que decía ser pintor?

—¿Lo saben tus padres? —preguntó Pallarés y, al momento de formularla, supo que era una pregunta ociosa.

—¡No! —dijo Pablo—. Y no quiero que sepan nada; se morirían.

—Bueno, en principio es mejor así hasta que todo esté más claro. ¿Qué decides? ¿Vas a la policía?

Pablo dudó, pero sabía que, en el fondo, Manolo tenía razón. Iría y que fuese lo que Dios quisiera.

—¿Me acompañarás?

—Es una pregunta estúpida: por supuesto que te acompañaré. Eres mi mejor amigo. Mi único amigo —puntualizó Manolo.

SEGUNDA PARTE

EMPIEZA EL JUEGO

31

Un cable

—Interesante, mi querido Sherrinford.

—¿Qué tiene usted ahí?

—Un cable.

—¿Un cable?

El detective Arrow le dio la vuelta, examinó el papel y luego me lo ofreció.

—Sí, un cable que acabamos de recibir y, Sherrinford, o mucho me equivoco o éste promete ser uno de los casos más extraordinarios en los que nos vamos a ver envueltos.

Hacía tiempo que no veía a Arrow tan entusiasmado. Tomé el papel y lo leí. En él se nos comunicaba que se requerían nuestros servicios para esclarecer una serie de asesinatos que se habían producido en el continente.

—¡Es del extranjero!

—Concretamente de Barcelona, como usted ha podido apreciar. ¿De qué se sorprende, Sherrinford? El culpable no es otro que usted y ese nefasto doctor Doyle. Sus escritos han hecho que mi fama se extienda mucho más allá de mi amada Inglaterra. Usted es el culpable —volvió a repetir y luego añadió—: Debería haberme dejado morir, como quería Doyle, y ahora no nos veríamos en esta tesitura.

—¿Debo entender que va usted a aceptar el caso?

—¿Y qué otra cosa podemos hacer, mi querido Sherrinford? Tiene usted el tiempo justo para empaquetar algunas cosas. He tomado billetes para el tren que sale de la estación Victoria. —Arrow consultó su reloj—. Si no me equivoco, tenemos exactamente cuarenta y cinco minutos. ¡Dese prisa, Sherrinford! Por el camino le pondré en antecedentes.

—¿Ya ha estado usted trabajando?

—Me he tomado la libertad de tomar algunas notas mentales sobre el caso, después de consultar ciertas breves informaciones que aparecieron en su día en el *Times*. Un caso interesante, sin duda.

Al precio de cuarenta y dos chelines y seis peniques, tomamos el tren que enlaza Londres con Brighton. Hicimos las cincuenta millas que separaban ambas ciudades en dos horas y treinta minutos.

Por el camino, Arrow se entretuvo en leer el libro *Memorias de Sherlock Holmes*, publicado en Londres por George Newnes cinco años antes.

—¿Qué lee usted, Arrow? —pregunté, ansioso de que me pusiera en antecedentes sobre el caso.

—«El intérprete griego», un relato que, como usted recordará, se publicó de forma independiente en el *Strand Magazine* en el número de septiembre de 1893, si mi memoria no falla.

—No falla, Arrow; su memoria nunca falla.

—Su imaginación es prodigiosa, mi querido Sherrinford.

—¿A qué se refiere?

—No sólo se inventa usted un hermano que jamás he tenido, un tal Mycroft, sino que informa al sufrido lector sobre ciertos antecedentes familiares, por supuesto absolutamente falsos, que me emparentan con una noble familia que vive en el campo y que desciendo de un pintor francés, un tal Vernet. No se le escapa, mi querido Sherrinford, que detesto el campo... la visión de una montaña me deprime. Los crímenes más brutales se producen siempre en el campo.

—¿Qué dice usted, Arrow? —dije echándome a reír.

—Lo que está oyendo. Prefiero Londres, con sus cinco millones de habitantes. Allí el crimen es más difícil. El campo, mi querido amigo, es el lugar idóneo para el desarreglo moral y los sucesos más terroríficos. Mire esas grandes extensiones... ¡ni un alma, Sherrinford!... excepto, tal vez, el criminal y su víctima. Mala cosa el campo, se lo digo yo.

No quise ahondar más en aquel tema, aunque tomé buena nota para incluir aquel breve diálogo en una futura aventura, y le pedí a mi amigo y maestro que me pusiera en antecedentes.

—Advierto, Sherrinford, que tiene usted la osadía de ponerme cinco años de más. ¡Usted sabe perfectamente que tenía veintinueve años y no treinta y cuatro cuando resolví el asunto del intérprete griego!

—¿Y qué más da?

—No es lo mismo resolver un caso de tamaña dificultad a una edad que a otra. Recuerdo que mi primer caso, una bagatela por otra parte, lo resolví con diez años. ¿Se imagina que usted hubiera escrito que tenía quince años? No es lo mismo resolver un caso siendo un niño que siendo un muchacho.

—No fui yo, sino el doctor Doyle. Y ahora, ¿me pondrá usted en antecedentes sobre el caso?

—En cuanto a los orígenes nobles de mi familia, y permítame que insista sobre el tema, usted sabe perfectamente que pasé los primeros cinco años de mi vida en Foundling, el hospital para niños expósitos de London Road, donde, al parecer, me abandonó mi madre. Luego fui dado en adopción a una buena familia de Edimburgo.

—Sí, lo sé; pero el señor Doyle me convenció para que lo cambiara; esos tristes principios sólo funcionan en las novelas del señor Dickens.

—Si le sigue usted haciendo caso al doctor Doyle, terminarán por arruinar al personaje.

Después de discutir durante un rato, pasamos al asunto que había motivado nuestro precipitado viaje. Me puso al corriente con la brevedad y la concisión tan características en Arrow y debo advertir que se me pusieron los pelos de punta cuando me describió los crímenes de aquellas desdichadas.

—¿A qué primeras deducciones ha llegado?

—Es un grave error especular sin información concreta. Pero, en un principio, veo cierto parecido con una serie de crímenes ocurridos en Londres hace unos años.

—¡No se referirá usted a los cometidos por Jack el Destripador! ¡Eso es imposible! Después de tantos años y a tantas millas de distancia.

Arrow no contestó.

—¿Me atiende usted, Steven?

—Mi querido Sherrinford, descartado lo imposible, lo improbable, por extraño que parezca, debe ser la verdad.

—Sí, bueno... eso ya lo he escrito yo antes... quiero decir, Doyle; al dictado, por supuesto —dije confuso.

El tren se detuvo en la estación.

—Nuestro tren ha llegado. Tenemos el tiempo justo para dirigirnos al ferry que ha de llevarnos al continente.

32

Una pasión contagiosa

No pasaré a relatar mis múltiples aventuras, sino sólo aquellos hechos que posibilitaron que diera con el hombre poseedor de la mente más aguda que jamás he conocido: mi admirado amigo Steven Arrow.

Bástele saber al amable lector que en febrero de 1880, una vez me licencié en Medicina, me encontraba trabajando en Japón a las órdenes de un misionero escocés cuyo ingenio tendría mucho que ver en la futura amistad que me uniría de por vida a mi amigo y maestro.

Siempre he considerado que el mundo, dentro del Imperio británico de Su Graciosa Majestad, es, como vulgarmente se dice, un pañuelo. Yo nací en Beith, un pueblecito al sudoeste de Escocia, y mi mejor amigo por aquel entonces era Henry Fauld, cuyo padre tenía un próspero negocio de transporte. Henry y yo nos conocimos en el colegio privado de la localidad y nos hicimos muy amigos. Henry tuvo que dejar el colegio a los trece años, cuando un lamentable golpe de fortuna dejó a su padre sin un penique y a punto estuvo el buen hombre de ingresar en la cárcel por deudas. Mi pobre amigo consiguió un triste empleo de oficinista en el negocio de algodón, té y café de un tío suyo, con el que pudo ayudar económicamente a su familia. Más tarde, cuando su tío trasladó su negocio a Londres, Henry se quedó en Glasgow, donde le perdí la pista y nuestros caminos se separaron, como administrativo en una fábrica de chales y vestidos. Por las noches, al salir del trabajo, asistía a clases particulares. Por aquel tiempo su padre ya se había recuperado económicamente y matriculó a mi amigo en la Facultad de Artes de la Universidad de Glasgow. Se licenció con notable aprovechamiento y, acto seguido, inició estudios de Medicina en el Anderson College. Tras obtener el título se fue a Londres y estudió cirugía en el hospital de St. Tomas, donde volvimos a encontrarnos y retomamos nuestra vieja amistad. Pero mi amigo necesitaba estímulos nuevos para alimentar su vocación científica, por la que casi siempre chocaba con su padre, quien había pretendido educarle en una interpretación literal de la Biblia. Henry era un espíritu inquieto, seguidor de Darwin y atento a todos los adelantos científicos y técnicos que han hecho de nuestro siglo el período más decisivo de la historia humana. Hecho que el mundo debe agradecerle a Inglaterra. Nunca, ni siquiera en el futuro, habrá otra etapa tan decisiva para el conocimiento y el avance en todos los terrenos del intelecto y doy gracias a Dios por haberme permitido nacer en época tan gloriosa y tan estimulante. Pero volviendo a mi amigo, éste regresó a Glasgow con la intención de hacer prácticas en la Royal Infirmary bajo las órdenes y la tutela de Joseph Lister, responsable de su departamento de cirugía. Lister acababa de descubrir un método revolucionario que reducía la muerte entre los amputados de un cincuenta a un diez por ciento; simplemente esterilizando el quirófano y todos sus instrumentos.

En 1871 mi amigo partió rumbo a la India como médico de las misiones de la Iglesia de Escocia en la provincia de Darjeeling. De nuevo volvimos a encontrarnos porque, en aquel tiempo, yo trabajaba como cirujano ayudante en el Quinto de Fusileros de Northumberland, entonces de guarnición en la

India. Henry me contó sus problemas con el pastor evangélico que estaba a cargo de la misión, debido a la encendida defensa que éste hacía de su admirado Charles Darwin y de las nuevas conquistas de la ciencia. Al final tuvo que dimitir, pues lo que se esperaba de él, fuese o no un ministro ordenado, era que se limitara a la enseñanza de la doctrina cristiana según las normas de la Iglesia.

En septiembre del 73 se casó con una chica de Beith, la bella Isabella Wilson; una amiga de nuestra infancia y primera juventud de la que siempre anduvo enamoriscado. Tres meses después el matrimonio zarpó rumbo al Japón, para establecer la primera Misión Médica Escocesa. La clínica estaba en Tsukiji, muy cerca de Tokio; en realidad se trataba de un viejo cuartel de madera donde, hasta poco antes de su llegada, había una dotación de soldados franceses. Una plaga de ranas invadió el cuartel y, al poco, le trasladaron a otro edificio; el viejo lo compró la Misión Médica Escocesa.

La labor de mi amigo fue ingente y yo diría que sobrehumana: atendía el hospital, impartía clases de Medicina a los estudiantes japoneses, a los que enseñaba los métodos antisépticos de su admirado Joseph Lister, se internaba en los pueblos de montaña para atender a los enfermos que no podían acudir al hospital, organizó puestos de socorro en los canales, evitó un brote de rabia que se cebaba en los niños, cuyo único pasatiempo era jugar con ratones infectados, y, además, tuvo tiempo de atajar una virulenta epidemia de cólera. Henry llegó a atender a más de quince mil pacientes al año. Pero por otro lado no dejaba de tener sus problemas con el Comité de la Misión, que le recordaba constantemente que estaba allí como emisario de Cristo y que debía «ganar almas» para el Salvador. Henry estaba desbordado y entonces solicitó mi ayuda.

Cuando recibí su carta me encontraba en Londres convertido en una irremediable ruina física; gozaba de un permiso otorgado por el gobierno de Su Majestad para que me esforzase por reponerme durante el período de nueve meses que se me concedía. El motivo de mi postración fue la herida que me ocasionó una bala explosiva que me destrozó el hueso subclavio, rozando la arteria. Aquel lamentable infortunio se produjo en la desdichada batalla de Maiwand, en Candahar, y habría caído en manos de los *ghazis* asesinos de no ser por el valor y la lealtad de Murray, mi ordenanza, quien, a lomos de su caballo y herido como me encontraba, logró llevarme hasta las líneas británicas.

Fue, como digo, a los siete meses de mi convalecencia en Londres cuando recibí carta de mi amigo. Su misiva tuvo un singular efecto sobre mí, pues aceleró mi recuperación. Jamás había estado en el Japón y, cuando me encontré recuperado, solicité a mis superiores mi traslado a aquella apartada misión. Estaba harto de la India y, desde mi llegada, sospeché que más pronto o más tarde el Imperio perdería la joya de la Corona, que era como llamábamos a aquellos vastos territorios tan difíciles de gobernar.

Llegué al Japón en un momento en que mi amigo estaba inmerso en un tema que le obsesionaría toda su vida y del que, sin yo pretenderlo, formaría parte. Mi amigo en sus ratos libres, que no eran muchos, participaba en unas excavaciones arqueológicas junto a la línea del Ferrocarril Imperial, a unos nueve kilómetros de Tokio. Quien estaba al frente de las excavaciones era Edward Morse, un zoólogo que daba clases en la Universidad de Tokio. Gracias a la admiración que ambos sentían por Darwin y sus teorías no tardaron en hacerse amigos.

Pocos momentos recuerdo tan agradables como mi reencuentro con Henry y su amable esposa. Me mostró el hospital, me puso al día y, apto seguido, me manifestó sus inquietudes por su nueva pasión, que no tardó en contagiarme.

Henry, meses antes, mientras examinaba unos fragmentos de cerámica antigua encontrados en las excavaciones, comprobó que existían unos minúsculos dibujos de líneas paralelas impresos en la arcilla. Días antes había dado una serie de conferencias sobre los cinco sentidos a sus estudiantes japoneses y, mientras preparaba la relativa al tacto, observó que tenía unas crestas arremolinadas en las yemas de los dedos. Henry tuvo un golpe de inspiración y relacionó los dos hechos: se dio cuenta de que las impresiones que veía en la arcilla, y que se remontaban a unos dos mil años, eran las crestas de las yemas de los dedos de los antiguos alfareros. Me contó todo esto con un entusiasmo exacerbado.

—¿Quieres decir que los alfareros de ahora también dejan las mismas marcas?

—Eso es lo que debemos averiguar —contestó.

Desde ese momento ambos rastreamos los mercados de Tokio para estudiar otras muestras de cerámica. Nuestro asombro iba en aumento a medida que comprobábamos que había marcas por todas partes. En el taller de un alfarero nos dimos cuenta de que en sus juegos de té se repetía un mismo dibujo de líneas.

—Es como si el artista hubiera estampado su firma en la obra —le dije mientras examinaba una de las piezas.

Fue entonces cuando vi en su rostro ese fogonazo del genio que sólo se da en las mentes abiertas y entregadas a la observación y el análisis.

—¿Y si los dibujos de los dedos son exclusivos de cada individuo?

Al principio no comprendí el significado trascendente de aquella pregunta, pero sí pude ver en su rostro la importancia de la respuesta que, un segundo después, me daría.

—Si esto es así, mi querido amigo, habríamos encontrado un método fiable de identificación.

A partir de ese momento, cuando las labores del hospital nos lo permitían, empezamos a examinar las huellas de todo el mundo: de su esposa, de los enfermos, de los tenderos, de los obreros y amigos. En un principio las estudiábamos directamente y hacíamos bocetos para el archivo que habíamos empezado.

—¿Y si las imprimimos en cera? —le dije en una ocasión.

Así lo hicimos durante algunas semanas hasta que a mi amigo se le ocurrió un método mucho mejor: consistía en entintar las yemas de todos nuestros asombrados conejillos de Indias y, posteriormente, estampar la impresión sobre un papel. Así lo hicimos con los diez dedos de cada uno de nuestros voluntarios. Llegamos a reunir miles de muestras que examinábamos sin cesar; así advertimos que ninguna era igual a otra. Pero llegamos a la conclusión de que necesitábamos una mayor variedad de muestras, pues sólo disponíamos de huellas de dedos europeos y japoneses. Se nos ocurrió la idea de enviar unas hojas que creamos para la ocasión a científicos de todo el mundo, ilusionados con la idea de que éstos responderían con entusiasmo a nuestro requerimiento. Escribimos más de cien cartas, incluyendo las muestras, pero nuestra desilusión fue brutal al comprobar que bien pocos se molestaron en remitirnos su respuesta. Incluso recibimos alguna misiva en la que prácticamente se nos acusaba de quiromantes y de hacerles perder el tiempo.

—Falta brandy. Alguien está dando fin a nuestras reservas —le dije en una ocasión a mi amigo, al darme cuenta de que el volumen de nuestras botellas bajaba escandalosamente.

—Pues deberemos descubrir quién se lo bebe —dijo Henry.

Henry examinó una de las botellas y descubrió una muestra de huellas sudorosas. Después consultó nuestro archivo y, en breve, descubrió que las huellas de la botella se correspondían con las muestras obtenidas de uno de sus estudiantes de Medicina.

El muchacho quedó al descubierto. Aquel juego nos divirtió mucho a Henry y a mí.

Al mes siguiente intentaron robar en el hospital. Alguien escaló una pared y entró por una ventana. La policía local, mediante la confesión de un testigo, detuvo a uno de nuestros ayudantes; un muchacho japonés eficiente y honrado, según nuestras apreciaciones. Pero la policía no quería dar su brazo a torcer: tenían un testigo.

Henry encontró en la pared de la ventana una mancha de hollín y, en ella, una huella. Al consultar nuestro archivo se dio cuenta de que aquella huella no pertenecía al acusado, pero sí al aparente testigo. Le mostró las pruebas a la policía, quienes liberaron a nuestro ayudante japonés y detuvieron a su delator.

Los dos vimos la luz en ese momento: nuestras investigaciones tenían una finalidad práctica. Estábamos vivamente emocionados pero, antes, debíamos comprobar dos cosas.

Henry y yo nos raspamos las crestas de una mano con una cuchilla. Las huellas, al cabo del tiempo, volvieron a salir. Repetimos la operación con ciertos compuestos cáusticos y, de nuevo, al cabo del tiempo, las marcas aparecieron en nuestros dedos.

Nuestra segunda comprobación era repasar las huellas de los niños tomadas en diversas fases de su crecimiento.

Tanto en un caso como en otro, los resultados fueron siempre los mismos. En el caso de los niños, cuyas muestras iban de los cinco a diez años, las huellas no cambiaban. Y en cuanto a las nuestras, borradas varias veces, siempre aparecían las mismas; sin variación alguna.

Habíamos dado con la clave: el carácter invariable, permanente y único de las huellas de los dedos.

—Henry, esto es un gran descubrimiento y debemos hacerlo público —le dije.

—¿Te das cuenta de lo que tenemos?

—Un método de identificación único y fiable. Un método por el cual las policías de todo el mundo podrán identificar a ladrones y criminales.

Henry me convenció de que lo primero que debíamos hacer era enviarle una carta al mayor científico del momento, que no era otro que su admirado Charles Darwin. Yo no estaba muy de acuerdo, pues consideré que la mejor opción era publicar un artículo con nuestras conclusiones en una revista científica. Finalmente le hice caso y Henry escribió:

«Mi admirado señor Charles Darwin: He estudiado con pasión su obra y me permito dirigirme a usted para un asunto de sumo interés. Me refiero a las rugosidades y surcos de las manos...». Así se iniciaba la carta, en la que le manifestaba el propósito de nuestro estudio comparativo de huellas y donde nos lamentábamos de tener pocas muestras de otras partes del mundo, pero que unas palabras suyas quizá animarían a otros científicos e investigadores de todo el planeta, pues habíamos dado con un descubrimiento de suma importancia, como quedaba de manifiesto en el resto de la carta.

Darwin nos envió una breve carta de disculpa en la que también nos decía que reenviaría nuestra carta a su primo Francis Galton, reputado científico, también seguidor entusiasta de sus teorías e interesado en su aplicación para mejorar la raza humana.

Darwin no sólo se nos quitaba de encima sino que, además, ponía en conocimiento de otro científico, sin nuestro consentimiento, el fruto de nuestras investigaciones.

Debíamos actuar rápido. Henry, con mi colaboración, escribió un artículo para la revista *Nature* que se publicó en el número correspondiente al 28 de octubre de 1880 y en el que terminaba diciendo que se empleasen las huellas digitales para la identificación científica de criminales.

La respuesta fue un tremendo vacío. Ningún científico mandó una sola muestra, ningún jefe de policía se puso en contacto con nosotros interesándose por nuestro método. La única respuesta fue el número de *Nature* del 25 de noviembre, en el cual un tal William Herschel explicaba el uso burocrático que él había dado a las huellas en la India.

Escribimos a los cuerpos de policía más importantes del mundo, pero sólo recibimos algunas muestras de cortesía. De París nos escribieron que Alphonse Bertillon, un joven funcionario, había creado un sistema de investigación policial que estaban empezando a poner en práctica.

Fue un jarro de agua fría que nos sumió en la desilusión.

33

Steven Arrow, detective consultor

Mi primer y singular encuentro con el señor Steven Arrow se produjo en enero de 1881. Encuentro que Arthur Conan Doyle narraría de forma magistral, y con algunas notables modificaciones, en su obra *Estudio en escarlata*. No se le escapará al lector mi asombro cuando, en un alarde de deducción, el señor Arrow supo nada más verme, y sin conocimiento previo alguno, que yo había estado en Afganistán. Más tarde, y a medida que nos fuimos conociendo, pude ver en él lo mucho que un hombre observador podía aprender mediante un examen justo y sistemático de todo cuanto le rodeaba. Pero no adelantemos acontecimientos y seamos ordenados en nuestra exposición.

A finales del año anterior empezaron de nuevo los problemas con mi pierna, debido a las heridas que ya cité en capítulos anteriores. Eso ocasionó mi baja definitiva en el ejército y mi regreso a Londres, después de despedirme de mi buen amigo Henry, no sin antes prometerle que haría todo lo que estuviera en mi mano para dar a conocer en la metrópoli, y a quien quisiera escucharme, los frutos de nuestras investigaciones en torno al método de identificación por huellas que ambos habíamos descubierto.

El tribunal militar que dictaminó mi retirada me asignó

una modesta pensión, tan insuficiente para mi mantenimiento que me vi obligado a buscar un compañero con el cual compartir el alquiler de unas habitaciones mientras intentaba recuperarme, organizarme y abrir una consulta médica que me permitiera ampliar mis escasos ingresos. Aproveché mi estancia en Londres para visitar a mi hermana Selina, viuda desde hacía poco y madre de un niño de siete años que ella estaba dispuesta, en el futuro, a convertir en doctor en Medicina. El difunto marido de mi hermana, William Cobbett, había sido un reputado abogado y le había dejado una renta de ochocientas libras anuales. Cobbett, una semana antes de la ceremonia de boda, intentó librarse de mi pobre hermana e incluso llegó a ofrecerle una pequeña fortuna a cambio de romper el compromiso. Mi hermana rehusó y Cobbett nunca llegó a entenderlo. De ese modo, como diría Wilkie Collins, transcurrieron siete años de malentendidos matrimoniales hasta que William abandonó este mundo.

Después de visitar a mi hermana, la fortuna hizo que en el bar Criterion me encontrara con Stamford, un joven practicante que había trabajado bajo mis órdenes en el hospital de St. Barthelemy. Fue un encuentro agradable. Después de contarnos nuestra vida le hice partícipe de mi problema.

—Estoy buscando una habitación confortable a un precio puesto en razón.

—Es curioso —hizo notar mi acompañante—. Es usted el segundo hombre que hoy me habla en esos mismos términos.

—¿Quién fue el primero? —le pregunté.

—Un señor que, por cierto, ha leído el artículo de *Nature* del que usted hizo mención hace un momento y que, sin duda, estará encantado de conocerle y de que le hable usted de esos métodos de identificación.

—¿Se trata de un médico? Si de veras busco a alguien con quien compartir las habitaciones y el gasto, preferiría tener un compañero de profesión. Sin duda, yo soy el hombre que le conviene.

—No conoce usted al señor Arrow; quizá no le interese tenerle constantemente de compañero.

—¿Por qué? ¿Hay algo en contra suya?

—Yo no he dicho que haya algo en contra suya. Es un hombre de ideas raras. Le entusiasman determinadas ramas de la ciencia, pero no es médico, sino detective consultor y, por lo que yo sé, es persona bastante aceptable.

—¿Detective consultor? ¿Es policía?

—Desea serlo, aunque con frecuencia ayuda a Scotland Yard. En realidad, le placería entrar en el cuerpo.

—Me gustaría verle —le dije—. ¿Hay modo de que yo conozca a ese amigo suyo?

—De fijo que ahora mismo se encuentra en el Diogenes Club en compañía de su amigo el doctor Doyle. Podemos acercarnos los dos en coche si usted lo desea.

—Claro que sí —le contesté.

Mientras nos dirigíamos al Diogenes Club, después de abandonar el bar, Stamford me fue dando unos pocos detalles más del caballero al que yo tenía el propósito de tomar por compañero de habitaciones.

—No debe echarme a mí la culpa si no se lleva bien con él. Lo que yo sé de él es por haberlo tratado alguna vez en el club... aunque debo manifestarle que sus socios no hablan mucho entre ellos. Usted es quien me ha propuesto el asunto y no debe hacerme responsable.

—Me está pareciendo, Stamford, que tiene usted alguna razón para querer lavarse las manos en este asunto —agregué, clavando la mirada en mi compañero.

—No resulta fácil expresar lo inexpresable —me contestó, riéndose.

—Hábleme usted de tan extraño club, donde al parecer los

socios no hablan mucho, y del amigo de su amigo, el doctor Doyle.

Jamás había oído hablar de semejante sociedad y mi cara debió de expresar esa ignorancia, pues Stamford dijo:

—¿El Diogenes Club? Bueno, no es un lugar corriente como usted comprobará de inmediato. Digamos que es el más curioso que hay en Londres. Hay muchos hombres que, unos por cortedad y los otros por misantropía, rehúyen el trato de los demás. Sin embargo, no son reacios ni a los sillones cómodos ni a la lectura de los últimos periódicos. Para esta gente es para la que se fundó el Diogenes Club, y en la actualidad abarca a los hombres más insociables y más anticlubistas de la capital. A ninguno de sus miembros se le permite que se dé en lo más mínimo por entendido de la presencia de los demás. Salvo en la Sala de Extraños, no se permite, bajo ninguna circunstancia, la conversación, y quien incurre en tres faltas, si éstas son sometidas al comité, puede ser castigado con la expulsión.

—¿Y quién fue el fundador de tan extraño lugar?

—El doctor Doyle, por supuesto, secundado por, en el futuro, nuestro común amigo Steven Arrow.

Stamford pasó a hablarme del señor Conan Doyle.

—Un tipo muy curioso, el doctor Doyle. Por lo que yo sé es natural de Edimburgo. Su madre era de origen irlandés y, según él, sus antepasados se remontan al linaje de los Plantagenet. Su padre era funcionario y su madre debía hacer maravillas para estirar sus doscientas cuarenta libras anuales para criar a sus diez hijos. Doyle y Arrow se conocieron en la escuela secundaria de Stonyhurst, regentada por jesuitas y que, como usted sabe, son muy dados a los castigos corporales, a una férrea disciplina y a un régimen decididamente espartano. Posiblemente esto marcó a los dos jóvenes quienes, al término de la escuela, rechazaron las creencias religiosas que los sacerdotes les habían grabado a fuego durante aquellos duros años. Al parecer el joven Doyle estaba vivamente impresionado por las increíbles habilidades de su condiscípulo y amigo. Un joven dotado de unas extraordinarias dotes de observación, deducción y síntesis lógica. Arrow se jactaba de adivinar un modo de ser por la forma de vestir. Era capaz de desnudar el alma de sus profesores de un solo vistazo. Ambos se ganaron la inquina de James Moriarty, el profesor de matemáticas, pues éste no entendía cómo ambos jóvenes podían sacar tan excelentes notas en su materia con tan poco esfuerzo.

»"Éste es el examen de mañana", le decía Arrow a Doyle, entregándole una hoja con los problemas del ejercicio del día siguiente. "¿Es el examen?", preguntaba Doyle. "Mi querido Doyle, ése será el examen de mañana con un margen de error del diez por ciento, lo que nos proporciona una nota más que notable", respondía Arrow. "¿Cómo lo has conseguido? ¿Lo has robado de su cartera?" "Digamos que... de su mente, mi querido Doyle. Por lo demás es... elemental."

»¿Cómo podía hacerlo? ¿Cómo su amigo Arrow podía deducir las preguntas del día siguiente con sólo clavar su mirada en el rostro de Moriarty? Para el joven Doyle, mi querido Sherrinford, era todo un misterio.

Arthur estaba realmente fascinado por Steven, quien le relataba cada detalle de cada horror cometido en el siglo. Su joven amigo conocía como nadie la historia del crimen, así como la literatura sensacionalista. Sus intereses giraban alrededor de la química, la esgrima, las pistolas y los disfraces. Se ejercitaba diariamente con el bastón y, además, se estaba convirtiendo en un experto pugilista a base de entrenar en solitario.

—¿Adónde te lleva todo esto, Steven? Sabes más de crímenes que la misma Scotland Yard.

—Quiero ser policía, Arthur. Eso es lo que quiero ser. Diariamente entreno mi cuerpo y mi mente para, en un día no muy lejano, no darle tregua al mal. Soy un cerebro, Arthur; el resto es un apéndice.

—Yo quiero ser escritor, Steven. Un gran escritor de novelas históricas. Un escritor tan bueno como Walter Scott. A mí no me interesa el crimen ni tus técnicas deductivas que, a veces, me parecen simple brujería.

—Nunca digas nunca jamás, Arthur. No sabemos qué será lo que nos proporcionará fama y fortuna.

—En mi caso, no creo que sea la novela criminal. Eso lo dejo para ti.

—Tal vez, en un futuro, hasta tú mismo resuelvas algún caso policial —sentenció Steven.

Aquella última apreciación fue tomada con escepticismo por el propio Doyle.

Arthur regresó a Edimburgo para estudiar Medicina en la universidad. Allí conoció al profesor Joseph Bell, cuyas increíbles dotes de deducción en torno a sus pacientes le recordaron las habilidades de su amigo Steven Arrow. Arthur, con objeto de ayudar a su madre en la economía familiar —pues al parecer su progenitor había caído en brazos del alcoholismo—, trabajó como asistente en Sheffield, Shrophshire y Birmingham. Incluso viajó al Ártico prestando servicios en un barco que le llevó hasta Groenlandia. Finalizada la universidad encontró trabajo como médico a bordo de un carguero en viaje por la costa de África Occidental.

Arthur y Steven volvieron a reencontrarse en Londres donde, con otros caballeros, fundaron el Diogenes Club, lugar que visitaba con frecuencia el doctor Doyle entre travesía y travesía. En la actualidad tiene intención de asociarse con el doctor George Turnavine y abrir una consulta en Plymounth.

Cuando tuvo lugar nuestro primer encuentro en el Diogenes Club, Doyle era un joven de veintidós años que acababa de regresar del África Occidental y, en cuanto al señor Steven Arrow, había iniciado su carrera de detective consultor tres años antes y esperaba ser llamado para su ingreso en Scotland Yard.

Stamford tenía razón: el Diogenes Club parecía un cementerio repleto de cadáveres sentados en cómodos sillones, entregados a la lectura y sin prestarse la más mínima atención los unos a los otros. Fuimos directamente a la Sala de Extraños, donde se encontraban los señores Doyle y Arrow enzarzados en una interesante conversación sobre las diferentes cenizas de los cigarros, tema sobre el cual, como supe más tarde, Arrow acababa de escribir una interesante monografía.

—El doctor Raymond Sherrinford; los señores Arthur Conan Doyle y Steven Arrow —dijo Stamford, haciendo las presentaciones.

—¿Cómo está usted? —dijo Arrow cordialmente, estrechando mi mano con una fuerza que yo había estado lejos de suponerle—. Por lo que veo, ha estado usted en Afganistán.

Pude advertir una sonrisa de complacencia en el rostro del joven doctor Doyle que, tras saludarme, parecía tomar nota mental de aquel nuestro primer encuentro.

—No se preocupe —dijo Arrow, riendo por lo bajo—; de lo que ahora se trata es del interesante artículo publicado por usted y el señor Fauld en la revista *Nature* y que tuve el privilegio de leer hace unos meses. ¿Y dice usted que ninguna policía del mundo se ha interesado por tan trascendental descubrimiento?

Yo no había dicho nada de eso, pero aquel hombre endiablado parecía adivinarlo todo con sólo mirar a la gente. Pasé a hacerle un breve resumen de la cuestión, mientras contestaba a sus interesantes y agudas preguntas.

—Merece usted que se le felicite —fue la observación que hizo; el entusiasmo que manifesté ante aquella apreciación suya, le alegró. Arrow añadió—: De hoy en adelante la ciencia policial dispone de una prueba definitiva para cazar criminales y delincuentes sin dificultad alguna... siempre y cuando el malvado no use guantes.

—¿Guantes? —pregunté.

—Sin duda no se le escapa, mi querido Sherrinford, que es un método sencillo y práctico para no dejar huella alguna.

—No se me había ocurrido... ni a mi colega tampoco —dije.

—Esperemos que a los criminales tampoco, mi querido Sherrinford.

Aquella coletilla de «mi querido Sherrinford» me molestó en un principio, pero uno se acaba acostumbrando a todo con los años y debo confesar que, a veces, la esperaba con verdadero deseo.

—Hemos venido a tratar de un negocio —dijo Stamford, sentándose en un elevado taburete de tres patas, y empujando otro hacia mí con el pie—. Este amigo mío anda buscando donde meterse, y como se quejaba de no encontrar quien quisiera alquilar habitaciones a medias con usted, se me ocurrió que lo mejor que podía hacer era ponerlos en contacto a ambos.

A Steven Arrow pareció complacerle la idea de compartir sus habitaciones conmigo. Su amigo el doctor Doyle, que hasta ese momento se había limitado a observarnos, advirtió:

—Tengo echado el ojo a un juego de habitaciones en Baker Street que sin duda les vendría que ni pintado a ustedes dos.

—¿Y cómo es eso? —pregunté extrañado por el interés del doctor en aquel asunto.

—Como tenía tiempo, y sabedor de los problemas de Steven, me tomé la libertad de visitar e interesarme por las mencionadas habitaciones. Por supuesto es una iniciativa personal, hecha con la mejor intención, y que no les compromete en absoluto. Sin embargo debo observar que la señora Marta Hudson, la dueña del inmueble, me pareció una buena mujer, callada y servicial y que prepara unos magníficos desayunos. Y ya saben ustedes, mis queridos amigos, que el país que no desayuna convenientemente no es merecedor de un imperio.

—Bien, mi querido Doyle, veo que sigue usted empeñado en seguirme la pista.

—Tengo algunas ideas sobre usted, por supuesto ampliables al doctor Sherrinford que, de fructificar la relación entre ustedes, me gustaría tratar dentro de un tiempo con ambos. Se trataría de un tema... comercial.

—Todo en su momento, mi querido Doyle; primero el uno y luego el dos. Orden y método. —Volvió a repetir la última frase y dirigiéndose a mí, dijo—: No le molesta el humo del tabaco fuerte, ¿verdad?

—Yo mismo no fumo otro que del *barco* —le contesté.

Aquel comentario pareció satisfacerle; aun así, agregó:

—Cuando dos personas van a empezar a vivir juntas es conveniente que sepan mutuamente lo peor de cada uno de ellos.

Pasamos a relatarnos nuestras rarezas y particularidades y, después, Arrow dijo para concluir:

—No hay inconveniente, entonces. Propongo que veamos esas habitaciones en Baker Street que nuestro amigo Doyle ha tenido a bien visitar por nosotros. ¡Estoy cansado de mi ruidoso y nada económico apartamento en Montague Street! Y aunque está muy cerca de mi bien amado Museo Británico, no echaré en falta su pérdida.

Acordamos una hora razonable para el día siguiente, les dejamos en el Diogenes Club y Stamford y yo nos dirigimos caminando en dirección a mi hotel.

—A propósito, ¿cómo diablos supo que yo había estado en Afganistán?

Mi acompañante esbozó una enigmática sonrisa y dijo:

—Son muchísimas las personas que se han preguntado cómo se las arregla para descubrir las cosas. Ahí tiene usted el carácter singular de Arrow.

—Esto es muy intrigante; debo averiguarlo.

—Apuesto a que él averiguará más acerca de usted que usted acerca de él. Adiós.

—Adiós —le contesté.

Y seguí caminando sin prisa hacia mi hotel, muy interesado en el hombre que acababa de conocer y, también, aunque en menor medida, por su amigo el doctor Doyle.

Según habíamos acordado, nos vimos al día siguiente e inspeccionamos las habitaciones del número 221B de la Baker Street, que tan amablemente nos había ofrecido el señor Conan Doyle. ¿Por qué tanta amabilidad? ¿Qué interés podía tener en nosotros?

Fue algo que descubriría pocos años más tarde.

34

Inicios

He pasado a la historia de la literatura criminal, aunque con otro nombre, como cronista y colaborador de Steven Arrow en la resolución de algunos casos que, sin duda, el amable lector recordará.

Durante muchos años compartí vida, ocupación y vivienda con Steven, con algunos períodos en que abandoné Baker Street. En 1884, después de tres años de resolver algunos complicados casos, viajé a Estados Unidos, donde abrí consulta en San Francisco, conocí a la señorita Constance Adams, le pedí en matrimonio y regresamos juntos a Londres, donde nos casamos el primero de noviembre de 1886. Desgraciadamente mi esposa fallecería un año más tarde, a finales de diciembre. Durante esta etapa, como he dicho, dejé Baker Street y abrí consulta también en Kensington, pero aún tuve tiempo para colaborar en algunos asuntos con mi amigo Arrow.

Fue en esa época cuando ambos recibimos una extraña visita. Se trataba de nuestro común amigo el doctor Doyle que, durante un viaje a Londres, se citó con nosotros en el Diogenes Club.

Después de saludarnos efusivamente, el doctor Doyle nos mostró el número anual de la revista *Beeton's Christmas*, donde acababa de publicar un relato policial titulado «Estudio en escarlata» y cuyos protagonistas, con otros nombres, éramos nosotros dos. Al parecer, y según nos contó, estaba en una situación económica apurada cuando se animó a escribir aquella novelita de detectives por la que había recibido veinticinco libras.

Nuestro asombro fue mayúsculo cuando, con algunas variantes, Arrow y yo nos vimos reflejados en aquella historia que, además, contaba uno de nuestros casos más interesantes.

—Veo que en su obra ha decidido usted convertir al doctor Sherrinford en el cronista de nuestras aventuras —dijo Arrow después de leer algunas páginas con sumo interés.

—Mi intención, mi querido Arrow, si a ustedes les parece bien, es seguir narrando sus casos policiales. He recibido una oferta de una revista norteamericana, la *Lippincott's Magazine*, de Filadelfia.

—¿Y cómo se titula esa nueva historia?

—Se trata de un caso que usted me narró hace tiempo y cuyo título, si les parece apropiado, sería *El signo de los cuatro*. Ni que decir tiene que podría darles una parte de los beneficios obtenidos por su publicación.

Arrow, en nombre de los dos, declinó la oferta en lo referente a los honorarios, aunque no así el hecho de que el doctor Doyle continuara con su proyecto, aunque, eso sí, con la debida discreción que, según él, consistía en cambiar los nombres de sus clientes y en disfrazar convenientemente los hechos reales. El doctor Doyle le dio su palabra.

—El representante de la revista en Londres ya se ha puesto en contacto conmigo. Al parecer tiene intención de publicar dicha obra, así como una novela de Oscar Wilde.

—¿El autor teatral? Un hombre muy interesante. Sus diálogos son de una agudeza inusitada —dijo Arrow y preguntó—: ¿Y cuál es el título de la novela del señor Wilde?

—*El retrato de Dorian Gray*. Una gran novela. Tuve la

oportunidad de conocerle hace unos días, en el transcurso de una cena que organizó nuestro editor.

Charlamos los tres muy amigablemente, mientras el doctor Doyle tomaba notas de algunos casos en los que o bien habíamos trabajado juntos o Arrow por su cuenta. Ambos cerramos el trato con el doctor Doyle.

Y ése fue el inicio de nuestras aventuras impresas.

Trabajamos en algunos casos hasta que, en 1888, Arrow fue admitido en Scotland Yard, como ayudante del inspector Abberline en unos sucesos que aterrorizaron a la ciudad de Londres: el enigmático caso de Jack el Destripador.

Aquel asunto, que fue el único que mi amigo fue incapaz de resolver, le dejó muy abatido y, desde entonces, Arrow no fue el mismo. ¿Qué ocurrió? ¿Qué asunto trató con la reina cuando fue llamado a Palacio? ¿Por qué abandonó Scotland Yard? Las respuestas a dichas preguntas las averiguaría mucho más tarde.

35

Los crímenes

Whitechapel, del 31 de agosto
al 9 de noviembre de 1888

Todo empezó a finales de verano y principios de otoño de 1888, cuando una serie de brutales asesinatos sembró el pánico y el terror en las calles del viejo Londres. Como dije, Steven Arrow acababa de ser admitido en Scotland Yard como ayudante del inspector Abberline, encargado de resolver tan lamentables sucesos. Los crímenes ocurrieron en el deprimido barrio de Whitechapel, habitado de mendigos, rateros de poca monta, obreros sin trabajo, alcohólicos, adictos al opio, prostitutas avejentadas y gentes sin oficio.

Desde el 8 de agosto al 9 de noviembre cinco prostitutas amanecieron brutalmente descuartizadas.

Nunca se descubrió a tan atroz y despiadado asesino.

El primer cadáver, cubierto de sangre y ferozmente mutilado, correspondía a Mary Ann Nichols, una meretriz de cuarenta y dos años que trabajaba en las calles. Tenía cuarenta puñaladas en el pecho, el vientre y la garganta. El asesino primero la degolló y luego la acuchilló salvajemente, dejando sus vísceras al descubierto. Esa noche nadie la oyó gritar, nadie vio nada. Su cuerpo fue encontrado en la calleja de

Buck's Row. Sus ojos marrones seguramente no vieron el rostro de su asesino, que la atacó por la espalda, le tapó la boca y la degolló. Mary había sido abandonada por su marido siete años antes debido a su afición al alcohol y malvivía alojándose en los asilos para pobres, como el de Lambeth, dedicándose a pequeños hurtos y ejerciendo la prostitución por unos peniques, deambulando por las calles en busca de clientes y enfundada en un viejo abrigo marrón. Seguramente, la noche que la iban a matar, estaba borracha. Su amiga Nelly Holland fue la última en verla esa noche, en la esquina de Osborn Street y Whitechapel Road. No quiso acompañar a su amiga, necesitaba ganar unos peniques para pagar el albergue y se perdió por las lóbregas calles de Whitechapel buscando un último cliente.

Su cuerpo fue encontrado sin vida por el cochero Charles Cross, sobre las cuatro menos cuarto de la madrugada.

Abberline y Arrow entregaron el primer informe del caso al superintendente Warren el 6 de septiembre. En él le informaban de que la investigación no sería sencilla. Apuntaban en dicho informe que descartaban el móvil del robo, pues el cuerpo tan salvajemente mutilado sugería la locura o la venganza. Investigaron en el entorno de la víctima, buscando entre sus relaciones a alguien con los suficientes motivos como para cometer semejante atrocidad. Pero la investigación les condujo a un callejón sin salida: no dieron con ningún pariente o conocido sobre el que pudieran recaer las sospechas y en cuanto a los clientes de la víctima, eran escasos y anónimos. Echaron mano de los informantes habituales buscando indicios que les dieran alguna pista. Nada. La autopsia les reveló que el asesino podía tener conocimientos de anatomía.

El cadáver de Annie la Morena fue encontrado siete días después por un asustado dependiente del mercado de Spitalfields en un patio de la calle Hanbury.

Abberline y Arrow se dirigieron al lugar del crimen.

Se trataba de una mujer de unos cuarenta y siete años, de metro cincuenta y cinco centímetros de estatura, obesa, de cabello castaño oscuro, corto y rizado, de ojos azules y a la que le faltaban los incisivos superiores.

Annie estaba separada y vivía completamente en la indigencia desde que su marido, tras su fallecimiento un día de Navidad, dejó de pasarle diez chelines semanales para que le dejara tranquilo. Tenía un hijo que vivía en un asilo para lisiados y al que apenas veía y una hija que vivía en Francia. Annie malvivía vendiendo flores y labores de ganchillo pero el alcohol la había llevado al hospital. Con lo que ganaba ejerciendo la prostitución se pagaba una cama en míseras pensiones de Spitalfields. John Donovan, su último casero, le reclamó el pago de los ocho peniques que le debía si quería su cama de Dorset Street. Annie le dijo que estaba enferma, que acababa de salir de nuevo del hospital y que le guardara la cama hasta que volviese con el dinero; que esa misma noche lo tendría. Annie Chapman no volvería a dormir jamás en una cama miserable. Annie, con tres anillos de latón en su mano derecha y un pequeño peine en el bolsillo interior de su mugrienta falda negra, salió a la calle dispuesta a buscar un cliente.

Cuando Abberline y Arrow llegaron al lugar de los hechos, el doctor Phillips les informó que Annie llevaba un par de horas muerta, que la habían estrangulado y, después, degollado. Luego su asesino se entretuvo en abrirle el abdomen, extraerle los intestinos y cortarle la nariz y una oreja. El corte en la garganta apenas si sostenía la cabeza sobre su cuello. La multitud se agolpaba alrededor del cadáver. Abberline mandó despejar la zona. Durante los días siguientes al crimen se practicaron muchas detenciones, pero la policía tuvo que soltar a los sospechosos pues todos resultaron inocentes.

Abberline y Arrow orientaron la búsqueda hacia un médico o un estudiante de Medicina con antecedentes policiales o psiquiátricos. Interrogaron a los encargados de los hospitales buscando algún indicio que les llevara hacia algún antiguo paciente capaz de cometer actos tan brutales. Siguieron algunas pistas que les condujeron hacia un abogado paranoico, John Druitt, cuyo primo tenía una clínica y era cirujano en Whitechapel Minories, a escasos diez minutos de donde se cometieron los crímenes. La madre de Druitt estaba loca y éste no andaba tampoco muy resuelto de entendederas, pero tenía una buena coartada y lo excluyeron como sospechoso. Otras pistas les condujeron hacia un tal Komanski, un judío polaco que odiaba a las mujeres, y al doctor Hedor Ostrog, que se jactaba de haber matado a prostitutas. El motivo, al parecer, era que su hijo había contraído una enfermedad venérea que le llevó a la muerte y el padre juró vengarse. Pero esa pista también fue abandonada pues, a la hora del segundo crimen, el doctor Ostrog se hallaba de guardia en el hospital King's Road.

Abberline y Arrow, de nuevo, no tenían nada...

El caso se complicó cuando dos nuevos asesinatos se sumaron a los ya existentes. Los crímenes fueron cometidos con un intervalo de apenas una hora entre ambos. Ocurrieron en la noche del 29 al 30 de septiembre, veintiún días después del brutal asesinato de Annie Chapman. La primera víctima fue Elizabeth Stride, una meretriz de cuarenta y cinco años y cuyo cadáver fue encontrado en el jardín de un club de Berner Strett, local frecuentado por anarquistas. La investigación posterior llevada a cabo por Abberline y Arrow les confirmó que se trataba de una ciudadana sueca que había llegado a Londres siendo muy joven y que había vivido con un estibador, un tal Michael Kidney. Cuando interrogaron a Kidney éste confirmó que su relación se había enfriado desde hacía mucho tiempo por la afición de ésta a la bebida y por su vida disoluta. Continuaban viéndose de vez en cuando, pero ella volvía a desaparecer cuando se le antojaba. Se ganaba la vida ejerciendo la prostitución y limpiando habitaciones de forma ocasional. Cuando le cortaron el cuello llevaba un paquete de caramelos en la mano izquierda. Elizabeth no presentaba mutilación alguna, la desgraciada se había desangrado a pocos metros de la puerta del club. Al parecer, según corroboraron Abberline y Arrow, el asesino había sido sorprendido después de agredir a la mujer y huyó sin poder concluir su trabajo.

Abberline y Arrow no acabaron su cometido esa noche. Recibieron otro aviso: una segunda víctima yacía sin vida en la plaza Mitre, una zona de casas deshabitadas, viejos almacenes desvencijados y escasas tiendas que, a esa hora, habían cerrado sus puertas. El asesino, en este caso, había tenido tiempo para recrearse en su macabro trabajo. La ropa de la víctima estaba arremolinada sobre el pecho, le habían abierto el abdomen desde el esternón a los genitales y sus intestinos estaban depositados sobre su hombro derecho.

—¡Santo Dios! —exclamó Abberline al ver aquella carnicería.

La víctima tenía la cara desfigurada.

—Le ha cortado hasta los muslos, como si hubiera pretendido amputarle las piernas —dijo Arrow.

—Y la vagina, le ha arrancado la vagina —dijo Abberline tapándose la boca con su pañuelo.

—Primero la degolló, luego le cortó y le levantó la ropa, después le abrió el abdomen, le arrancó los intestinos depositándolos sobre el hombro, seguramente con la intención de rebuscar entre los órganos que le interesaban, le arrancó la vagina separando minuciosamente los tejidos, después le destrozó las piernas hasta la altura de la cadera, le arrancó algunos órganos internos —dijo señalando el largo corte a la altura del hígado— y después se entretuvo en destrozarle la cara meticulosamente. ¿Qué mente criminal puede recrearse en todo esto?

Trasladaron su cadáver en una ambulancia hasta el depósito de Golden Lane.

Horas más tarde, Abberline se reunió con mi amigo, quien había hecho algunas averiguaciones sobre la víctima.

—Su nombre era Catherine Eddows, tenía cuarenta y tres años y la noche antes de su muerte la pasó en un asilo para pobres de Withechapel Road. Vivía con un tal John Kelly, un tipo que se dedica a la venta ambulante de baratijas.

—¿Tenía hijos esa desgraciada?

—Pero no con él. Antes había convivido con Thomas Conway, el padre de sus tres hijos, dos chicos de quince y veinte años y una joven de nombre Anna, de unos veintidós o veintitrés años casada con un deshollinador.

—¿Se prostituía para él? Me refiero al tal Kelly.

—Afirma que no. La considera su mujer y, según su testimonio, no le hubiera permitido que estuviera con otros hombres. Al parecer vivían juntos en la pensión de Flower and Dean Street. El sábado ella se ofreció para empeñar algunas prendas suyas y poder pagar los ocho peniques que cuesta la pensión y comprar algo de comida. Kelly le dio sus botas y ella las empeñó por media corona. Se gastaron todo el dinero esa misma mañana. Por la tarde, Catherine se vistió con todas las prendas que poseía: una rebeca negra, dos chaquetas, una camisa de algodón con volantes, un corpiño marrón, una enagua gris y dos faldas, una verde y otra bastante harapienta de color azul. Así vestida fue como la encontramos, desangrada y horriblemente mutilada quince horas después.

Hubo un corto y tenso silencio.

—Estamos en un callejón sin salida, ¿verdad?

—Por lo que sabemos, señor —dijo Arrow y continuó—: En apenas dos meses tenemos los cadáveres de cinco prostitutas horriblemente mutiladas y, algunas, decapitadas. A todas les falta el hígado; es como una especie de marca del asesino.

El ensañamiento con respecto a las víctimas es de una crueldad como nunca hemos visto. He estado investigando, señor, y he llegado a la conclusión de que las cuatro víctimas se conocían entre sí, trabajaban en la misma zona y, digamos, eran amigas.

—¿Amigas?

—Eso es, señor.

—¿Y cómo ha llegado a esa conclusión?

—Por la quinta víctima.

—¿Tenemos una quinta víctima?

—La tendremos, señor; si Dios no lo remedia.

—Explíquese, Arrow.

—Su nombre es Mary Jane Kelly; la he estado viendo y ella me ha proporcionado la conexión entre las víctimas. Es una buena chica, joven, atractiva, inteligente.

—Y puta.

—Sí, señor. A veces las mujeres no tienen otro medio para sobrevivir. A esas cuatro desgraciadas les pasó. Hay quien nace con mala suerte.

—¿Se está viendo con ella, Arrow?

—Le he puesto protección policial.

—No es ésa la pregunta que le he hecho.

—Ya le digo que se trata de una buena chica. Si me lo permite, señor. Este asunto, por lo que he averiguado, apunta a lo más alto.

—¿Cómo de alto?

La vista de Arrow se dirigió hacia la fotografía de la reina en el centro del despacho de Abberline.

—Cuidado, Arrow. Puede despeñarse.

—Es uno de ellos, señor. Estoy convencido. Si usted me lo permite…

—Pero no se lo permito, Arrow. ¿Sabe usted lo que está diciendo?

—Puedo demostrarlo, señor.

—No lo dudo, Arrow. El asunto es si debemos hacerlo sin notificarlo a nuestros superiores.

—¿Tiene miedo, señor?

—¿Y usted no?

Arrow no contestó.

—No se implique emocionalmente en esta historia. No saldrá bien parado.

—¿Se ha fijado en este último crimen? El asesino ha aumentado su agresividad. Su desprecio hacia la víctima ha sido tan brutal que es como si supiera que nada, ni aun en el caso de que consiguiéramos atraparle, pudiera tocarlo. El asesino se regodeó, se ensañó de una manera inusitada, con un salvajismo y una audacia desmedidas.

—Y usted teme que a su amiga pueda ocurrirle lo mismo.

—Será peor, señor, se lo garantizo. A no ser que le detengamos.

—Veré lo que puedo hacer.

Abberline no llegó a tiempo.

Mary Kelly había nacido en Limerick, era hija de un herrero y tenía seis hermanos. Mary se casó a los dieciséis años con un minero que falleció tres años después en un accidente producido por una explosión en el interior de la mina. Se marchó a Londres, buscó trabajo y, finalmente, después de una depresión, se dio a la bebida. Una noche, saliendo tambaleante de una taberna, fue forzada por un marinero en mitad de una calleja llena de desperdicios y con algunos cadáveres de niños abandonados en las mugrientas aceras. Nadie le echó una mano cuando ella, vacilante y ebria, intentó defenderse del marinero. Éste la golpeó, la arrojó al suelo, le apretó la cabeza contra los adoquines y, con la otra mano, hurgó entre sus ropas. Vio cómo la sangre de su rostro se mezclaba con los orines y el barro del suelo mientras notaba cómo un animal salvaje e incandescente la penetraba por detrás, entre los muslos. Duró poco, Mary no se movió. Luego la presión cedió y sólo notó el puñetazo en su nuca después de que alguien se le orinara sobre sus hombros, empapándole la chaqueta marrón y su negro y enredado cabello. Luego otro más entró en ella. Supo que era alguien diferente por el aliento a alcohol que le soltó sobre el rostro, por la flojedad de su miembro, después de voltearla como a una muñeca rota y separarle las piernas a puñetazos.

Después de aquello pasó ocho meses en un sanatorio de enfermedades venéreas. Nunca supo si la enfermedad se la había contagiado el marinero o el borracho asqueroso que, viéndola en el suelo, encontró la ocasión de desfogarse sobre su cuerpo.

El único que la había tratado bien en su vida fue aquel joven detective que se le acercó una noche, le preguntó por sus compañeras e intentó atar cabos entre las víctimas. Ella le contó todo.

Ahora no podría hacerlo nunca más.

Su cuerpo yacía descuartizado, de espaldas sobre la cama de aquella habitación de alquiler, con el útero, el hígado y los riñones extraídos. Le habían cortado los pechos, le destrozaron la cara, le cortaron la cabeza y le habían arrancado la piel.

Se decía que tenía un hijo de siete años.

Si ese niño existió, mi amigo Arrow no lo encontró jamás.

Una semana después, Abberline fue a buscar a su ayudante. Le halló en un estado lamentable, en un fumadero de opio clandestino perdido entre las sucias callejuelas de los muelles del viejo Londres. Le llevó a casa, le adecentó, le dejó dormir y, al día siguiente, se entrevistaron con la reina en visita privada y secreta.

Y los crímenes cesaron.

36

Una insana adicción

Fue en esa fecha cuando mi amigo y maestro se inició en aquella malsana adicción que sería motivo de múltiples discusiones entre nosotros. Si bien Arrow me aseguró siempre que la tenía bajo control, yo albergaba la duda de si, más pronto o más tarde, nublaría su singular mente y terminaría matándole.

No pude ayudar mucho a mi amigo durante aquella época tan lamentable para él, pues se dio la circunstancia de que en mayo de 1889 contraje nuevo matrimonio. Esta vez con la señorita Mary Morstan, a la que había conocido mientras Arrow y yo trabajábamos en el caso de *El signo de los cuatro*.

Mientras la vida personal y profesional de mi amigo se hundía, se hacía famoso sobre el papel impreso, donde crecía, reportando grandes beneficios al doctor Doyle.

Hubo dos hechos que tuvieron una gran trascendencia personal en esa época. El primero fue que en el 92 falleció mi esposa debido a un fallo cardíaco. Mi pobre Mary tenía treinta y un años cuando el buen Dios decidió llevársela a su lado. El otro, que el doctor Doyle, harto de su personaje, decidió acabar con él, y lo hizo a finales de 1893, en un relato titulado *El problema final*. Yo monté en cólera y, por mi cuenta, fui a visitar al doctor Doyle. ¿Cómo se atrevía a hacer aquello?

¿Dónde estaba su maldito agradecimiento? ¿Acaso no tenía en cuenta la triste situación de Arrow?

—Estoy harto de él, mi querido Sherrinford. Creo que estoy en disposición de dedicarme a obras de mayor envergadura —me dijo.

¿Habrase visto mayor desconsideración? No sólo se apropiaba de una idea que no era suya, con el beneplácito del buen Arrow y mío, que le habíamos soplado cuanto había escrito hasta que consiguió fama y fortuna a nuestra costa, sino que tenía el atrevimiento de decir que quería dedicarse a «obras de mayor envergadura». ¡Él, que, hasta que llegamos nosotros, no había conseguido que el gran público prestara a ninguna de sus obras anteriores la más mínima atención!

El doctor Doyle no contó con que todo Londres pensaba igual que yo. No le quedó más remedio que resucitar al personaje. La intervención de su madre fue trascendental en este asunto: «Te cuidarás muy mucho de causarle mal alguno a una persona tan simpática y agradable como el señor Holmes». Aquella frase fue definitiva.

—Necesito ayuda, doctor Sherrinford.

—¿Ayuda?

—Otra nueva historia... ¿al cincuenta por ciento en los beneficios?

—¿Y las suyas?

Doyle no contestó. Estaba herido en su orgullo y yo no quise escarbar.

—Bien; no moleste a Arrow. Yo le contaré otra historia y usted la firmará, como siempre. Un trato es un trato, y aunque usted no es un hombre de palabra, yo siempre mantengo la mía.

Y así fue como, conmigo en la sombra, resucitamos al mayor detective de todos los tiempos.

Reaparecimos el 5 de abril de 1894, en una de nuestras historias más famosas: *La aventura de la casa vacía*. En ella le conté al doctor Doyle que, después de sobrevivir al duelo con Moriarty, había decidido tomarse un tiempo de respiro.

Empezaba de nuevo el juego.

Desde nuestro regreso a la actividad profesional, en 1894, no volví a dejar a Arrow.

37

Un encuentro accidentado

Cuando llegamos al puerto de Barcelona, atendiendo al cable que recibimos días antes, nos esperaban algunos representantes de la ciudad. Un mozo bajó nuestro equipaje mientras tuvieron lugar las presentaciones de rigor.

—Encantado de conocerles. Esperamos que hayan tenido un buen viaje —dijo el teniente de alcalde, que iba acompañado por un miembro de la policía.

—Un viaje excelente —dijo Arrow y añadió—: Mi compañero y amigo, el doctor Sherrinford.

—Mi nombre es Eduardo Vidal y éste es el sargento Contreras. Quiero darles la bienvenida en nombre de la ciudad. Estamos encantados de que aceptaran colaborar con nosotros.

Un coche nos estaba esperando para conducirnos al hotel.

—Pueden ustedes descansar y esta tarde, si les parece, les llevaré a comisaría, donde el inspector jefe estará encantado de conocerles y les pondrá en antecedentes.

—¿Descansar? No hay mejor descanso que el trabajo. Creo que lo conveniente sería dejar nuestras cosas en el hotel y, acto seguido, dirigirnos a las dependencias policiales.

—Entonces, ¿no desean...?

—No —cortó Arrow con amabilidad—. Sherrinford y yo

mismo estaremos encantados de incorporarnos de inmediato. ¿No es así, Sherrinford?

¿Qué podía yo decir? Arrow ya había decidido por los dos.

—Como ustedes gusten. Enviaré al sargento Contreras a comisaría para avisar al jefe y, si les parece, yo les acompañaré al hotel.

Dejamos nuestras cosas en las habitaciones, mientras el joven nos esperaba en el hall. Después, en el mismo coche, nos dirigimos a las dependencias policiales. Eduardo Vidal era un joven agradable que durante el trayecto nos deleitó con una amena conversación sobre la ciudad. Arrow atendía a todas las explicaciones, pero yo podía intuir que su mente estaba en otra parte.

—¿Cómo fue que decidieron ustedes contratar nuestros servicios? —preguntó.

—Fue el alcalde quien tomó la decisión, asesorado por algunos prohombres de la ciudad. Al parecer es usted muy famoso.

—Bueno, eso debo agradecérselo al doctor Sherrinford.

—Y al doctor Doyle —añadí.

—En cuanto al caso, el inspector jefe le pondrá en antecedentes.

—¿Tienen algún indicio? —insistió.

—Parece que la policía tiene a un sospechoso; un pintor. Pero, como le digo, prefiero que sea Abel Fonte quien le dé todos los detalles.

—¿De quién se trata?

—De un joven pintor. Un bala perdida. Habla usted muy bien español para ser...

—¿Inglés? —dijo Arrow.

—El señor Steven Arrow domina seis idiomas —añadí yo.

—Usted no le va a la zaga —añadió Eduardo Vidal.

—Eso debo agradecérselo a mi padre. Era diplomático.

Intuí que aquel giro en la conversación lo había provocado Eduardo Vidal para no hablar más del caso hasta que estuviéramos en presencia del inspector jefe. Continué la conversación relatándole los lugares en los que, debido a la profesión de mi padre, yo había vivido y que me había permitido tener ciertos conocimientos de español.

Quince minutos después el coche se detuvo frente a la comisaría de policía.

Nos hicieron esperar en una sala, donde fuimos presentados a algunos miembros de la policía. A los veinte minutos de espera, aquello me pareció una descortesía, pero Arrow no decía nada. Nos encontrábamos frente a la puerta del despacho del inspector jefe esperando ser atendidos.

Un policía se aproximó a mí y me pidió fuego. Se presentó. Se llamaba Amadeu Centelles y era un hombre locuaz y extravertido que, en escasos minutos, me hizo un resumen de su biografía y su interés por el bello sexo. Poco sospechaba yo, en ese primer encuentro, que sería la primera y última vez que lo vería con vida y que debería fabular sobre las circunstancias de su muerte.

Pasados los veinte minutos, un policía nos hizo pasar al despacho del inspector jefe. Había tres inspectores en el interior, de pie. Fonte permanecía detrás de su mesa sin prestarles la menor atención mientras revisaba unos papeles; sin levantar la vista de ellos, se llevó la mano derecha hacia el interior del chaleco con un gesto mecánico. Arrow lo observaba con ojos escrutadores. No me causó muy buena impresión. Fonte era un hombre de unos cincuenta años, acostumbrado a mandar y a ser obedecido, lo que pude deducir por la expresión adusta y casi cruel de su rostro. No era un hombre muy alto. Tenía unas manos fuertes, unos hombros poderosos y una cabeza voluminosa, y con el cabello muy corto, casi rapado, que le daba un aspecto rústico y primitivo.

Levantó la vista, dejó los papeles sobre una esquina de la mesa, se levantó del sillón y se dirigió hacia nosotros.

—El señor Steven Arrow, supongo —dijo con un tono no excesivamente amable.

—Y mi ayudante, el doctor Sherrinford —dijo Arrow tendiéndole la mano.

—Éstos son los míos; los inspectores Cifuentes, Prats y Domènech.

Arrow les tendió la mano y yo hice lo mismo.

—Y ahora, le ruego que nos exponga todo lo que pueda servirnos de ayuda para formarnos una opinión sobre el asunto —dijo Arrow.

—Lamento que hayan hecho el viaje para nada. Ya hemos resuelto el caso —dijo Fonte.

—¿Tienen ustedes al asesino?

—Lo tenemos.

—En ese caso no le molestará que le interrogue.

Aquella frase no le gustó nada a Fonte.

—¿Para qué? Como le digo, el caso está resuelto. No necesitamos ayuda exterior para resolver nuestros propios asuntos.

—No quiero molestarle, pero hasta hace dos días no era eso lo que yo tenía entendido. Ustedes nos llamaron, requirieron nuestros servicios y creo que, después de tan largo viaje, sería un gesto de cortesía por su parte el permitirnos interrogar al detenido.

—¿Para qué? —volvió a repetir—. ¿Qué sabe usted de este asunto? ¿Qué sabe usted sobre cómo trabajamos? ¿Qué sabe usted de mí y de mi trabajo? ¡Nada!

Lanzó las frases con un tono despectivo que, conociendo a Arrow, tenía que tocarle la fibra. Pude observar cierto aire jocoso entre los tres inspectores que nos acompañaban.

—En cuanto a la última pregunta, tiene usted razón: sé poco sobre usted, quitando lo evidente.

—¿Qué quiere usted decir?

Temí lo peor y clavé mi mirada en mi maestro.

—Que fue hecho prisionero en Cuba por una partida de cimarrones, que mató a un hombre con sus propias manos y eso le proporcionó la libertad, que últimamente se ha peleado con su mujer, que le acaban de robar el reloj, que tiene usted una amante, que le aprietan mucho los zapatos, que no le gusta el periódico *La Vanguardia* y, además, que se ha quedado usted sin tabaco.

Pude advertir en el rostro de Fonte una expresión de cólera que intentó contener. Ahora sus subordinados se reían de él por lo bajo. Desde luego, aquélla no era una buena forma de hacer amigos, pensé mientras le lanzaba una mirada a Arrow para que se contuviera. Por otro lado, aquel sujeto se lo tenía bien merecido.

—Bien, ¿qué le parece si entramos en asuntos de mayor enjundia? ¿Qué le parece a usted si me proporciona toda la información que ha motivado nuestro viaje? ¿O debo verme obligado a entrevistarme con sus superiores? Me gustaría zanjar este asunto lo antes posible.

—Siéntense —casi nos ordenó Fonte y, con un gesto, exigió a sus subordinados que abandonaran su despacho.

Dos prostitutas habían sido asesinadas y destripadas en un corto período de tiempo. Se habían recibido anónimos por parte del asesino asegurando que aquello no había terminado. Por otro lado, un joven que decía ser pintor se había presentado en las dependencias policiales con un órgano de una de las víctimas. Era evidente que el muchacho conocía a las dos chicas asesinadas, incluso había confesado que, durante algún tiempo, vivió en el burdel. La dueña del establecimiento, interrogada posteriormente, dio información precisa sobre las víctimas, intercedió por el chico diciendo que era incapaz de matar a una mosca y que era un gran artista. Para Fonte el asunto estaba claro. Se trataba de un joven de vida disoluta y que, seguramente movido por el alcohol o los celos, había matado a ambas infortunadas. Caso resuelto. Eso fue, en breve resumen, lo que nos explicó Abel Fonte durante un buen rato, en el que mi maestro y amigo no paró de interrumpirle con sus preguntas.

—¿Le han tocado?

—¿Qué quiere decir? ¿Al chico? Pero ¿por quién nos toma? Aquí no torturamos a nadie... incluso le hemos dado papel y lápiz para que se entretenga.

—¿Ha confesado?

—No. Dice que es inocente.

—¿Puedo ver al chico?

—¿Ahora?

—Ahora.

38

El sospechoso

El muchacho, no muy alto, de pelo corto, con el flequillo hacia delante y que no debía tener más de dieciséis o diecisiete años, estaba sentado al pie de la cama entreteniéndose con un lápiz y un cuaderno, cuando ambos entramos en su celda. El fuerte sonido del cerrojo ni siquiera le incitó a levantarse. Era una celda estrecha, mal iluminada y peor ventilada. Toda ella olía a excrementos. El preso tenía sólo la cama.

—Mi nombre es Arrow; Steven Arrow.

—Picasso, señor; Pablo Picasso —dijo el joven y añadió—: ¿Saldré pronto de aquí?

—¿Cuánto llevas en esta celda?

—Tres días, creo.

—¿Ha venido alguien a visitarte?

—No... mis padres no lo saben.

Había inquietud y temor en el rostro de aquel muchacho que, por supuesto, no parecía el de un asesino. Aunque en esta última apreciación Arrow y yo siempre discrepábamos; Arrow era de la opinión, en contra de la creencia general, de que los asesinos podían ser sujetos agradables, afables e incluso bellos. «La degeneración va por dentro, Sherrinford; no lo olvide nunca. La mujer más bella que he conocido era una joven de la alta sociedad que envenenó a su marido y a sus tres hijos porque el ruido le producía jaqueca.»

—Salgamos fuera, hijo; esto apesta.

Nos dirigimos por el lóbrego pasillo hacia la salida. A medida que avanzábamos también lo hacía la intensidad de la luz. Cuando nos encontramos en la puerta de salida, Arrow le dijo:

—No salgas aún; o la luz dañará tus ojos.

Nosotros dos salimos al patio y dejamos al chico junto a la puerta para que se fuera acostumbrando poco a poco. Yo ardía en deseos de preguntarle cómo había sabido todas aquellas cosas sobre el inspector jefe, pero no era el momento.

—¿Qué opina usted sobre este joven? ¿Se hará una primera impresión teniendo en cuenta que, al parecer, todo lo sabe con un simple vistazo?

Arrow no contestó. A diferencia del personaje que habíamos creado Doyle y yo, Steven no era una persona arrogante, ni de voz rápida, firme o estridente. Arrow era un hombre pausado y metódico; a veces, cuando veía cosas que los demás aún no habíamos ni adivinado, su gesto no era de triunfo, sino de fastidio. Como si le molestara descubrir tanta bajeza en el corazón humano. A veces me daba la impresión de que le hubiera gustado equivocarse alguna vez, ver alguna sombra de humanidad en los seres más viles.

Arrow hizo un gesto al joven pintor para que se acercara.

—Bien, hijo; veamos qué me puedes decir sobre este asunto.

—¿Quién es usted?

—Ya te lo he dicho: me llamo Steven Arrow.

—Pero ¿qué es usted? Usted es extranjero.

—Han reclamado mis servicios para ayudar en las investigaciones, ¿satisfecho? Ahora dime, ¿qué hacías con una parte de un riñón de la chica asesinada?

—El inspector Fonte dijo que era un hígado.

—Soy médico, muchacho, y puedo asegurarte que se trataba de una parte del riñón izquierdo —dije interviniendo en la conversación, con el objeto de reforzar las palabras de mi amigo.

—No lo sé. Me lo enviaron. No era la primera vez.

—¿Qué quieres decir?

—Ya se lo conté al comisario; días antes recibí otro fragmento parecido en otra caja. Las chicas del taller pueden confirmarlo, si ustedes les preguntan.

—Ya lo hemos hecho —mintió y añadió—: Pero tú mismo podías habértelo enviado.

—No tiene sentido.

—Sí, lo tiene. Tú conocías a la chica, habías vivido en el prostíbulo y sabías que, más pronto o más tarde, la policía lo sabría, así que podías haber urdido perfectamente esa estratagema para librarte de sospechas. Y mataste a tu novia.

—Marta, entre todas ellas, no era mi novia.

—¿Debo deducir que una de las chicas sí lo es?

Picasso tardó en contestar.

—Puede decirse que sí —afirmó.

—¿Eres novio de una prostituta? —pregunté.

Aquella pregunta enfureció al chico. Pude percibir que era un joven de temperamento explosivo, impulsivo, que podía perder el control fácilmente.

—Lo es desde hace poco —contestó molesto.

—¿Tu novia? —volví a preguntar.

—No: prostituta.

—Bien, por lo que deduzco, hubo, por una cuestión de celos, una discusión entre ellas y tú la zanjaste eliminando a Marta.

—No, señor. Y no meta a Carmen en esto... Yo era amigo de Marta y le juro que... ¡Jamás se me hubiera ocurrido algo así!... Alguien intenta complicarme en este asunto y empiezo a creer que la pobre Marta no tenía nada que ver... quiero decir que la mataron para... que la eligieron para hacerles creer que soy un asesino. Me han robado un cuchillo y un cuaderno de dibujo y, si buscan bien, seguro que aparecen entre las cosas de Marta.

—¿Un cuchillo?

—Y un cuaderno. Desaparecieron de mi estudio antes del crimen y no los he encontrado.

—Cálmate, muchacho. ¿Puedes describirme el cuchillo?

Pablo así lo hizo, con todo lujo de detalles y explicándole toda la historia del objeto.

—¿Y quién crees tú que quiere implicarte en algo tan terrible?

—¡Éste! —dijo ofreciéndole los papeles que llevaba en la mano derecha.

Mientras Arrow observaba el dibujo, Pablo le contó su encuentro con el marinero, la violenta conversación en el bar, y cómo, pensó, el doctor del prostíbulo no era otro que el mismo individuo con diferente disfraz. También la escena del marinero en la ventana del taller de las planchadoras que Carmen le había contado.

—¿Quiénes son las personas que tienen acceso a tu estudio?

—Sólo los amigos.

Arrow le pidió los nombres y que le hablara de ellos. El joven así lo hizo, mientras él tomaba algunas notas en su cuaderno.

—¿Podrías hacerme un dibujo de tu cuchillo? Un dibujo realista, con todos los detalles que recuerdes y lo más cercano a su tamaño real.

El chico se tiró en el suelo, colocó el papel en tierra y, de un solo trazo, dibujó su cuchillo. Luego se dedicó a los detalles. Después se lo ofreció a Arrow.

—Eres muy bueno dibujando.

—El mejor después de Rafael —afirmó con orgullo.

Arrow sonrió.

—Me quedo los dibujos.

39

Primeras deducciones

—¿Qué conclusiones ha obtenido usted de esta entrevista? —le pregunté cuando un empleado de la cárcel se llevó al muchacho y nos quedamos solos en el patio.

—¿Cuáles son las suyas, Sherrinford?

—Que el muchacho es inocente.

—Yo también lo creo. Y es más, no tiene noción del segundo crimen.

—¿Cómo ha deducido eso?

—El chico cree que los dos «regalos» que ha recibido pertenecen a la misma víctima. Eso debemos agradecérselo a Fonte; ha mantenido aislado al muchacho durante tres días. Acudió a la policía la mañana del segundo crimen y Fonte, que ya tenía a su asesino, no estimó conveniente profundizar en la investigación.

—Además del detalle de confundir dos hígados con dos trozos de riñón. ¿Y qué me dice del robo del cuchillo y el cuaderno?

—Que aparecerán en breve.

—¿Dónde? Supongo que ya tiene una idea al respecto.

—En las siguientes víctimas. Esto acaba de empezar.

—Y tendrá una idea sobre quién será la siguiente.

—Verá usted, mi querido Sherrinford. ¿Qué tenemos hasta ahora? Dos prostitutas asesinadas brutalmente. Ambas se conocían, trabajaban en la misma casa y, por lo que sabemos, hay tres chicas más. Lo que nos da un número de cinco. El asesino tiene intención de acabar con las otras tres y nosotros tenemos el deber de evitarlo y saber por qué. Otra cuestión es: ¿qué une a las cinco mujeres en cuestión?

—¿El chico? Vivió con ellas en el prostíbulo y las conoce.

—Exactamente.

—¿Y usted cree que el asesino quiere hacernos creer que fue él?

—Exacto.

—¿Y por qué motivo? ¿Quién puede odiar tanto a un joven pintor muerto de hambre?

—Ésa es otra interesante cuestión que debemos averiguar.

—Hay más cosas, ¿verdad?

—Sí. El tremendo parecido entre estos dos crímenes y los de Whitechapel en el 88.

Recordé que no era la primera vez que hacía hincapié en ello.

—¿Y eso adónde nos conduce? No creerá que se trata del mismísimo Jack el Destripador. Usted lleva años intentando averiguar quién es. Pero eso ocurrió...

—Sí, hace once años y en otro país. Increíble, ¿verdad? La cuestión es: ¿se trata del mismísimo Jack o de un admirador que copia de forma magistral su método de trabajo?

—¡Es de locos, Arrow! Ese chico no había nacido cuando actuó Jack por primera vez.

—Sí había nacido, pero tenía siete años. Lo interesante de este asunto es la conversación del joven con el marinero. «Yo voy a provocarte pesadillas. ¿Qué sabes tú cómo es el mundo? ¿Sabes que el mundo no es más que inmundicia? El mundo es un infierno. Estoy aquí para que veas otro mundo. La misma sangre corre por nuestras venas; el mismo fuego. He venido del infierno para enseñarte las entrañas del mundo. Estamos unidos, muchacho. No lo olvides. Nunca me separaré de ti. Llegará un día que pintarás con mis ojos y nunca lograrás sobreponerte», eso es en resumen lo que le dijo. Además de afirmar que las putas son como animales y lo que había que hacer con ellas cuando se ponen gordas y envejecen. Toda una declaración de principios, cuyo calibre el muchacho no fue capaz de medir, pues creía estar tratando con un loco.

—Y, en realidad...

—Le estaba anunciando todo cuanto iba a suceder.

—¡Diablos, Arrow! Creo que vamos a enfrentarnos a uno de nuestros casos más interesantes.

—Y terribles, si no lo resolvemos a tiempo.

—Pero usted ya ha deducido algunas claves en las palabras del marinero.

—Sí, ha dado muchas pistas. La primera es que el asesino se cree un artista. «La misma sangre corre por nuestras venas, el mismo fuego», dijo.

—¿Cree usted que se trata de un pintor?

—No necesariamente. Pero sí que se considera un artista; un artista del mal, por supuesto. Fíjese que añadió que había venido del infierno para enseñarle las entrañas del mundo, ¿y qué otra cosa hace sino mostrarnos las entrañas de sus víctimas? En eso consiste su arte macabro.

—¿Y en cuanto a la segunda?

—Aquí debo suspender el juicio hasta tener más datos. Necesito saber qué pinta ese muchacho y, sobre esto, sólo tenemos la versión del marinero. —Se detuvo y volvió a afirmar—: Debo saber qué pinta el muchacho.

—¿Por qué?

—Ya le digo, por la afirmación del marinero cuando le dijo: «¿Sabes que el mundo no es más que inmundicia?».

—No le comprendo.

—Imagine que el muchacho pinta temas desagradables pero con un corazón volcado hacia los desamparados, denunciando las miserias con una preocupación humanística hacia el mundo de los humildes. ¿Y qué le dice el marinero? Dice: «¿Qué es lo que sabes? Duermes después de haber dibujado cosas que crees maravillosas sobre personas anónimas que crees interesantes. Así vives tú, un niñato de mierda alimentando sueños que no valen una mierda». Eso le dijo. «Tus cuadernos son basura; estoy aquí para que veas otro mundo», añadió.

—De lo que se deduce que nuestro marinero conoce bien la obra del joven.

—La tercera cuestión, y no menos interesante, es el hecho de que nuestro asesino tiene la oscura pretensión de cambiar el estilo del muchacho. Se ha convertido en un teórico del arte.

—Ahora sí que no le sigo.

—Es como si quisiera que el muchacho pintara de igual forma que él mata.

—Continúo sin comprenderle.

—Destripando la realidad, pero sin un atisbo de humanidad.

—¿Usted cree que piensa tanto? ¡Vamos, Arrow! Eso no deja de ser una *boutade* por su parte.

—Posiblemente. Pero la cuestión sería: ¿se podría llegar a un arte deshumanizado? ¿Un arte que no tenga piedad hacia el ser humano?

—¿Y usted qué cree?

—He observado al muchacho y creo que puede hacer grandes cosas. Cosas que no se han visto jamás. Pero también creo que sus ojos verán hasta el fondo de lo humano. Posiblemente, el marinero sabe que esa batalla la tiene perdida y por eso quiere destruirlo.

No entendí muy bien las últimas consideraciones de mi colega y amigo pero supuse que, a medida que las investigaciones avanzaran, Arrow echaría nueva luz sobre las mismas.

—¿Cuál es el primer paso? —pregunté.

—Que dejen libre al chico; es inocente.

—¿Y después?

—Información sobre este asunto y un lugar para trabajar. Debo pedirle que investigue la lista que nos ha facilitado el muchacho; ése será su cometido.

—Bien. No le será fácil convencer a Fonte para que lo deje libre.

—De eso ya me ocuparé yo. Empieza el juego, Sherrinford, y debemos ponernos en marcha.

—Dígame, ¿cómo supo todas aquellas cosas sobre el inspector jefe?

—Observación y deducción, mi querido amigo.

—Debo advertirle que algunas de sus deducciones ya las había detectado yo.

—¿Como por ejemplo?

—Que no le gustaba *La Vanguardia*. Eso era fácil. Al entrar vi un ejemplar del día arrugado en la papelera.

—¿Y?

—Teniendo en cuenta que, como le digo, era un ejemplar del día, la pregunta es: ¿qué le impulsó a arrojarlo a la papelera? Evidentemente, había alguna información que no le gustó a Fonte y, después de leerla, lo tiró.

—Eso mismo pienso yo.

—Pero ¿cómo supo que se había quedado sin tabaco?

—Al entrar en su despacho pude observar que el ambiente estaba muy cargado. Era el de un fumador empedernido. Todo su despacho olía a tabaco. Cuando saqué mi pipa, Fonte me miró con la típica angustia del fumador. La entrevista no duró mucho, pero sí el tiempo suficiente como para que encendiera un cigarrillo, cosa que no hizo, y de ahí deduje que se había quedado sin tabaco... además de las manchas de nicotina en sus dedos y algún resto de ceniza en su traje.

—¿Y el reloj?

—Fonte llevó su mano derecha de forma mecánica hacia el bolsillo del chaleco en dos ocasiones. El pequeño bolsillo tenía el desgaste típico del peso de un objeto y, además, el botón donde pendía la cadena estaba algo deslucido en comparación con el resto de los botones. De ahí deduje que, o bien lo había olvidado o bien lo había perdido. La expresión de disgusto al llevar su mano hacia el lugar donde debía estar el reloj me indicó que se trataba de lo segundo.

—Muy observador. Pero ¿qué indicio le sugirió que estaba peleado con su mujer?

—Su camisa.

—¿Su camisa?

—El desgaste del cuello y de las mangas; así como el mal estado general de su traje. Usted ha sido militar, mi querido amigo, y convendrá conmigo que una de las normas del ejército, sobre todo en los elementos de alta graduación, es estar siempre en perfecto estado de revista.

—Es cierto, mi asistente siempre tenía mis cosas impecables.

—En este caso, el «asistente» no está por la labor.

—Su mujer, por supuesto.

—Evidentemente.

—De lo cual deduce que...

—Si a su mujer no le importa el «perfecto estado de revista» es porque algo no funciona bien en ese matrimonio.

—¿Y por qué le apretaban los zapatos?

—Era lo único impecable dentro de su indumentaria.

—Sí, las botas bien limpias y lustrosas son una auténtica obsesión en el ejército; en eso le doy la razón.

—Lo que contrastaba con el estado general de su indumentaria. De ahí llegué a la conclusión de que eran nuevos. Además del hecho de que, cuando se puso de pie, cargaba el peso de uno a otro lado porque los zapatos le apretaban.

—Por supuesto una mujer que no atiende sus camisas, difícilmente se entretendría limpiándole los zapatos. Pero lo de la amante, eso se me escapa ¿Qué indicio le llevó a suponer eso?

—El marco de la mesa.

—No recuerdo ninguno.

—Porque no lo había.

—¿Entonces?

—Sin embargo, mi querido Sherrinford, pude observar una fina estela de polvo encima de su mesa; la dejada por un marco fotográfico que ha sido retirado.

—No le entiendo.

—Es elemental. Si se tratara del retrato de su esposa, no lo habría retirado.

—¿De lo que se deduce...?

—Que nuestro hombre, cuando se queda a solas, saca el retrato de su amante y lo coloca sobre la mesa y que, cuando entra alguien en su despacho, lo retira.

—Una explicación sacada un poco por los pelos.

—Pero factible al fin y al cabo.

—¿Y de que fue hecho prisionero por una partida de cimarrones y mató a un hombre con sus propias manos? ¿Cómo diablos pudo saber eso?

—Por la marca del cuello.

—¿La marca del cuello?

—Por la marca en forma de cuña en el cuello. Le marcaron a fuego como al ganado. Verá usted. Los cimarrones... como usted sabe, desde que surgió la esclavitud en Cuba comenzaron las fugas de los indios y negros sometidos a ella. Huían de las plantaciones y se refugiaron en los montes o en parajes menos transitados. Construyeron pueblos, un conglomerado de chozas dispersas que se llamaban «palenques». La voz viene del latín *pallanca,* palo o estaca, y se aplica a una valla de madera o estacada que se construye para la defensa de un puesto o para cerrar un terreno. Estos pueblos o ranchos de los montes se fueron nutriendo con negros cimarrones escapados de sus dueños, que se organizaron bajo el mando de un capitán o jefe que ordenaba toda la vida del lugar y actuaba como dueño y señor del mismo. Dirigían ataques a las plantaciones con objeto de obtener provisiones, pólvora y armas. Se convirtieron en un verdadero problema para las autoridades coloniales de la isla que organizaban partidas para combatirlos. Pero éstos se hicieron fuertes y recuperaron sus costumbres y leyes ancestrales traídas de África. En la ciénaga de Zapata había mayoría de una tribu africana, los *djuki*, cuyo ritual más característico llamado de «los espíritus vengativos» consiste en enfrentar a un prisionero con un miembro de la tribu. Si el prisionero vence, queda libre, pues el espíritu del vencido, de la persona muerta en combate, entra en la cabeza del vencedor. Las marcas en el cuello del vencedor indican el lugar del *kunu*, el espíritu heredado. Fonte lleva el *kunu* de un *djuki* muerto en combate y que volverá a su casa cuando nuestro inspector jefe deje este mundo. Por eso supe que Fonte fue hecho prisionero por un grupo de cimarrones y que mató a un miembro de los *djuki.*

—¡Qué cosas tan extrañas sabe! Explicado todo por usted parece sencillo.

—Todo problema parece simple una vez que nos lo han explicado. Lógica, amigo Sherrinford. En toda cuestión debemos aplicar los más elementales principios de la lógica.

La característica charla de Arrow, con su profunda observación de los detalles y su sutil poder de deducción, me mantenía divertido y cautivado mientras nos dirigíamos a la salida de la prisión.

—Ahora, mi querido amigo, debemos concentrarnos en este asunto.

—Tengo muy claro lo que debo hacer: buscar información sobre los amigos del pintor, pero ¿cuál es su cometido?

—Primero debemos obtener un ejemplar de *La Vanguardia*, para saber qué noticia incomodó a Fonte. Otro tema es saber quién nos ha recomendado para este caso.

—¿Por qué?

—Porque sé tanto como usted sobre este asunto y necesito datos. En toda investigación son las circunstancias peculiares las que deben llamar nuestra atención y ésta es una de ellas. Y, por otra parte, debemos examinar los cadáveres de las dos mujeres asesinadas. Y usted, seguramente, se estará preguntando por qué.

—Es exactamente lo que estaba haciendo.

—Porque los muertos hablan, mi querido Sherrinford. Ellas están deseando darnos información.

40

¡Qué vergüenza!

Lo peor fue ver a su padre después de pasar tres días en un calabozo. No le contó el verdadero motivo, pero su mentira no tranquilizó a la familia. Tres días sin saber nada de él porque le habían detenido en una redada efectuada en un tugurio infecto; tres días encerrado con anarquistas y gentes de mal vivir mientras su madre se desesperaba sin saber nada de él.

—¿Es que te has vuelto loco? ¿No sabes lo que está pasando en esta ciudad? Tu madre casi se muere sin saber nada de ti. Y ahora te presentas en casa y nos dices que has estado en la cárcel porque la policía se confundió y te metió en el mismo saco que toda esa gente que tira bombas por todas partes.

—Estaba en el lugar equivocado en un mal momento —dijo Pablo.

—¿Eso es todo lo que se te ocurre decir? Nadie de nuestra familia ha estado jamás en la cárcel. ¡Qué vergüenza!

Pablo nunca había visto a su padre fuera de sus casillas; su talante discreto y su ánimo apacible y contenido se habían quebrado. Peor hubiera sido contarles la verdad; que le habían encerrado como sospechoso de un asesinato.

Su madre terció para bajar la tensión.

—Bueno, lo importante es que está en casa y que todo ha

sido un malentendido. ¿Verdad, Pablo, que tú no tienes nada que ver con esa gente?

—Nada, madre; se lo aseguro.

Esa noche Pablo no durmió, se quedó en casa de sus padres y no se atrevió a salir.

A la mañana siguiente tenía que volver a su estudio. Tenía que encontrar el cuaderno y el maldito cuchillo.

41

Los muertos hablan

El cadáver presentaba una brutal desfiguración que, unido a su avanzado estado de descomposición, me obligó a separarme de él. He sido médico del ejército y, en la guerra, he visto heridas atroces y soldados muertos en combate con un aspecto espantoso, pero jamás vi nada como lo que se presentaba ante mí cuando, después de desenterrar el cadáver de la joven, nos dispusimos a examinarlo. ¿Qué mente encerraba aquel asesino tan despiadado y violento? ¿Cómo era posible tamaña morbosidad y odio hacia aquella pobre mujer? Ahí, frente a nosotros, había un cuadro inquietante y estremecedor. Vi a una pobre chica en extremo vulnerable que había caído en manos de un sujeto diabólico y sin ningún atisbo de piedad. Si en algún momento de mi vida tuve plena conciencia del mal, fue en ese instante y no pude soportarlo.

—¿Le ocurre algo, Sherrinford? —preguntó Arrow.

—Es atroz. Si me disculpa... —dije acercándome a la puerta de salida para tomar aire fresco.

El estómago de Arrow estaba mejor acostumbrado que el mío. Aun así, no me engañaba: a través de su expresión inmutable mientras examinaba el cadáver y atendía a las explicaciones del forense, pude ver una compasión que estaba ausente en los ojos de Fonte, quien también se hallaba presente.

—¿Y dice usted que la chica tenía en su interior unos frutos de granada?

—En el sitio del hígado. Se lo habían extraído y, ya le digo, en su lugar depositaron los granos. Hicieron lo mismo con la otra mujer. Supongo que se trata de una broma macabra de esta maldita bestia.

—¿A qué se refiere?

—Nosotros las empleamos en medicina contra las enfermedades de garganta.

Tenía razón el forense. Los médicos la usamos para aliviar dichas dolencias, así como otros tipos de plantas.

—¿Y bien? —preguntó Arrow con el deseo de que el forense terminara por explicarse.

—Que a las chicas les cortaron la garganta antes de mutilarlas. Como broma, me parece bastante macabra; eso es lo que quería decir.

—Es una explicación. Pero no creo que sea la correcta.

—¿Qué quiere decir? ¿Qué quiere encontrar hurgando en los despojos de una muerta? Tenemos un completo informe forense en las dependencias, así como todos los datos reunidos hasta la fecha —dijo Fonte.

El inspector jefe estaba realmente molesto. Llamar al forense a una hora tan poco apropiada, acudir al maldito cementerio y exhumar el cadáver de una puta desgraciada, putrefacto, cosido a puñaladas y destripado peor que si fuera un ternero, no le parecía un modo sensato de empezar una investigación. Pero los extranjeros, como supe más tarde, siempre le parecieron unos pervertidos y aquél no lo era menos, paseando su lupa sobre la muerta, toqueteándola con sus guantes, acercando su rostro hacia aquellos despojos mirando no se sabía qué. ¡Por Dios, qué asco! Pero había recibido órdenes y éstas eran muy claras: ayudar a aquel payaso que decía ser detective consultor en todo cuanto se le antojara. Eso es lo que imaginé que pensaba aquel sujeto mientras no dejaba de observarle.

—¿Qué diablos está buscando? —volvió a repetir Fonte.

Arrow no atendió la pregunta. Continuaba inspeccionando las ropas de la chica cuando algo llamó su atención: algunas partes tenían manchas negras. Levantó una de las manos y le inspeccionó la palma, luego hizo lo mismo con la otra: estaban tiznadas.

—Hollín —dijo el forense—. La chica no era muy limpia.

Arrow raspó las ropas y tomó muestras del polvo negruzco, que depositó en el interior de un sobre.

—Supongo que tendrán ustedes un laboratorio de química. —Y sin esperar respuesta, añadió—: Me gustaría analizar esto —dijo mostrándole el sobre a Fonte.

—Por supuesto que lo tenemos, pero no entiendo qué quiere comprobar. No me dirá usted que hemos venido hasta aquí y hemos organizado todo esto por unas manchas.

—Digamos que las manchas han sido una afortunada sorpresa. Hemos venido aquí porque necesitaba que la chica me hablara sobre su asesino, me proporcionara información.

—¿Y le ha hablado? ¿Se la ha dado? —preguntó Abel Fonte con sorna, con un deje de incredulidad en la voz, buscando con la mirada la complicidad de los asistentes. Los dos policías que nos acompañaban se echaron a reír discretamente.

Aquel detalle no pasó inadvertido a Arrow pero, como siempre, se guardó una respuesta contundente; ya tendría ocasión de ponerlo en ridículo y en su sitio.

—Teniendo en cuenta su lamentable estado, la pobre Marta Planas ha hablado lo suficiente. Y en cuanto a su pregunta anterior referente a las pepitas de granada, no se trata de una broma macabra.

Arrow hizo una pausa, lo suficientemente larga como para interesar al pequeño auditorio y darme tiempo para abandonar el marco de la puerta de entrada y aproximarme al grupo. Arrow concluyó:

—Nuestro asesino, es elemental, tiene una notable formación clásica.

Ninguno de los presentes entendimos aquella afirmación y, por sus siguientes palabras, Arrow no estaba dispuesto, por el momento, a dar más explicaciones.

—Ahora, si no les importa, me gustaría ir a mi despacho y examinar las fotografías, las notas de nuestro amigo y, en fin, todo aquello que ustedes tengan hasta el momento sobre este caso.

42

He venido del infierno

—¿Qué les contaste a tus padres? —preguntó Pallarés cuando llegó al estudio del joven pintor.

—Que me habían detenido en una redada al confundirme con un anarquista. Luego, después de algunas comprobaciones, me soltaron. Que estoy limpio y libre de sospechas. Quería ganar tiempo, Manolo; no podía decirles la verdad, hubiera matado a mi madre.

—¿Y es verdad que estás libre de toda sospecha?

—No lo sé. Creo que el inspector jefe me dejó libre en contra de su voluntad. Estoy fuera gracias a un inglés.

Y Pablo le relató la conversación que mantuvo con Arrow y con su ayudante en el patio de la cárcel.

—Al parecer le han pedido ayuda para resolver el caso —concluyó.

—Han matado a la Negra, Pablo.

—¿A la Negra?

—Sí, la noche antes de que fueras a la policía.

—El inspector no me dijo nada —añadió extrañado.

—Un crimen terrible. La mataron igual que a Marta Planas. La abrieron en canal como si fuera un cerdo. ¿Qué está pasando, Pablo? ¿Qué sentido tiene todo esto? ¿Por qué esas dos pobres chicas?

Aquella noticia hundió el ánimo de Pablo. Otro asesinato terrible y sin sentido. Él no era sospechoso de uno, sino de dos despiadados crímenes.

—No lo sabía. El inglés no me dijo nada sobre el asesinato de la Negra. Ni tampoco Fonte cuando le llevé la caja —volvió a repetir Pablo.

—Quizá sea una de las razones de que estés fuera; no podías saberlo. Eso debió deducirlo tu inglés. Y en cuanto a Fonte... bueno, él ya tenía un sospechoso, para qué iba a informarte.

—Me metió en la cárcel sin más; como si fuera un... —Pablo no acabó la frase—. El segundo órgano no pertenecía a Marta. Era de la Negra —fue la conclusión a la que llegó el joven pintor.

Manolo se dio cuenta del enorme desorden que reinaba en el estudio. Pablo lo había dejado todo patas arriba. Se había pasado horas buscando ambos objetos por todas partes.

—¿Sigues buscando tu cuchillo y tu cuaderno? ¿El que te regalé en Horta?

—Sí, no aparecen por ninguna parte.

—Le he preguntado a todos nuestros amigos. Les he dicho que se trataba de un asunto muy serio y que no estabas para bromas. Ninguno ha sido, Pablo. Ni Raventós, ni el Patas, ni Santiago... ninguno, Pablo, ninguno. Además, si fuera así, implicaría que alguno podría tener relación con el asesino y eso, Pablo, es del todo inconcebible. Estás relacionando dos hechos que no tienen nada que ver. Este robo no tiene nada que ver con los dos crímenes.

—Sí, tal vez tengas razón y esté desvariando. —Pablo guardó silencio un instante para preguntar después—: ¿Y Ricardo Sitwell? ¿Le has preguntado?

—No. Nadie le ha visto estos días. No se ha reunido con nosotros ni en Els Quatre Gats ni en ninguna parte.

—Eso es muy raro.

—Estará enfermo. A quien sí he visto ha sido al ayudante de tu investigador inglés. Nos ha cosido a preguntas.

—¿Y qué quería?

—Información sobre nosotros; sobre todos tus amigos.

—¿Para qué?

—Supongo que investigan. Es un tipo curioso. Le cayó muy bien a Ramón Casas; se interesó mucho por su pintura y eso le gustó al viejo.

Pablo parecía ensimismado, como si su mente estuviera en otra parte.

—¿Me estás escuchando, Pablo?... ¿Qué había en el cuaderno?

—Ellas, Manolo. Estaban ellas; las dibujé.

—¿A Marta y la Negra?

—Y a la Francesa, a Benigna y a Carmen. Dibujé a las cinco. El cuaderno está lleno de dibujos, apuntes y esbozos de todas ellas, ¿comprendes ahora mi preocupación? ¿Y si el asesino se hubiera hecho con ese cuaderno? ¿Para qué lo quiere?

—¿No pensarás que alguno de nosotros...?

—No, no lo pienso. Sólo digo que puede tenerlo el asesino.

—¿Cómo? Nadie tiene acceso a tu estudio excepto unos pocos amigos y las chicas que trabajan en el taller.

—Lo sé, lo sé...

—¿Has preguntado a las chicas?

—Sí, y ningún desconocido ha entrado. Al menos nadie le ha visto.

—No sé qué decir, pero es evidente que alguien lo ha hecho.

—En el cuaderno había más.

—¿Más?

—Estaba él.

—¿Quién? ¿Quieres decir que dibujaste al monstruo que ha matado a nuestras amigas?

—Sí, eso hice.

—¿Y lo has comentado con la policía?

—¿Con Fonte? No me dio ni tiempo; se limitó a encerrarme.

—¿Y a Arrow?

—Sí, le expliqué mis tres encuentros con el asesino y le hice un dibujo de mi cuchillo.

—¿Has visto tres veces al asesino?

—Sí, pero entonces aún no lo sabía. He empezado a atar cabos después.

—Bien, esperemos que ese Arrow ate todos los que faltan y, por tu propio bien, resuelva este asunto lo antes posible.

—Y por el de ellas.

—¿Qué quieres decir?

—Que tengo la sensación de que están en peligro. Va a por ellas, estoy convencido, lo que no sé es por qué. Pero me moriría si, por mi culpa, le ocurriera algo a Carmen.

—Eso no pasará. Y además, ¿por qué dices que es por tu culpa? Tú no eres culpable de nada. Se trata de un loco sanguinario, eso es todo.

—Un monstruo que, por alguna extraña razón, me odia hasta el punto de matar a cinco pobres chicas. Él me lo dijo y, en su momento, no le entendí: «He venido del infierno para precipitarte en él». Eso fue lo que dijo.

43

Hades y Marsias

Nunca, en los diecisiete años que llevaba junto a mi amigo Steven Arrow, le había visto tan entregado en el empeño de resolver un caso. El inspector Fonte le había habilitado un pequeño despacho contiguo al suyo, supongo que con la intención de no perderlo de vista, y desde el primer día se encerró en él para examinar minuciosamente cuanto había hasta aquel momento sobre los horribles crímenes.

Sobre su mesa se amontonaban los informes policiales y forenses. Forró las paredes con pizarras donde pegó las fotografías de las víctimas, un mapa de la ciudad a gran escala donde situó el lugar donde fueron encontrados los cuerpos de las pobres mujeres, así como algunas anotaciones en tiza. Tenía, además, sobre una mesa, un pequeño laboratorio de química donde se dedicaba a sus experimentos. Pidió no ser molestado a no ser por algún hecho importante que tuviera que ver con sus investigaciones.

Cuando a la mañana siguiente de nuestra llegada entré en su despacho le encontré mirando a través de la ventana. Yo sabía lo que significaba aquello pues le había visto de esa guisa en multitud de ocasiones: su mente trabajaba. Allí, mientras permanecía quieto como un pajarito, con una mano apoyada sobre el mentón, yo sabía que su cerebro estaba en ebullición.

«Soy un cerebro, Sherrinford; el resto es un apéndice», me había dicho repetidas veces. Pero había dolor en su rostro; una expresión que nunca le había visto, pues era un hombre de gran temple y acostumbrado a ocultar sus emociones. Pero en esa ocasión no podía engañarme.

—Abandonó usted muy pronto el hotel esta mañana; no me di cuenta de su ausencia.

—Necesitaba trabajar.

—¿Qué hizo usted anoche? Tampoco le oí llegar.

—Al salir del laboratorio de química recorrí las calles de la ciudad donde han tenido lugar los acontecimientos. Necesitaba situarme.

—¿Y ha descubierto algo en el laboratorio?

—Pues le diré que sí, mi querido Sherrinford; he descubierto cosas verdaderamente interesantes, pero permítame usted que no le haga aún partícipe de mis averiguaciones. Todo a su debido tiempo.

—Como desee, pero debo confesarle que me tiene intrigado.

—Un par de comprobaciones más y usted, como siempre, será el primero en saberlo. Por lo pronto, conténtese con saber que estamos en camino de resolver el caso.

—¿Tan pronto?

—Yo no diría eso. Lamentablemente, si no conseguimos evitarlo, tendrá lugar otro crimen. Posiblemente esta noche o tal vez mañana.

—Me asusta usted, Arrow.

—No soy yo quien debe asustarle, sino ese maldito bastardo al que debemos echar el guante lo antes posible.

—Usted sabe quién es el asesino.

—No con absoluta certeza, pero sí cómo se mueve, y puedo asegurarle que el tercer crimen tendrá lugar esta noche. ¿Qué ha averiguado usted?

Pasé a informarle sobre el fruto de mis investigaciones. Le hice una relación detallada de todos los amigos del joven pintor y, aunque parecía no escucharme, sé que no perdió ni un solo detalle. Luego le mostré un ejemplar de *La Vanguardia* correspondiente al día anterior y le leí el artículo que tanto había incomodado al inspector Fonte. El artículo estaba firmado por un tal Liberto Manent y en él se informaba de que se había solicitado nuestra ayuda para solucionar el caso. El resto del artículo versaba sobre la ineptitud de Fonte al mando de la policía de la ciudad, junto a un panegírico muy bien documentado sobre nuestra labor profesional. Terminaba el artículo ensalzando a Arrow como un auténtico adalid en la lucha contra el crimen.

—No me extraña el recibimiento poco caluroso de que fuimos objeto por parte del inspector Fonte.

—Sí, es evidente que el artículo debió molestarle.

Me aproximé a la pared e inspeccioné las pizarras. Había escrito algunas consideraciones sobre el asesino, un pequeño esbozo sobre a quién nos enfrentábamos.

—Veo que ha trazado usted un breve esquema del monstruo.

Arrow no contestó y seguí leyendo sus anotaciones. Había algunos nombres que ya conocía pero que, en un principio, no vi qué relación podían tener con nuestro caso: Guilles de Rais, Erzsébet Báthory, el doctor Holmes, Walter Gein. Se trataba de grandes asesinos de la historia a los que, junto con algunos otros, Arrow había dedicado una de sus famosas monografías. Arrow, escritor ocasional, tenía algunos interesantes estudios publicados, como el que escribió sobre la influencia del oficio en la forma de la mano, y otro realmente notable acerca de los diferentes tipos de ceniza; estudios, según él, trascendentales para penetrar en la mente de un asesino. Arrow, y no sé si lo he dicho anteriormente, era un verdadero especialista en la historia del crimen, en la literatura sensacionalista y conocía cada detalle de todo horror cometido en nuestro siglo.

Si el lector no está versado en estos nombres, le diré que Guilles de Rais fue un noble francés que luchó en la guerra de los Cien Años junto a Juana de Arco. Pero no fue célebre por esto, sino por los cientos de niños que asesinó en su castillo, rodeado por una corte macabra de alquimistas, brujos y adoradores del diablo. En cuanto a Erzsébet Báthory, más conocida por el sobrenombre de «la Condesa Sangrienta», era una noble húngara que, obsesionada por la belleza, no dudó en torturar y matar a numerosas jóvenes para bañarse en su sangre. Cuando fue detenida, hallaron un montón de cadáveres tanto en su castillo como en los alrededores. El doctor Holmes en realidad se llamaba Herman Webster; su especialidad eran las mujeres ricas. Primero se casaba con ellas y luego las asesinaba. Reunió una gran fortuna con la que se hizo construir un hotel en Chicago. Allí mataba a las mujeres que raptaba y, para hacer desaparecer sus cuerpos, vendía los cadáveres a las facultades de Medicina. El último de los nombres de la pizarra, Walter Gein, era un sujeto de New Hampshire que, entre 1870 y 1875, mató a catorce mujeres. La primera fue una empleada de ferretería de su ciudad. Todas aparecían despellejadas y colgadas de un árbol. Más tarde se descubrió que el lazo de unión entre las víctimas era la música.

Dos nombres escritos en la pizarra llamaron mi atención: Hades y Marsias.

Estaba ansioso por preguntarle a Arrow qué relación tenían aquellos nombres con el caso que intentábamos resolver. Mi amigo debió adivinar lo que pasaba por mi mente, como muchas veces ocurría, y me dijo:

—Se preguntará qué hacen esos nombres en la pizarra. Bien, la verdadera cuestión es qué los hermana con nuestro asesino. ¿Qué ideas pasan por la cabeza de los asesinos reiterativos cuando deciden matar? ¿Afán de control, odio, venganza?

—Bien, pero según usted, ¿cuál sería el nexo de unión?

—Todos actúan con una frialdad inexplicable, provocan baños de sangre por puro placer. Es el placer, Sherrinford, lo que une a todos esos monstruos con nuestro Jack.

—Pero ¿está realmente seguro de que se trata de Jack el Destripador?

—Sí, mi querido amigo, y ha vuelto, no para que lo coja, sino para jugar conmigo. Ninguna de estas bestias desea que la prendan. Pero ése es nuestro objetivo: retirarlo de la sociedad hasta que pague por sus crímenes.

Hizo un breve paréntesis en su exposición para concluir finalmente:

—Nuestro Jack, al igual que todos ellos, no tiene el menor remordimiento por los crímenes que comete. ¿Cuál es su auténtico y más terrorífico móvil?

—Dígamelo usted —contesté.

—Poseer el poder más absoluto: el poder para decidir sobre la vida y la muerte de aquellas que se convierten en su objetivo. Hay sadismo y un enfermizo placer sexual.

—Pero si ni siquiera las toca; quiero decir...

—Sé lo que quiere decir. Pero es otro tipo de placer sexual; el asesino tiene ansia de experimentar lo que se siente matando: odio, desprecio, una insana plenitud física y psicológica; ésas son las emociones que le arrastran a cometer sus crímenes sin sentimiento de culpa, sin que los remordimientos se lo impidan. Y todo con una violencia extrema que se acrecienta con cada nueva víctima. Este monstruo se gana la confianza de ellas; en general, como le digo, cuenta con la confianza de la víctima y luego actúa conscientemente y con premeditación. Quizá le satisface oír los sollozos y los ruegos de la víctima, su sufrimiento.

—¿Y por qué prostitutas?

—Hay en él un resentimiento visceral hacia este tipo de desgraciadas. Quizá algo que le ocurrió, pero eso no es significativo. Nunca debemos buscar motivos que les excusen. No olvide que, como le he dicho, mata por el placer de matar.

Recalcó su última argumentación de forma contundente. Para Arrow se trataba de un monstruo y cualquier cosa, aunque moralmente injustificable, que pudiera ponerse de parte del monstruo no estaba dispuesto a tomarla en cuenta. Ahí Arrow era inflexible. «Cazamos monstruos y los ponemos en manos de la justicia; ése es nuestro oficio. A eso he querido dedicar siempre mi vida», me había dicho en más de una ocasión.

—¿Y en cuanto a los otros dos nombres?

—¿Se refiere a Marsias y Hades?

—¿Y qué tienen que ver Marsias y Hades con nuestra investigación?

—Yo diría que son determinantes, pues nos permiten completar el contorno de nuestro asesino.

Aquel término, contorno, era muy propio de él; formaba parte de su método de investigación y consistía en investigar las características singulares del asesino para hacerse una idea exacta tanto física como mental del monstruo. Para ello echaba mano de su ingente memoria sobre la historia del crimen, de nuestros propios archivos, así como de todas las pistas del lugar de los hechos y las que nos pudieran proporcionar el forense y la propia víctima. Con todo ello, Arrow trazaba el contorno.

—Como usted sabe —continuó diciendo Arrow—, Marsias era un músico y sátiro mitológico que recogió la flauta arrojada por la diosa Minerva. No se le ocurrió otra cosa que, con ella, retar al mismísimo Apolo a un concierto musical en el cual el vencido quedaría a merced de su rival. Apolo, después de ganarle con su lira, le ató a un árbol y le desolló vivo.

Eso mismo es lo que hacía nuestro asesino reiterativo Walter Gein, como sin duda recordará; todas sus víctimas eran músicos o amantes de la música y Walter Gein jamás logró pasar los tres primeros cursos del conservatorio. Bien, nuestro Jack también tiene una extraordinaria formación clásica. Cuando, como usted sabe, examinamos los cadáveres de las dos primeras víctimas ambas tenían en el interior de sus cuerpos unos granos de granada. El forense apuntó que se trataba de una broma macabra de la bestia.

—Y usted que no creía que se trataba de la explicación correcta.

—Ciertamente. Hades, el señor de los infiernos, después de raptar a Perséfone y ante los ruegos de la madre de ésta para que permitiera a su hija abandonar los infiernos, consiguió dejarla salir durante algún tiempo pero Perséfone le debía prometer que volvería. Como Hades no se fiaba de Perséfone, le hizo comer unos frutos de granada.

—¿Con qué intención? —pregunté.

—Porque aquellos que han probado una fruta del infierno jamás lo abandonan del todo, siempre regresan. De este modo, con el grano de granada, Hades la vinculó a su reino porque aquel que hubiera tomado algo del reino de los muertos no podría dejar jamás aquel lugar. Nuestro asesino nos indica que ha mandado a esas chicas al infierno. Tenemos sus cuerpos, terriblemente mutilados, pero sus almas arden en él. Ése es el mensaje que Jack nos ha enviado. Un mensaje que, como usted comprenderá, no puede estar en la mente de un vulgar e inculto marinero, un estibador, un mozo de cuerda, un tallador de vidrio o un zapatero. No, nuestro hombre es una persona culta. Se trata de un burgués o de una persona adinerada y con una excelente educación.

Las deducciones de Arrow no dejaban de causarme admiración. A lo largo de los años había truncado mi inicial asombro ante sus brillantes apreciaciones por un creciente respeto, consideración y fervor hacia su lúcido juicio.

—Por cierto, Sherrinford, ¿ha cursado usted las dos notas que le entregué?

—Ciertamente. —Miré mi reloj y dije—: El señor Liberto Manent nos espera en su despacho de *La Vanguardia* dentro de media hora. En cuanto a la segunda, he recibido contestación del señor Sitwell; nos atenderá mañana.

—Bien, pues creo que no debemos demorarnos; jamás me ha gustado llegar tarde a una entrevista.

Estábamos a punto de salir cuando el inspector Fonte entró en el despacho de Arrow sin avisar y sin llamar a la puerta. Lo primero que hizo fue quedarse pasmado mirando las pizarras.

—¿Desea usted alguna cosa? —preguntó Arrow.

—Tal vez deberíamos reunirnos y que usted nos orientara sobre sus interesantes investigaciones —dijo Fonte con cierta doblez en la voz.

—Esta tarde a las cinco, inspector Fonte. Le agradecería que reuniera a todos sus hombres que participan en el asunto.

—¿A todos los agentes?

—Eso he dicho. Y ahora si nos disculpa, debemos seguir con nuestras investigaciones.

—Bien, hasta las cinco entonces —dijo Fonte que, sin duda, esperaba algún dato más sobre la futura reunión.

Nos despedimos y salimos del despacho.

—Cierre al salir —le dijo Arrow con tono amable.

44

Un periódico moderno

El recibimiento por parte de Liberto Manent fue muy cordial, muy revelador y periodístico. Salió a recibirnos nada más llegar a la sede del periódico. Manent era un hombre afable y expresivo.

—Estoy encantado de conocerle y a usted también, por supuesto —dijo ofreciéndonos su mano—. Si me lo permiten, les mostraré el periódico.

Mientras nos llevaba por las diferentes secciones, presentándonos a todo el mundo y diciendo: «Es Steven Arrow, el famoso detective, y su ayudante el doctor Sherrinford», nos iba explicando algunas cosas del periódico.

—Como verán, se trata de un diario moderno. Ésta es nuestra tercera sede. Nos trasladamos aquí, a la Rambla de los Estudios, en septiembre del 92. Como han podido observar, disponemos de luz eléctrica en todas las dependencias y, por supuesto, teléfono. La luz eléctrica irradia poco calor y no consume oxígeno, con lo cual hemos mejorado las condiciones de trabajo de todos nuestros redactores y empleados. La verdad es que el local de la calle Barberà se nos había quedado pequeño y anticuado. Se encuentran ustedes en la sede del periódico más moderno de Europa.

Dijo esta última frase con verdadero orgullo, como si fuera

él, y no los señores Godó, el auténtico dueño del periódico. Arrow estaba encantado con nuestro anfitrión y le hacía preguntas, interesándose, como era habitual en él, por todo lo nuevo y moderno.

—¿Han visto ustedes los bajos?

—No, pero intuyo que está ansioso por mostrárnoslos —dijo Arrow con amabilidad.

Y así fue. Seguimos a Manent hasta la planta baja mientras atendíamos a sus explicaciones, después de haber visitado las secciones de redacción, administración, imprenta y máquinas, presentándonos a cuantos empleados encontrábamos a nuestro paso.

La planta baja era magnífica, un espacio consagrado a la exhibición del arte. El espacio poseía una historiada decoración modernista realizada por el famoso escenógrafo Soler y Rovirosa y que Manent nos explicó con todo lujo de detalles. En los ángulos del artesonado, como también se encargó de advertirnos, aparecían encajados los retratos de cuatro maestros del periodismo: Larra, Piferrer, Mané y Flaquer y Álvarez Lorenzana.

—Este salón no tiene afán de lucro. La idea es prestar un servicio cultural a la ciudad sin que le cueste un solo céntimo ni al visitante ni al artista que expone sus obras. Se trata, además, de un lugar de encuentro para todos los ciudadanos y artistas, como han hecho algunos de los periódicos más importantes del mundo. No sólo exponemos cuadros, sino incunables, todo tipo de documentos que tengan un interés actual y artístico, fotografías de personajes importantes que, por cuestiones técnicas, no podemos reproducir en el periódico. Nuestras vitrinas están abiertas a todos aquellos acontecimientos susceptibles de ser expuestos a la curiosidad de nuestros visitantes. ¿Saben que incluso obsequiamos a nuestros suscriptores con audiciones telefónicas de ópera?

—Desde luego, tiene usted razón; me atrevería a afirmar que ni el mismísimo *Times* puede hacerles sombra —dijo Arrow.

Aquel comentario agradó a nuestro anfitrión, y pude advertir que, con él, se sintió gratificado.

Después fuimos a su despacho con la intención de entrar directamente en materia.

—He seguido con verdadera devoción, de la mano del señor Doyle, todos los casos que, en colaboración con el doctor Sherrinford, se han entregado a la imprenta.

—Bueno, digamos que en muchas ocasiones hay en ellos un exceso de literatura que no se ajusta exactamente a la realidad. Pero, en general, así es como ocurrieron.

—De entre todos sus casos, mi preferido es *El carbunclo azul*. Sé que no es un caso criminal, pero realmente se trata de un suceso de una originalidad inusitada y que resuelve usted con una lucidez impresionante. Además de ser uno de sus casos y de sus historias más divertidas.

Si mi memoria no me fallaba, se trataba de un asunto ocurrido el martes 21 de diciembre de 1887. Después de que relaté dicho suceso al doctor Doyle, se publicó en el *Strand Magazine* en su número de enero de 1892. Doyle lo reunió en libro bajo el título de *Las aventuras de Sherlock Holmes*, y lo entregó a la imprenta de George Newnes ese mismo año. Recuerdo este caso porque mi querida esposa Constance murió a finales de ese mismo mes, al poco de resolverse el misterio. Hacía apenas trece meses que habíamos contraído matrimonio.

—Me pareció genial el número de pistas que, a partir de la observación de un sombrero, fue usted capaz de deducir sobre su propietario.

—Bueno, como usted recordará, y como muy bien ha dicho, fue simple observación y deducción —añadió Arrow quitándose mérito modestamente.

—Su compasión con el pobre ladrón fue meritoria.

—Si lo hubiera enviado a la cárcel hubiera sido carne de presidio para el resto de su vida. En mi profesión trato de distinguir entre un delincuente ocasional y otro reincidente.

—Lo que no ha dejado de proporcionarle algún problema serio con algunos de sus colegas; por ejemplo en el Congreso de Criminología de Ginebra.

Manent me tenía impresionado. Realmente era un auténtico seguidor no sólo de las aventuras de mi amigo, sino de sus avatares profesionales. Aquel congreso, que tuvo lugar en el 96, terminó en trifulca cuando Arrow echó por tierra algunas ideas que, a estas alturas del siglo, le parecían inadmisibles; en particular las ideas y teorías lombrosianas. El tema saltó a la prensa y mi amigo quedó muy mal parado defendiendo su innovadora posición.

—Bueno, todo eso se discutió de nuevo un año después en la Asociación Internacional de Criminalistas de la que, como usted sabe, fui fundador junto con Liszt, Prins y Van Hammel. La polémica llevó a la reforma de los estatutos, gracias a mi estudio sobre la distinción entre delincuentes ocasionales y reincidentes, penas y condiciones. —Arrow hizo una pausa y con un tono de voz que denotaba una gran indulgencia añadió—: A estas alturas no podemos mandar a un hombre a la horca por robar un trozo de pan. A veces es necesario y moralmente lícito ponerse del lado de todos los Jean Valjean.

Manent captó al vuelo la referencia literaria. Noté en él una renovada admiración hacia Arrow, como si estuviera descubriendo aspectos que hasta ese momento ni siquiera había sospechado.

—¿Sabe una cosa? No me lo imaginaba así. Su personaje no le hace justicia. Usted no es una persona omnipotente ni orgullosa, de voz rápida, firme y estridente, como dicen los libros. Me da la impresión de que, a veces, le gustaría equivocarse. Su apariencia y su carácter no se ajustan al de su personaje. Hay en usted una voluntad férrea, eso es cierto, y un método de trabajo que sí es el que nos cuentan, pero, por lo demás, usted atrapa monstruos no por un ansia animal por la caza, sino porque es su destino. Usted es, en cierto aspecto, como Aquiles, llamado a grandes hazañas, pero con la nostalgia de haber sido un hombre normal. Usted ha decidido su destino, poner sus cualidades al servicio de librarnos de todos esos engendros que nos amenazan. Y no puede evitarlo.

—No haga caso de todo lo que lee; ni siquiera de todo lo que ve: a veces lo que vemos no es la verdad.

Arrow con aquella frase intentó terminar la conversación; llevábamos demasiado tiempo hablando de él y eso era algo que le incomodaba. Por otro lado, me di cuenta de que las últimas palabras de Manent habían calado en el ánimo de Arrow, ajustándose a un retrato que yo, debido al tiempo que había pasado con mi maestro y amigo, ya conocía. Pero no dejó de impresionarme la capacidad de deducción de aquel avezado periodista, que fue capaz de trazar un contorno tan ajustado sobre la personalidad y las motivaciones de Steven.

—¿En qué puedo ayudarles? —preguntó Manent dándose cuenta de que había llegado el momento de entrar en el motivo de nuestra visita.

—Usted y su periódico han seguido el caso de las chicas asesinadas y me gustaría que me proporcionara material para mis investigaciones.

—¿Se refiere a fotografías?

—Y a cualquier dato que usted crea relevante sobre el mismo. Al parecer no tiene usted unas relaciones muy cordiales con el inspector Fonte.

—No es una cuestión personal. Sólo que creo que un militar de la guerra de Cuba no es la persona apropiada ni para dirigir la policía ni para investigar este caso ni ninguno.

—¿No es usted muy duro con él?

—No dudo de su valía como soldado, pero sí como detective; eso es todo. Afortunadamente ha llegado usted.

Arrow obvió la última parte de la frase y establecieron una conversación sobre los dos crímenes. A través del diálogo entre el periodista y el detective pude darme cuenta de que coincidían en algunos aspectos que ya sabíamos sobre la naturaleza de los asesinatos y del monstruo.

—No parará y aumentará la violencia en cada crimen —terminó por decir el periodista.

—Sí, en eso también coincidimos.

—Verá usted —dijo sacando una gruesa carpeta del interior de uno de los cajones de su mesa—. Tengo aquí docenas de fotografías que tal vez le sean de utilidad. Las fotografías no las publicamos porque la técnica aún no lo permite, pues la calidad del papel nos impide obtener buenas reproducciones. Pero estamos investigando algún sistema que, en el futuro, nos permita mejorar la calidad de impresión de las fotografías.

—Entonces, ¿por qué las hacen?

—Porque las utilizamos como material para nuestros dibujantes. Una fotografía no admite errores, capta el instante, y nuestro director artístico, Josep de Passos, las reparte entre nuestros ilustradores para que realicen dibujos fieles a la realidad y que son publicados en el periódico.

—Es una excelente idea.

Arrow, pude darme cuenta, que se jactaba de reconocer las variedades tipográficas de toda la prensa londinense, no había caído en aquel detalle técnico referente a las fotografías.

—Algunas, por su salvajismo, no nos atrevemos a reproducirlas. Juzgue usted mismo —dijo ofreciéndole la carpeta.

Realmente las fotografías eran aterradoras. Pero las mismas no sólo mostraban los cuerpos de las víctimas, sino el entorno.

Algunas de ellas eran realmente ilustrativas, pues reproducían el gentío y las miradas de terror y de pánico de los curiosos que se habían acercado al lugar de los hechos. Aquel aspecto, pude darme cuenta, llamó la atención de Arrow.

—¿Tiene usted una lupa? —preguntó.

—Por supuesto —dijo Manent ofreciéndole una de grandes dimensiones que guardaba en el cajón central de su escritorio.

Ante nuestro asombro, Arrow paseó la lupa sobre algunas fotografías en las que un gran gentío entorpecía la labor de los agentes del orden e intentaba ir más allá del cordón policial.

—¿Qué está buscando?

—Lo que estaba buscando ya lo he encontrado —dijo Arrow, y pude advertir en su rostro la satisfacción de alguien que ha dado con un detalle fundamental.

Me ofreció la lupa y la fotografía que acababa de examinar diciéndome:

—Eche un vistazo, Sherrinford.

Así lo hice y, momentos después, comprendí la expresión de satisfacción que anidaba en el rostro de mi amigo.

—¿El marinero?

—Así es, mi querido Sherrinford. El asesino siempre vuelve al lugar del crimen.

—No creo que nos sirva de mucho. No se le ve la cara y, además, sin duda se trata de un disfraz.

—Eso es obvio. Pero sí, gracias a la fotografía, podemos deducir algunos aspectos del monstruo, como su altura y su complexión. Para lo cual nos ayuda la figura que se encuentra en línea con él, dos cabezas más a la izquierda.

Exploré la foto con la lupa tal y como me había indicado Arrow.

—¿Un niño?

—Sí, un niño de unos nueve o diez años y que debe de medir un metro y veinte centímetros. De lo cual deduzco que nuestro monstruo mide uno ochenta y, dada su complexión, pesará alrededor de unos ochenta kilos. Confirmaremos este dato con el joven pintor.

—¿Podrían indicarme qué han encontrado? —preguntó el periodista que estaba vivamente intrigado.

Arrow le pasó la fotografía y mientras Manent la examinaba, Arrow le iba explicando todo cuanto sabíamos del marinero. Luego le mostró el dibujo que había hecho el joven Picasso. El parecido era total.

—¿Qué sabe usted sobre ese joven?

—¿Sobre el pintor? Un muchacho de gran valía y sin duda llamado a hacer grandes cosas. Ahora prepara una exposición de dibujos para Els Quatre Gats. Le conocí en octubre del 96, con motivo de una exposición del pintor Nonell; una serie de obras desconcertantes que había realizado sobre los cretinos de Bohí y que expusimos en la sala que antes les he mostrado. Picasso venía acompañado de una joven algo mayor que él; una chica muy guapa pero de una fragilidad pasmosa.

—¿Carmen?

—No lo sé. Pero puedo asegurarle que no era ninguna artista y no sólo eso, sino que no tenía ni idea de ese mundo. Bastaba con mirarla para darse cuenta. Bastaba con seguirla por la sala para comprender su aturdimiento y su gozo. Tenía una mirada azul.

Aquella expresión, «una mirada azul», sorprendió a Arrow; pero le gustó. Sin duda el periodista tenía buen ojo para captar lo esencial de un ser humano.

—Yo tampoco creo que el joven Picasso tenga nada que ver con los crímenes —concluyó el periodista—. ¿Y dice usted que el asesino siempre vuelve al lugar del crimen?

—No siempre; pero en este caso estoy seguro. A veces se deleitan con su trabajo y acuden en el momento del descubrimiento, mezclándose con la gente, para ver qué efecto han conseguido entre los presentes y la policía. Sin duda otra perversión que aumenta su sensación de poder.

—Lo curioso de este caso es el singular parecido que tiene con lo ocurrido en el 90.

Aquella afirmación nos desconcertó a los dos.

—¿A qué se refiere? —preguntó Arrow con rapidez.

—¿No lo saben? ¿No les ha informado Fonte? —Manent vio la sorpresa en nuestro rostro y dedujo que así era; no habíamos sido informados—. Me refiero a las tres chicas asesinadas y destripadas entre agosto y septiembre de hace ocho años. Yo acababa de entrar a trabajar en el periódico y me encargaron cubrir el suceso junto con otro compañero. Como les digo, se cometieron tres crímenes pero sólo informamos del primero.

—¿Por qué motivo?

—Lo ignoro. Pero recibimos instrucciones y no publicamos nada de los otros dos crímenes. Luego éstos cesaron y jamás se descubrió al asesino.

—¿Puede relatarnos todo lo que recuerde sin omitir ningún detalle por nimio que pueda parecerle?

Manent, a partir de aquí, pasó a relatar todo cuanto recordaba de su intervención en aquel asunto.

—Esa mañana abandonamos la redacción del periódico a toda velocidad. Me acompañaba Ramón Osorio, un buen fotógrafo. El aviso se había recibido hacía pocos minutos y el director, Modesto Sánchez, nos envió al lugar del suceso. Además de dibujante, al parecer muy bueno según mis compañeros, me dedicaba a cubrir los sucesos. Ramón, mi compañero fotógrafo, era un enamorado de aquel artilugio mecánico con el que se paseaba por toda Barcelona dejando constancia fotográfica de cuanto veía. Ambos estábamos encantados de trabajar en un periódico joven, dinámico y moderno que se estaba comiendo el mercado gracias a una excelente plantilla de buenos gacetilleros.

»*La Vanguardia* había cumplido diez años y ya superaba los cinco mil ejemplares de tirada; algo que no estaba nada mal para un nuevo periódico y que, además, tenía que competir con excelentes cabeceras como *El Diari de Barcelona*, *Diari Català*, *La Renaixença* y otros veinte diarios que se vendían en toda Cataluña, además teniendo en cuenta que el cincuenta por ciento de los habitantes de la ciudad eran analfabetos. Pero corrían buenos tiempos para la prensa, pues uno de cada diez mil ciudadanos estaba dispuesto a gastarse unos céntimos en un diario. El jefe era un auténtico lince, había conseguido reunir una buena peña de colaboradores: Ixart, Sardà, Coroleu, Maragall, Masso i Torrents, Caselles, Soler y Miquel Rahola. Modesto Sánchez, andaluz dicharachero y listo, además de conseguir colaboraciones de importantes intelectuales, incorporó a *La Vanguardia* secciones atractivas para el gran público: noticias de agencia, necrológicas, meteorología, sismología, transportes terrestres y marítimos, tribunales. Carlos y Bartolomé Godó, sus fundadores, podían estar muy contentos con la dirección de Modesto Sánchez, pues más del treinta por ciento del espacio se dedicaba a los anunciantes publicitarios, con los consiguientes beneficios económicos para una cabecera que incluso, y a diferencia de los demás rotativos, tenía telégrafo propio; una maravilla de la ciencia y un adelanto tecnológico que nos permitía acceder a las noticias con una rapidez superior a la del resto de nuestros competidores. *La Vanguardia* había nacido como expresión del Partido Liberal pero en 1888, con motivo de la Exposición Universal de Barcelona, Modesto Sánchez lo convirtió en un diario independiente no adscrito a ningún partido político. Su lema era ser respetuoso y crítico con el gobierno de turno y no pertenecer a ninguno.

—Por favor, cíñase al caso —le pidió Arrow.

—Osorio y yo abandonamos la sede del diario en la calle Barberà, continuamos por la calle Unión y cruzamos por la Rambla de Capuchinos hasta la plaza Real.

»El cuerpo de la desgraciada se encontraba en el suelo, en la esquina de la calle Obradors con Escudellers, en medio de un charco de sangre. Una multitud de curiosos se agolpaba a su alrededor. Osorio se abrió paso entre la gente, instaló su cámara y empezó a hacer fotografías.

»—¡Qué barbaridad! —exclamó.

»—La han dejado como un colador —dije.

»Mientras mi compañero se entregaba a su trabajo, abrí mi libreta y pregunté a los curiosos, al jefe de policía, al médico forense y, en cuestión de minutos, disponía de una buena información sobre el caso. Deseoso de completar mis notas, le dije a mi compañero:

»—Voy a acercarme a la calle Avinyó. ¿Me acompañas?

»—¿Para qué?

»—Ahí vivía la víctima.

»—¿Tendrás para mucho rato?

»—Media hora.

»—Te espero en la plaza Real tomándome una cerveza.

»Tardé diez minutos más de lo previsto en reunirme con mi compañero. Le informé.

»La víctima se llamaba Conchita Montes y tenía veinticinco años. Se ganaba la vida ejerciendo la prostitución por las calles del casco antiguo y los alrededores de las Reales Atarazanas, donde llevaba a los clientes. Según los vecinos, era una buena chica que había tenido muy mala suerte en la vida. Emigró del sur, trabajó como criada un tiempo en una buena casa de la calle Princesa, hasta que, sin razón aparente, la dejaron en la calle. Su marido, Rafael Gómez, era un bergante que cambiaba de oficio con la facilidad de las fases de la luna; inconstante y pendenciero, era un culo de mal asiento al que le duraba poco el trabajo. Rafael sabía a qué se dedicaba su mujer, pero no le importaba siempre que encontrara un plato en la mesa junto con una botella de vino barato.

»La noche que la iban a matar, Conchita Montes dejó a sus dos hijos de cinco y cuatro años en casa de su vecina. Rafael aún no había regresado.

»Abandonó su minúsculo piso, supongo que después de acicalarse un poco para la ocasión, como cada noche. Se pintó como Dios le dio a entender, se enfundó en su toquilla de color marrón y se colocó unas baratijas en el cuello y en el brazo derecho; a los hombres les gustaba el sonido metálico de sus baratijas mientras les preparaba para la embestida. Salió a la calle con toda la niebla de su alma envolviéndole el corazón, soñando en otra vida para ella y sus hijos, lejos de aquel vago y de aquella existencia de mierda que la hundía cada vez más en una ciénaga sin futuro. Conchita lloró, deteniéndose en la esquina de la calle Cervantes. Se limpió con la manga de su toquilla, respiró profundamente y continuó.

»No se dio cuenta de que un hombre la seguía.

Arrow le interrumpió. Era evidente que Manent no podía saber lo que pasaba por la cabeza de la chica la noche que la mataron. Manent iba para literato, pensé.

—Y entonces les sugirieron que no investigaran ni publicaran nada más.

—Así fue... pero hay algo más.

—¿A qué se refiere?

—A la llegada del duque de Clarence a Barcelona.

Aquella frase nos dejó helados a ambos. Yo tardé en reaccionar; no así Arrow que, no sin asombro, preguntó:

—¿Se refiere usted al nieto de la reina de Inglaterra?

—Al mismo. Tampoco le dimos publicidad a ese hecho. Pero ya sabe cómo somos los periodistas, nada se nos escapa.

—Prosiga.

—El duque permaneció casi un año en Barcelona en la más absoluta clandestinidad. Vivía en un pequeño palacete alquilado del Paseo de Gracia. Supongo que no era como su residencia en Inglaterra, pero se instaló cómodamente y atendido por un numeroso servicio que alguien se encargó de contratar. Por lo que pude averiguar estaba enfermo, y como su mal se agravó, decidió regresar a Inglaterra. Alguien le acompañó... pero fue durante ese tiempo, me refiero a su estancia en Barcelona, cuando se cometieron los crímenes. ¿No le parece extraño?

Arrow no contestó. Aquella última revelación, inesperada por otra parte, le dejó muy pensativo. Manent me miraba como esperando un gesto por mi parte que le indicara qué estaba pasando por la mente de Arrow. Pero, en aquel momento, era incapaz de saber lo que pasaba por la mía.

—Me gustaría saber dónde fueron encontrados los tres cadáveres —dijo Arrow finalmente.

—Eso puedo decírselo ahora mismo. Según recuerdo, no las mataron en el lugar donde fueron encontradas, al igual que ahora.

Después de esta última apreciación, Manent hizo un pequeño esquema en un papel donde situó a las tres víctimas con sus nombres y las calles donde fueron hallados los cuerpos.

—La impresión que tengo es que el asesino no completó su trabajo. Por alguna extraña razón paró... y ahora ha vuelto —dijo.

—¿Y cree usted que es el mismo? —pregunté.

—Yo diría que tanto el móvil como el *modus operandi* son idénticos. Guardo las notas que tomé en aquel tiempo. Si lo desea puedo buscárselas y hacérselas llegar —dijo finalmente dirigiéndose a Arrow.

—Le estaré muy agradecido. Nos ha sido usted de gran ayuda.

—Soy yo quien les está agradecido. No duden en preguntarme cualquier cosa; como le digo, le haré llegar mis notas.

—¿Hay algún detalle que quiera usted añadir?

—Sí. En aquella ocasión no recibimos ningún anónimo. Nada de su burlona correspondencia actual. Por cierto, ¿por qué lo hace con tinta roja?

—Sí, los dos anónimos que ha enviado hasta ahora guardan similitud con los que Abberline y yo mismo recibimos en los crímenes de Whitechapel. Recuerdo que, en uno de ellos, incluso nos explicó el motivo. Según decía en una de las cartas de aquel tiempo, las escribía con tinta roja porque había intentado escribirlas con sangre pero se coagulaba enseguida.

—¿Eso escribió?

—Junto con otras lindezas, como por ejemplo: «Desde el infierno le envío la mitad de un riñón que tomé de una mujerzuela y que conservé para usted después de freír el otro. Estaba muy bueno, de verdad. No le importe llamarme por mi nombre artístico. Suyo afectísimo, Jack el Destripador».

—Atrápelo, Arrow —dijo Manent con el convencimiento de que, esta vez, así sería.

—Lo haré, no tenga la menor duda.

45

El contorno

El inspector jefe Fonte había reunido a sus colaboradores en una amplia sala de la policía. Entre comisarios, inspectores, agentes y vigilantes, el número era superior a cincuenta. «Un desperdicio y una pérdida de tiempo», pude leer en el rostro del inspector jefe, quien se encontraba sumamente incómodo por verse obligado a proporcionarle a quien consideraba su oponente todo aquel apoyo logístico por unas simples putas.

También Arrow estaba irritado con el inspector después de habernos enterado de que éste no consideró necesario informarnos sobre los sucesos del 90. Pero Arrow se guardó aquello para mejor ocasión; ahora debía dirigirse a todo aquel público y ponerle en antecedentes.

El primero en hablar fue Fonte, quien presentó a Arrow a su auditorio y, después, lanzó un discurso que no venía a cuento sobre las causas del delito. Para él los delincuentes constituían una raza degenerada física y moralmente. Los delincuentes, según él, o bien tenían una fuerte debilidad intelectual o eran producto del descenso social. El clima, la bebida o el predominio de la estirpe semita, así como una inferior capacidad en la circunferencia craneal en los ladrones y homicidas con relación a los hombres normales eran determinantes para desarrollar una mente criminal.

Arrow lo miraba sin dar crédito a tal cúmulo de sandeces que no tenían nada que ver con el motivo de aquella reunión. Pero Fonte siguió:

—Señores, la tendencia a la dolicocefalia es propia entre los criminales, cuyas proporciones de la cara son mayores y exorbitantes. Éstos tienen la frente deprimida, estrecha y plegada; los arcos de sus cejas son salientes, con las cavidades oculares muy grandes. También sus mandíbulas son salientes y fuertes, y tienen las orejas separadas y largas en forma de asa. ¿Y qué decir de la mirada del asesino? En él es firme, fría y fija; pero oblicua, inquieta y errante en el ladrón. Anatómicamente el criminal es, en general, grande y pesado y por su talla sobresale del término medio de las personas honradas. —Y para acabar, añadió—: Por eso todos los delincuentes se parecen, da igual que sean franceses, italianos o alemanes.

Yo observé a Arrow, que permanecía quieto, con la mirada baja y entretenido en hacer un dibujo.

—¿Qué hace usted? —le pregunté en voz baja.

Arrow me ofreció el dibujo. Yo lo miré y casi me echo a reír. Había dibujado un sujeto con todas las características descritas por Fonte. A aquel monstruo, si en realidad existía, sería fácil detenerle: no había otro igual. Le devolví el dibujo a mi amigo, quien lo dobló y lo guardó en su bolsillo.

Fonte permaneció en silencio y le pasó el turno de palabra a Arrow, quien se levantó y empezó diciendo:

—Bueno, después de las interesantes palabras del jefe Fonte yo desearía pasar de lo general a lo particular. En definitiva, a qué nos enfrentamos. Por supuesto pueden ustedes interrumpirme y hacer las preguntas que crean pertinentes. Como les digo, nos enfrentamos a lo que denominamos un asesino reiterativo.

—¿Un qué? —preguntó uno de los policías que se encontraba en tercera fila.

—Un asesino que mata en tres o más ocasiones y con un intervalo entre cada uno de sus crímenes.

—¿No pueden ser varios asesinos? —preguntó otro de los allí reunidos.

—No —fue la breve contestación de Arrow, quien no se creyó en la obligación de ampliar su respuesta.

—¿Hablamos de un asesino a sueldo? —fue la tercera pregunta.

—No, señores; hablamos de un asesino que se oculta bajo una capa de normalidad o, si lo prefieren, bajo una máscara de seriedad y equilibrio. Cualquiera de nosotros podría ser el asesino, ésa es su mejor baza: la apariencia de sensatez y cordura.

Pude ver cierto disgusto en el rostro de Fonte. Aquello no tenía nada que ver con su exposición.

—Pero se trata de un enfermo —afirmó.

—Es cierto que la mayoría de estos asesinos tienen antecedentes disfuncionales, pero saben muy bien lo que hacen —añadí por mi parte con el deseo de contrarrestar la afirmación del inspector jefe.

—Pueden cometer sus crímenes movidos por una multiplicidad de impulsos digamos psicológicos. Pero yo creo que hay dos motivos fundamentales: ansia de poder y compulsión sexual —dijo Arrow haciendo una pausa.

Todos esperaron a que Arrow se explicara.

—Cuando asesinan lo hacen por una sensación de potencia o de venganza y las causas deberíamos buscarlas en que, con frecuencia, tienen sentimientos de inadaptabilidad e inutilidad tal vez porque en la infancia fueron humillados o, también, fueron víctimas de todo tipo de abusos. Por eso llegamos a la conclusión de que dichas motivaciones le desligan de los asesinos a sueldo o de otro tipo de asesinos cuyas acciones son motivadas por el lucro.

—Entonces deberíamos buscar a nuestro asesino entre las capas sociales menos favorecidas o entre gente de vida desordenada, como pintores, artistas, gente del teatro —insistió Fonte.

—Eso sería un error. Le asombraría saber la cantidad de personas de clase alta que, en mi país, sufrieron de niños ese tipo de humillaciones. No, no buscamos a alguien pobre o desfavorecido por la fortuna. Buscamos a alguien extremadamente brutal, incapaz de sentir nada hacia el sufrimiento ajeno. Un psicópata que obtiene placer digamos sexual y cierta lujuria torturando, humillando, matando. Que puede incluso mutilar lentamente a su víctima, matarla durante un prolongado lapso alargando su sufrimiento porque, como digo, eso le proporciona placer y un sentimiento de infinito poder.

—¡Un loco, un loco!, lo que yo decía —afirmó Fonte.

—Si es así como usted lo prefiere... Pero lo que realmente creo es que se trata de un sujeto con todos los síntomas disfuncionales que he descrito y que, además, posee una fantasía extremadamente desarrollada. Nuestro hombre se cree un artista.

—Por ejemplo, un pintor —terció de nuevo Fonte con la intención de llevar el agua a su molino. Él ya tenía un culpable y era evidente que no estaba dispuesto a abandonar su presa.

—La fantasía no es exclusiva de los pintores. No, la fantasía de nuestro hombre es una fantasía centrada en el mal —añadí yo apoyando los argumentos de mi amigo.

—Durante la adolescencia fantasean con asesinar. Sueñan despiertos, de manera compulsiva, imágenes de dominación, sometimiento y asesinato. Y, cuando se deciden a hacerlo, los elementos que han manejado durante sus sueños suelen aparecer en sus crímenes reales —argumentó Arrow.

—Según nuestra experiencia —dije—, de niños estos sujetos suelen cometer incendios o destruir cosas sólo por la emoción y el placer que ello les produce. También torturan animales porque encuentran satisfacción en ello; no estoy hablando de arrancarles las patas a las arañas o pisotear hormigas, sino de matar y torturar animales mucho más grandes, como perros o gatos. Y, además, se orinan en la cama.

Este último dato provocó la hilaridad entre los agentes que, por otra parte, seguían todas nuestras argumentaciones con atención.

—No se rían ustedes; la enuresis, más allá de lo que se considera normal en la educación y el control de un niño, es frecuente en la infancia de estos asesinos. Y seguramente arrastran cierta impotencia o problemas con las mujeres.

—¿Y no puede tratarse de una mujer? —preguntó uno de los inspectores.

—No debemos descartar nada. Pero las mujeres representan una minoría en este tipo de crímenes. Las mujeres destacan como envenenadoras, como inductoras. Las mujeres, si me permiten la expresión, actúan en, digamos, asuntos de familia. Quiero decir que casi siempre actúan contra familiares, personas cercanas o conocidas e indefensas, como los niños. A diferencia de los asesinos masculinos, que son más impulsivos y prefieren la estrangulación, las armas blancas o de fuego y se regodean en sentir la agonía de sus víctimas, una mujer planea su crimen a la perfección y prefiere asesinar en silencio, de forma lenta y segura. He conocido a mujeres que, con tal de hacer el mayor daño posible a su marido o a su familia, es capaz de matar a sus propios hijos. Muchas veces actúan por venganza. Muy al contrario, el asesino masculino lo hace por el deseo de dominar a su víctima, de sentirse poderoso y ver cómo una persona más débil le teme y se rinde ante él hasta la muerte. La madre que mata a sus hijos casi siempre lo hace bajo los efectos del alcohol o porque padece un trastorno mental.

—Pero aquí no estamos hablando de niños.

—No, no estamos hablando de niños. Lo que quiero decir es que, al menos por lo que respecta a mi experiencia, las motivaciones femeninas tienden al afán de control, al odio, al despecho, al amor o a la venganza. Puede asesinar por ejemplo utilizando un hacha, pero en ningún caso es tan violenta o sanguinaria como un hombre; aunque sí, es cierto que puede actuar con la misma frialdad. Como en todo, señores, hay excepciones. —Y Arrow, echando mano de su prodigiosa memoria, les ilustró dicho punto—. Hay casos muy interesantes, como el de lady Olimpia Guilford, una mujer hermosa y discreta que actuó en París en 1672. Lady Olimpia citaba en su casa a caballeros de buena posición a los que primero robaba y luego hacía desaparecer. Fue Lecoq, un joven policía, quien logró atraparla. Se hizo pasar por una de las víctimas y acudió a casa de la dama. Lecoq estuvo a punto de perecer a manos de los sicarios de lady Olimpia, pero finalmente logró desenmascararla y detenerla. El policía encontró veintiséis cabezas ocultas en una alacena; allí, como trofeos de caza, las guardaba Olimpia Guilford.

Arrow hizo una pausa que yo consideré un tanto larga. Observaba a su auditorio para ver qué efecto causaban sus palabras.

—¿Y qué pasó? ¿Fue condenada? —preguntó con interés uno de los agentes.

—Fue condenada a morir en la horca, aunque nuestra asesina consiguió huir de la cárcel de la Bastilla y, al parecer, escapó del continente. Jamás se la volvió a ver. Tenemos el caso de Erzsébet Báthory, una noble húngara que, entre 1575 y 1610, torturó y mató a más de quinientas jóvenes. Fue por placer sexual, por sadismo y porque estaba obsesionada con la búsqueda de la eterna juventud y se bañaba con la sangre de sus víctimas. Pero, como les digo, ambas y algunas otras mujeres, son monstruosas excepciones. Por lo general, el asesino reiterativo es hombre. Y, en nuestro caso, se trata, además, de un hombre culto, de buena posición, tal vez simpático, afable, e incapaz de controlar sus impulsos homicidas. En resumen, que no puede parar.

—Entonces le atraparemos. Cometerá un error y le atraparemos —dijo un inspector, de nombre Contreras.

—No es tan fácil detenerlo. Además, no es un asesino desorganizado. Tiene un método.

—En eso le doy la razón a mi colega —terció, y añadí—: Si fuera un asesino de escasa inteligencia y que comete sus crímenes compulsivamente, lo haría cuando le surgiera la oportunidad, no consideraría necesario deshacerse del cuerpo y lo dejaría en el lugar donde actuó. Los ataques, en un asesino desorganizado, son por sorpresa, sin lugar para la planificación. Estos sujetos tienen pocos amigos, incluso pueden tener un historial con problemas mentales y son considerados por sus conocidos como tipos extraños y un tanto excéntricos. Son asesinos que tienen poca conciencia de sus crímenes e incluso tienden a olvidarlos. No, no estamos hablando de un asesino de estas características. Como ven, su contorno es diametralmente opuesto al del criminal que andamos buscando.

Vi, ante mis explicaciones, cierta complacencia en el rostro de Arrow. Mis palabras le habían dado pie a lo que seguidamente añadió:

—Nuestro asesino, señores, es extremadamente inteligente. Planifica sus crímenes metódicamente. Seguramente secuestra a sus víctimas, engañándolas porque es atractivo y simpático, y las mata en otro lugar. En el caso de las prostitutas, posiblemente se van con él de forma voluntaria, pensando que se trata de un cliente. Estos asesinos controlan el lugar donde cometen sus crímenes, eligen el escenario y les encanta la puesta en escena. Se sienten muy orgullosos de sus acciones, leen la prensa esperando encontrar noticias sobre sus delitos, opinan sobre ellos con sus conocidos y, frecuentemente, se ponen en contacto con la policía mediante notas y anónimos jugando al ratón y al gato. Sus crímenes son un gran proyecto que llena sus vidas. Suelen ser tipos muy sociables, tienen amigos, esposa e hijos, posiblemente una amante, una buena posición y son descritos como personas agradables e incapaces de matar a una mosca. En ocasiones cuentan con la ayuda de un ser débil y sometido.

—Pero se trata de un loco —volvió a insistir Fonte, a quien aquella idea parecía gustarle.

—No el tipo de loco que usted cree. No son víctimas de alucinaciones ni escuchan en su cabeza voces que les dictan las acciones que deben cometer. Yo no les metería en una institución mental para el resto de su vida, si es a eso a lo que se refiere. Nuestro asesino puede que crea que sus actos están justificados, que se deshace de personas indeseables y que, en cierta forma, hacen un favor a la sociedad. Pero no creo que ésa sea la causa principal de sus acciones. Lo hace por el simple placer de hacerlo y su principal objetivo para matar es obtener y ejercer poder sobre su víctima. Puede que incluso abuse sexualmente de ellas, aunque no en este caso —puntualizó—, pero la violación no está motivada por la lujuria, sino por otra forma de dominación sobre la víctima. ¿Recuerdan algunas de las frases de la última carta? Escribió: «Tengo voluntad de control sobre la vida y la muerte. Soy un ser superior y mato a esas mujerzuelas por el placer de ejercer el poder último: el de controlar la vida y la muerte», volvió a repetir. —Hizo una pausa y luego continuó—: Se deleita con la búsqueda, la planificación, el deseo de tortura y abuso. Existe un fuerte aspecto sexual en sus crímenes, una excitación que le produce fuertes emociones. Algunos de ellos suelen gratificarse con actos de necrofilia, mutilación y canibalismo.

—¿Por qué afirma usted que se trata de un hombre culto?

Arrow pasó a explicarles las conclusiones a las que había llegado a través de los frutos de la granada y concluyó:

—Como ven nuestro hombre tiene una excelente formación clásica. Y, por otro lado, están sus notas. Y no me refiero a la letra, excelente por otro lado, aunque sea una simulación, pues no se trata de la habitual, o del papel que, por otro lado, ya he analizado y es de una calidad que no está al alcance de cualquier bolsillo. No, me refiero a ciertas expresiones que un hombre de escasa formación no emplearía. No escribió putas en su último anónimo, sino mujerzuelas. Con lo cual, además de ser un término más culto, está precisando su objetivo.

—¿Podría usted explicarse? Creo que no acabamos de entender su última apreciación —interrumpió Fonte con el deseo de hacerse notar, pues se daba cuenta de que el interés de sus hombres iba en aumento al ritmo de cada una de las argumentaciones de Arrow.

—Por supuesto. Puta, un término vulgar para definir a estas desgraciadas, viene del latín *putida*, o sea hedionda, y su definición sería prostituta, ramera o mujer pública. Bien, en su segunda carta, no lo utiliza sino que, al emplear «mujerzuela», como les digo, el asesino precisa su objetivo. ¿Qué quiero decir con esto? Mujerzuela deriva de mujer, que es un término común a todos los romances antiguos y que fuera de la lengua castellana, el portugués y el rumano, ha quedado reducido en todas partes al sentido de «esposa». Entre sus acepciones, figura que muestra disposición y diligencia para el gobierno y desempeño de sus quehaceres domésticos. Bien, el término «mujerzuela», el empleado por nuestro asesino en su segundo mensaje, deriva de mujer y significa o se refiere a una mujer de poca estimación, una mujer perdida o de mala vida. Y ése es el objetivo de nuestro asesino: no va a la caza de simples putas, sino de aquellas mujeres que considera que no tienen ningún valor: aquellas que han degenerado un término, las mujeres perdidas.

—¿Y cree usted que esa conclusión suya es significativa? No sabía que entre sus habilidades se encontraba la de experto en gramática —interrumpió Fonte de nuevo.

—Lingüística, quiso usted decir lingüística —precisó Arrow, corrigiéndole, y añadió—: Afianza el contorno de nuestro monstruo. Nada de lo que hace o de lo que escribe es casual y, por otro lado, le da cierta altura intelectual que, por supuesto, no posee un asesino iletrado.

—¿Y qué me dice de las famosas manchas de las víctimas? ¿Ha llegado usted a otra conclusión pintoresca?

—Hulla, mi querido inspector. Se trata de hulla.

—¿Un carbón? ¿Y qué tiene que ver eso con nuestro caso?

—Mucho, inspector. Como sabe, la hulla es un fósil de procedencia mineral; de piedra negra, frágil, hojoso y brillante, compuesto en su mayor parte por carbono.

—Sé lo que es la hulla, pero aún no ha contestado a mi pregunta.

—Las víctimas estaban manchadas por él. ¿Qué le sugiere eso?

—Díganoslo usted.

—Que fueron asesinadas en un lugar en donde o bien se encuentra dicho carbón o bien se almacena.

—Eso sería como buscar una aguja en un pajar. Ésta es una ciudad industrial y, además, con un puerto con un gran tráfico comercial. Existen docenas de lugares donde podía haberlas matado y, de encontrar dicho lugar, tarea imposible por otra parte, dudo mucho de que eso nos llevara al asesino.

Aquella argumentación, por los murmullos del auditorio, pareció contar con el beneplácito de los agentes e inspectores allí reunidos. Arrow esperó a que los comentarios cesaran y yo, por mi parte, esperé un golpe de efecto porque si Arrow había llegado hasta allí era porque tenía algo más. Como así fue.

—Eso sería así si no tuviéramos un método para estrechar el círculo. Como usted sabe, el valor de los carbones naturales se mide por su contenido en agua, cantidad de cenizas, proporción de carbono, hidrógeno y azufre y, sobre todo, por su color de combustión. Bien, para la determinación de estos datos he analizado las muestras encontradas en las víctimas. Y, por supuesto, tengo ya los resultados.

—¿Adónde quiere ir a parar?

—El segundo paso sería confrontar la composición química de las muestras con otras tomadas de diferentes yacimientos. Si encontramos el yacimiento estaremos mucho más cerca de nuestro asesino.

—¿Cómo?

—Si lo encontramos sabremos dónde se almacena para su, digamos, exportación.

—¿Y ya lo ha encontrado?

—Estoy a un paso o, digamos, que me faltan un par de pipas.

Lo de «un par de pipas» desconcertó tanto a Fonte como a nuestro auditorio. Pero yo sabía a qué se refería. Arrow: después de reunir todas las pruebas sobre un caso, se tomaba el tiempo de dos pipas para llegar a sus brillantes conclusiones y a la resolución final.

—Ahora debemos centrarnos en evitar el asesinato de esta noche.

Arrow fue a la pizarra y trazó un pequeño mapa donde situó el lugar donde se habían encontrado las dos víctimas. Después acotó un área con un círculo y dijo:

—Posiblemente será en esta zona donde nuestro monstruo volverá a actuar. Quiero que despliegue esta noche a los hombres disponibles en dicha área en grupos de dos —terminó diciéndole al inspector jefe—. Nuestro hombre es alto, de un metro ochenta, de complexión recia, seguramente amante de algún deporte, y pesa unos ochenta kilos.

—¿Cómo sabe que será en dicha zona?

—Sería muy largo de explicar y no tenemos tiempo. Pero lo que sí quiero decirles es que no trabajo por intuición, sino con datos. Será en esta zona y, como les digo, posiblemente esta noche o mañana.

—Bien ya tenemos cierta idea de a qué tipo de monstruo nos enfrentamos, pero ¿lo atraparemos? —preguntó el inspector Contreras, a quien no dejé de observar desde el principio pues me llamó extremadamente la atención el interés que mostró ante todas las explicaciones de Arrow. El agente se encontraba verdaderamente cautivado.

—Sólo si somos capaces de alejarnos de ciertas ideas preconcebidas. La policía no debe ser el principal obstáculo para una investigación.

Aquella afirmación desconcertó a los allí presentes; sobre todo al inspector jefe Fonte, que consideró aquellas palabras como un ataque directo. Arrow se explicó:

—Primero, un asesino reiterativo jamás desea ser atrapado. Segundo, no debemos dejarnos confundir por él para que sigamos pistas falsas. Tercero, son expertos en disimular su verdadera personalidad bajo una fachada cautivadora; posiblemente nuestro monstruo es un maestro del disfraz. Cuarto, escasamente tiene algún vínculo con sus víctimas; lo que quiero decir es que no hay una conexión entre él, sus conocidos habituales y las chicas. Quinto, huir de la incompetencia, de los prejuicios y de los precedentes de otros asesinos conocidos: cualquiera de nosotros puede ser el asesino y no debemos descartar a nadie. Ni siquiera a mí o al alcalde —recalcó, pasando seguidamente al sexto, eso sí, remarcándolo mucho más que todos los puntos anteriores—. Y sexto y quizá el más importante, un asesino reiterativo no es un héroe de novela ni un sujeto por el que sentir ningún tipo de fascinación. Es un monstruo, una alimaña, un ser despreciable sin ningún tipo de justificación y por el que no debemos sentir lástima ni piedad. Señores, nuestra labor es encerrarlo para que sea castigado y no pueda hacer daño otra vez. Estamos hablando de un asesino. No lo olviden nunca.

Había tal convicción en las palabras últimas de Arrow que consiguió atizar y enardecer al auditorio. Comían de su mano y estaban dispuestos a hacer un buen trabajo. Fonte se dio cuenta del entusiasmo de la sala; algo que él jamás había conseguido de sus hombres.

—¿Cuántos asesinos reiterativos ha atrapado usted a lo largo de su carrera?

Fonte esperaba una respuesta negativa; esperaba un «ninguno», como así era. Pero Arrow no estaba dispuesto a servírsela.

—Éste será el primero. Con la ayuda de todos ustedes lo atraparemos. Le echaremos el guante entre todos. De eso pueden estar seguros.

46

Un asunto tenebroso

El siguiente paso fue visitar a la dueña del prostíbulo y hacia él nos dirigimos después de abandonar la reunión.

Arrow no pronunció palabra durante todo el camino; andaba meditabundo y no parecía atender a todos los intentos de conversación que, por mi parte, intenté. Estaba ansioso por preguntarle qué pensaba sobre lo que nos había sido revelado en torno al duque de Clarence y su misteriosa estancia en Barcelona; el largo silencio mantenido por Arrow en este asunto me extrañó. Ni un solo comentario. ¿Por qué mi amigo y maestro abandonó Scotland Yard, el sueño de toda su vida? ¿Tuvo esa decisión algo que ver con la entrevista que, en aquel tiempo, sostuvo con la reina? ¿De qué hablaron? Sin duda, más pronto o más tarde, me lo contaría.

—¿Qué le inquieta a usted, Arrow? La reunión ha ido bien, ¿no es cierto? Ha estado usted brillante como siempre.

—Sí, ha estado bien. Pero no es eso lo que me preocupa. Son estos nuevos tiempos, Sherrinford.

—No le comprendo. ¿No irá usted ahora a ponerse filosófico?

—El tema es, mi querido Sherrinford, que estamos convirtiendo a los asesinos en héroes; eso es lo que me inquieta. Los estamos haciendo famosos.

Arrow guardó silencio y yo, por mi parte, esperé a que me ampliara aquel punto que ocupaba sus meditaciones.

—Lo que quiero decir es que, y ateniéndonos a la historia del crimen, nuestro Jack es tan monstruoso como algunos otros que no han pasado a la memoria popular.

—¿A la memoria popular? Eso es nuevo y no entiendo dónde quiere usted ir a parar.

—¿Recuerda usted el caso de Javed Zamanin, por ejemplo? Un monstruo tan terrorífico como nuestro Jack y que nadie recuerda.

Hice memoria sobre ese asunto y le dije:

—Sí, el monstruo de Lahore, en la región india de Punjab. Abusó de un centenar de niños, a quienes cortó en pedazos para hacerlos desaparecer.

—Pero tenemos más. Sin ir más lejos, aquí en Europa, al austríaco Max Mann. Este tipo, hace ahora diez años, recorría el país como representante de una casa de licores.

—¿No fue el que mató a veintidós mujeres?

—Exactamente, Sherrinford. Se ponía en contacto con sus víctimas a través de anuncios y después de matarlas arrojaba sus cuerpos a algún río, aunque antes abusaba sexualmente de ellas. Era un fetichista irredento y se llevaba prendas femeninas de las víctimas. Y así podríamos seguir, mi buen amigo, con otros casos igual de espeluznantes. Como el de Ed Armstrong, el asesino necrófilo. Cuando fue detenido y, según el informe, la policía de Nueva York lo describió como un sujeto pequeño y tímido, de complexión débil y de aspecto inofensivo y que vivía en una casa de madera con su madre a las afueras de la ciudad. ¡Inofensivo! A lo largo de catorce años aún no se sabe el número de mujeres que llegó a matar y todas se parecían a su madre. En su caso se daba el voyeurismo, travestismo, fetichismo y necrofilia. Según propia confesión siempre quiso cumplir el ideal de su madre, una fanática religiosa, para no convertirse nunca en uno de esos hombres despreciables, lascivos, ateos y alcoholizados. ¿Y recuerda lo que encontraron en el cobertizo de su granja?

—Perfectamente. Cuando entró la policía lo primero que vieron fue un cuerpo decapitado colgado del techo, que pendía de un gancho por el tobillo. Estaba abierto en canal desde el pecho hasta el abdomen y los intestinos habían sido extraídos y lavados. —No pude seguir el capítulo de los horrores porque sólo recordarlo me provocaba náuseas. Pero Arrow sí lo hizo.

—Encontraron cráneos humanos que el muy bastardo utilizaba como cuencos para beber o como decoración. Una de las sillas la había tapizado con la piel de un ser humano y había fabricado pantallas para las lámparas con el mismo material. Se había hecho un disfraz de mujer con restos humanos; recuerdo, por ejemplo, que la policía dijo que había encontrado un chaleco con grandes mamas que pendían de la pechera y un cinturón adornado con pezones. En la despensa guardaba el corazón y la cabeza cercenada de una de sus víctimas y en una alacena tenía máscaras fabricadas con piel humana y adornadas con cabellos arrancados. Encontraron el cuerpo de la madre en su habitación; llevaba varios años muerta. La habitación estaba intacta, conservada tal y como fue. Durante los interrogatorios, Armstrong confesó a la policía que su madre, después de muerta, mantenía contacto con él. Y ahora ese monstruo permanece confinado en una institución para enfermos mentales.

—¿Adónde quiere llegar con todo esto? ¿Por qué piensa usted en esos crímenes tan horrendos?

—Porque nuestro Jack, al lado de todos esos, parece un simple aprendiz. No me malinterprete, Sherrinford.

—No, no, por supuesto; sé lo que quiere decir. Pero siga, por favor.

—Nuestro monstruo, en dos meses y medio, mató y mutiló al menos a cinco mujeres en Whitechapel, aunque hay otros crímenes sin aclarar que, a lo largo de este tiempo, la prensa no ha dudado en atribuirle. Sin embargo, gracias a los periódicos se ha convertido en el asesino más celebrado de la historia, y cuando digo que forma parte del conocimiento popular me refiero justamente a eso. Le han hecho famoso, Sherrinford, y eso es justamente lo que me inquieta. Esa morbosidad, ese salir constantemente en los periódicos... ¿Adónde queremos llevar al público y qué queremos hacer con él? Me inquietan los nuevos medios.

—¿La prensa? ¿Las novelas baratas?

—No, Sherrinford. La fotografía.

—¿La fotografía?

—El cinematógrafo y los nuevos medios que, sin duda, están por venir.

—¿Y cuáles son, según usted, esos medios?

—No lo sé, Sherrinford; soy detective consultor y no inventor. Pero tenga por seguro que esto es sólo el principio. Se avecinan tiempos fascinantes y, seguramente, inquietantes. Lo que me preocupa es la calidad de la información. ¿Se imagina a un obrero o un burgués medio de Londres alimentándose todo el día de noticias terribles, viendo cómo entran en su casa toda una serie de seres teratológicos contándonos sus miserias?

—Pero eso es información, Arrow. Y el público merece estar informado. Le tenía a usted por un hombre liberal.

—Pero no es cultura. La basura atrofia la mente y luego la gente pide más y más basura hasta convertirse en cerdos, como los compañeros de Ulises.

—Desvaría usted, mi querido amigo. Por lo que me parece entender, está usted afirmando que la basura puede convertirse en entretenimiento a través de no sabe usted muy bien qué medios futuros. Eso es pura anticipación y le recuerdo que usted nunca hace predicciones; usted trabaja y llega a las conclusiones pertinentes a través de datos.

—Eso es bien cierto, mi querido amigo; pero me permitirá que a veces haga de mi propio abogado del diablo.

—Le haré yo otra predicción sobre el futuro. Estamos acabando un siglo cuyo final nos ha brindado grandes avances. El mejor siglo de la historia y dudo que haya otro igual en el futuro. El que se abre ante nosotros recogerá ese legado. Nos espera un siglo XX lleno de paz y armonía, lejos de atrocidades y de guerras cruentas, insensatas y crueles. Lejos del fanatismo y sin lugar para iluminados. Un siglo en el que brillará la concordia, la justicia y el mundo será una sola y gran nación de hombres libres donde sobrará el pan, la dignidad y el trabajo. Así será el siglo XX, puedo garantizárselo.

Arrow se detuvo en seco. Supuse que por el efecto que mis palabras habían causado en su ánimo.

—Se detiene usted, no me diga que le he convencido.

—Me detengo, mi querido amigo, porque ya hemos llegado.

47

Benigna

Benigna, la dueña del prostíbulo, nos hizo pasar después de las presentaciones a una estancia más amplia rodeada de sillones; supuse que se trataba de una especie de sala donde los clientes esperaban a ser atendidos por las chicas. Benigna no era una mujer joven, rondaría los cuarenta o cuarenta y dos años, pero aún era una mujer hermosa, de formas rotundas, con una larga y cuidada cabellera negra que le caía sobre los hombros. Su rostro indicaba una gran firmeza de carácter y sus ojos grandes y oscuros, de una gran vivacidad, se mostraban cansados y tristes, como habitados por el desengaño. Vestía de forma sencilla y decorosa, lo que no dejó de llamar mi atención y creo que ella lo notó.

—No es mi ropa de trabajo. —Y sin esperar mi contestación y dirigiéndose a Arrow, añadió—: No es usted muy alto para ser inglés.

—Yo hice lo que pude —bromeó Steven.

—Ustedes dirán qué se les ofrece; por lo que me han dicho, están al frente de las investigaciones.

Arrow le hizo un breve resumen sobre hasta dónde habíamos llegado en nuestras pesquisas, omitiendo todos aquellos detalles que no consideró pertinentes.

—Les ayudaré en todo lo que pueda; aunque no sé muy bien lo que esperan de mí. Todo esto es terrible; es...

No pudo continuar porque se le quebró la voz. Benigna estaba vivamente afectada; la pobre mujer no comprendía nada de lo que estaba sucediendo, el motivo por el que dos de sus chicas habían sido asesinadas de una forma tan brutal e inhumana.

—Hábleme de ellas. Cuénteme todo lo que sepa; cualquier detalle por pequeño que sea, o que a usted le parezca sin importancia, puede ayudarnos.

Benigna así lo hizo. Nos contó toda su historia, cómo había montado aquel negocio con la ayuda de un sacerdote, detalle que no dejó de sorprenderme, y cómo había entrado en contacto con las dos chicas fallecidas. Nos habló de ellas con gran profusión de detalles que, posteriormente, utilicé para llenar los vacíos de esta historia de los que no fui testigo. También de que, después del asesinato de Marta Planas, se había encargado de su pequeña.

—Hubiera terminado en un hospicio. Yo la recogí y se la llevé a su abuelo, un pobre hombre que fabrica colchones. También recogí los ahorros que Marta tenía guardados en casa y se los entregué.

Benigna había pagado el entierro de Marta, así como el de la Negra. La historia de la segunda chica me sobrecogió. La Negra no tenía a nadie en este mundo.

—El dinero de la Negra también se lo di al padre de Marta; nadie iba a reclamarlo. La pobre estaba sola; ésta era su casa; cumplía, era una gran chica, casi una niña, a la que habían jodido nada más nacer. Bueno, ya les he contado su historia.

—¿Quién es la otra pupila?

—Christianne. Es francesa. Una chica peculiar, que no ha superado su resentimiento.

—¿Qué quiere decir?

—Que trabaja por odio. Ella hace cosas que al resto ni se nos pasaría por la imaginación. Atiende a los clientes especiales.

—¿Qué entiende usted por clientes especiales?

—Aquellos que les gusta que les peguen, que les hagan sufrir, que les humillen. Y, al parecer, eso Christianne lo hace a la perfección; ya le digo, tiene mucho éxito entre los pervertidos.

—¿Y cómo son esos clientes?

—Caballeros como usted. Aquí no atendemos basura. Nuestra clientela es selecta; hombres de negocios, burgueses adinerados, algún artista.

—¿Y ella se encarga de los artistas? —pregunté.

—No. Ya le he dicho que se dedica a los pervertidos. Sus clientes son, preferentemente, hombres maduros, con posibles y discretos.

—¿Qué entiende usted por discretos?

—Que reciben sus palizas y sus humillaciones sin alborotos. La verdad es que quedan muy satisfechos y siempre vuelven y piden por ella. Tiene pocos clientes, pero fijos y solventes. A mí no me gustan, pero en esta vida hay que acostumbrarse a todo y, ciertamente, pagan muy bien.

—¿Y le hacen algo a ella? Quiero decir...

—Sé lo que quiere decir —dijo Benigna interrumpiendo a Arrow . No, Christianne es la que manda y ellos obedecen. Es la única de todas nosotras que disfruta con su trabajo. A las demás no nos queda más remedio; por eso le dejamos los clientes especiales. ¿Quieren ustedes ver sus artilugios de trabajo? Les advierto que no dejan de tener cierto interés.

—Luego —dijo Arrow—. Continúe, por favor.

—Christianne es, digamos, la chica más enigmática. Quiero decir que sé muy pocas cosas sobre ella. Es alsaciana, de una ciudad llamada Rique... Riq...

—Riquewihr —apuntó Arrow.

—¡Eso!... ¡Cielo santo, qué nombre más enrevesado!... Al parecer es de buena familia, gente con viñedos, y tiene algunos estudios.

—¿Qué tipo de estudios?

—Sabe inglés. Además del alemán y el francés, por supuesto.

—¿Quiere decir que estudió literatura?

—Quiero decir que sabe inglés; yo de literatura no sé nada —apuntó y luego añadió—: Trabajó durante un tiempo en una editorial de París.

—¿En una editorial? —pregunté boquiabierto.

—Eso he dicho. Quiero decir, en una de esas fábricas que hacen libros..., ¿se llama editorial, no?

—Cierto —dijo Arrow.

—¿Y cómo, y no se ofenda, una mujer que tuvo ese tipo de trabajo termina ejerciendo la prostitución en otro país? —pregunté, pues la historia de aquella joven estaba consiguiendo concentrar todo mi interés.

—Al parecer fue su padre. La obligó a regresar y a casarse con un hombre mayor; un potentado de la industria del vino con el que pretendía entrar en negocios. Fue un matrimonio amañado y que terminó mal. Su marido le llevaba veinticinco años. Un auténtico carcamal, pero podrido de dinero. Christianne le abandonó y se vino a Barcelona. Yo la conocí en la calle, donde se dedicaba al oficio, y la invité a unirse a nosotras. Desde entonces se dedica a los vejestorios. Les trata mal y eso les complace. Y ella disfruta haciéndoles daño y sacándoles el dinero.

—Para saber poco de ella, no está nada mal todo lo que nos ha contado —dije yo atónito por aquel interesante relato.

—¿Y qué me dice de usted?

—¿Yo?, ¿qué quiere que le diga? Ya le conté mi historia cuando ustedes entraron por la puerta, poco más hay que añadir. Regento un negocio honrado, con una clientela selecta, me preocupo de mis chicas y de nuestra independencia y, a mi edad, sólo trabajo para un hombre porque ahora puedo permitírmelo. Un señor amable y considerado, un auténtico caballero que me trata bien, de quien me considero su amiga y cuyo nombre, por respeto, no diré, pues no creo que tenga nada que ver con este asunto. Ya le digo, sólo trabajo para él y, hasta hace poco, para mi pequeño pintor.

—¿Se refiere al joven Picasso?

—Sí. Sé que lo han tenido encerrado, pero él no tiene nada que ver con esto. Creo que ustedes deberían buscar por otro lado.

—¿Qué sabe usted de Pablo?

—Que es un buen chico, un poco ególatra, algo desorientado y tristón, pero buen chico —repitió y luego añadió—: Él y los chiflados de sus amigos llenan esta casa de alegría cuando nos visitan. Son jóvenes, alocados y con ganas de comerse el mundo, pero ninguno vale ni la mitad de Pablo.

Aquella explicación, por el momento, le servía a Arrow, pero yo sabía que volvería sobre el tema más tarde.

—¿Y por qué ahora no le atiende?

—Porque se ha enamorado de una de mis chicas y sólo tiene ojos para ella.

—¿Carmen?

—Sí, Carmen. Ella no es como nosotras, es una buena chica.

—No creo que ustedes sean malas —tercié yo.

Mi comentario agradó a Benigna.

—Ustedes saben lo que he querido decir. Cuando digo que no es como nosotras me refiero a que no tiene estómago. Y para este trabajo hay que tenerlo y cerrar la nariz, amigos. Sobre todo cerrar la nariz. Yo creo que está aquí por accidente y, en cierta forma, por culpa de Pablo.

Aquella última frase intrigó tanto a Arrow como a mí mismo. Benigna nos amplió dicha frase haciéndonos un resumen de cuanto sabía hasta el momento sobre la vida de aquella joven.

—Nunca tenía que haber dejado el taller de planchado; no sirve para esto —concluyó.

—¿Y dice usted que tiene un hijo muy pequeño?

—Sí, una criatura deliciosa, de unos catorce meses según creo. Por él se dedica a este oficio. Un error, aunque no es tan fácil conseguir un trabajo...

Iba a añadir honrado, pero se contuvo.

—Ustedes ya me entienden.

La entendíamos.

—¿Qué tal se lleva el joven Picasso con su planchadora?

—Ahora mejor. Pero el reencuentro fue terrible; no se lo esperaba y fue para él una auténtica sorpresa. Pensaba que la había perdido y, por una de esas casualidades de la vida, se la encuentra de nuevo aquí y haciendo de puta. Pablo es muy macho, muy hombre para su edad. Quiero decir que, aunque es bueno, es posesivo, celoso y acostumbrado a salirse siempre con la suya. Si fuera uno más entre la corte de amiguetes que le rodean les aseguro que no iría con ellos. Él necesita ser el centro y, en cierta forma, manda en el grupo. Yo diría que tiene a su alrededor una pequeña corte enloquecida, delirante y caprichosa que le corea su genio, y eso le gusta.

—No le pinta usted muy bien.

—Pues no era ésa mi intención. Yo quiero al chico, pero es eso: sólo un chiquillo que, después de todo lo que ha sucedido, anda bastante asustado.

—¿Usted cree que sería capaz de cometer actos tan terribles sólo por afán de notoriedad? —Lamenté haber hecho aquella pregunta, pero ya estaba formulada.

Benigna me fulminó con la mirada y pude advertir en Arrow auténtica confusión en su expresión.

—¿Está usted loco? ¡Mi Pablo un asesino! Busquen en otro lado. ¡No habrán venido aquí, distrayéndome con sus preguntas, para llegar a esto! —Benigna se había puesto a la defensiva y Arrow intentó calmarla.

—El doctor Sherrinford no ha querido decir que Pablo fuese el asesino.

—Pues lo ha hecho; o al menos lo ha dado a entender. No me gusta su amigo y no me gustan ese tipo de preguntas.

—Discúlpeme; por lo que a mí respecta, ni siquiera creo que sea un sospechoso digno de tener en cuenta. Pero comprenda usted que debo hacer preguntas para llegar al fondo de la verdad. Como ha podido comprobar por las explicaciones del señor Arrow a nuestra llegada, lo que sí creemos es que el asesino desea implicarlo y crear cierta confusión entre la policía.

—¿Usted no lo cree? —le preguntó a Arrow.

—No, no lo creo. Pero está metido hasta el fondo en este asunto y yo debo saber por qué. —Arrow, después de estas palabras, intentó reconducir la conversación—. Hablábamos de Carmen y el joven. Ahora parece ser que son novios, ¿no es cierto?

—Eso es lo que parece; pero no creo que duren mucho.

—¿A qué se refiere?

—A que Pablo, por lo que les he dicho de él, no podrá aguantar mucho tiempo esta situación. La chica tiene mucho éxito gracias a su aire tímido e inocente. Los viejos verdes se mueren por ella; algunos sólo le pagan por mirarla y otros quieren retirarla y que sólo se dedique a ellos. Aunque hay quien se la folla sólo por el deseo de ultrajar su inocencia. Hay gentuza para todo. Pero en general se portan bien con ella. No, no dejará este oficio, al menos hasta que reúna el dinero suficiente para mantenerse ella y su hijo sin depender de nadie;

ni siquiera de Pablo. Por eso les digo que la situación entre ellos no puede durar.

—La situación, señora mía, puede acabar de otra forma si no ponemos remedio.

—¿Qué quiere usted decir? ¿Que Carmen está en peligro?

—Y usted también. Mi idea es que el asesino no parará hasta acabar con ustedes cinco. Lo que aún no sé es por qué. También he venido a verla por este motivo.

—Está usted consiguiendo asustarme.

—Pues no lo haga; estoy aquí para ayudarlas. ¿Podría usted enseñarme la casa mientras me habla de sus clientes? No quiero nombres, pero sí saber qué tipo de sujetos son.

—Podrá verlos a todos en la entrada del Liceo en una noche de estreno —dijo Benigna.

—Eso ya lo sabía —dijo Arrow.

Nos enseñó las diferentes piezas de la casa mientras nos comentaba las particularidades de todos sus clientes. Después pasamos a las habitaciones donde trabajaban las chicas. Benigna tenía razón, los artilugios de Christianne eran verdaderamente aterradores. Sólo un desquiciado podía ser capaz de pagar por estar un rato con aquella mujer.

—Cada una tiene su propia habitación, el resto de la casa es común —dijo Benigna.

—¿Podría enseñarme la habitación que ocupa Pablo?

—Que ocupaba; ahora vive en casa de un amigo. Recogió sus cosas y no queda nada de él... excepto en las paredes.

Y así era. El joven las había pintado todas con docenas de dibujos, muchos de ellos a color.

—Les dije que era un gran pintor —dijo Benigna con orgullo—. Luego les enseñaré mi habitación; también la decoró él; aunque no le gusta mucho esa palabra.

Arrow paseó su mirada con detenimiento sobre cada uno de los dibujos trazados con lápiz negro y a carboncillo. Muchos de ellos eran simples esbozos trazados con gran habilidad y sensación de movimiento; en ellos destacaban los sombreados y las deformaciones muy libres y sueltas que, sin embargo, guardaban una gran unidad compositiva. Algunas posturas, aunque forzadas e imposibles anatómicamente, tenían una gran armonía. Una armonía inquietante, pensó Arrow. El tema de todos los dibujos que el joven había pintado en las paredes no era otro que el burdel. Una de las composiciones llamó su atención: siete figuras, cinco mujeres y dos hombres; uno de ellos aparecía sentado frente a una mesa con un porrón y un plato lleno de frutas, e iba vestido de marinero. A su derecha tres figuras femeninas desnudas y dos a su izquierda, cinco mujeres que respiraban una tensa sexualidad. La figura masculina de la izquierda era la más enigmática: llevaba un cráneo en su mano derecha y, con la izquierda, sostenía una cortina; parecía estar descorriéndola, como si acabara de entrar en la habitación.

—Somos nosotras, las cinco —dijo Benigna.

El tema se repetía a lo largo de la pared, pero, en los otros dibujos, los dos hombres habían desaparecido de la composición y sólo estaban las cinco chicas desnudas y un fragmento de la mesa en la parte inferior de la composición y en el centro. El ángulo de la mesa apuntaba directamente al sexo de una de las chicas que, pintada de frente y con los brazos alzados detrás de la cabeza, estaba rodeada por las otras mujeres. La primera de la derecha estaba sentada de una forma imposible, de espaldas al espectador pero con el rostro vuelto hacia él, de frente, mirándolo con una osadía excepcional.

—Ésa es Christianne. Picasso la ha pintado tal y como es.

—¿Qué quiere decir?

—Bueno, yo no entiendo de esto, pero sé cómo es Christianne. Ella en el cuadro no muestra su sexo, pero su postura es la más lasciva.

—En realidad no todas lo muestran, excepto la central y la segunda figura por la izquierda —dijo Arrow.

—Ésa soy yo. Las cinco estamos enredadas en una cortina. Carmen, en el centro, y yo, estamos de pie y de frente con los brazos levantados y mostrando los senos y el sexo abiertamente. Marta está de perfil sosteniendo la cortina con el brazo en alto. Y la Negra, si se fija usted, parece que sus pies no toquen el suelo, está como en el aire, oculta de cintura para abajo por Christianne, que está en cuclillas, de espaldas pero mirando de frente. Eso parece que está mal pintado, es una posición imposible, ¿no cree? Pero yo pienso que Pablo lo ha hecho a propósito. Ninguno de los clientes le ha visto jamás el sexo a Christianne. Ella, como le he dicho, tiene otra forma de trabajar.

Arrow no contestó. Se pasó los siguientes diez minutos como si en aquella habitación sólo estuvieran él y los cuadros. Iba de una a otra figura, de uno a otro dibujo analizando cada trazo, como si quisiera grabarlos en su mente. Para Steven Arrow, ni Benigna ni yo existíamos en ese momento.

—¿Qué hace? —me preguntó Benigna.

—Observar.

—¿Quién es el marinero? —preguntó finalmente.

—¿Qué marinero?

—Éste —dijo señalando la figura central de uno de los dibujos.

—No lo sé; nosotras no atendemos a marineros.

—¿Y el doctor?

—¿Se refiere a la figura de la calavera? ¿Cómo sabe que es médico?

Arrow le comentó la conversación que había tenido con el joven pintor sobre aquel personaje.

—Hace tiempo que no viene por aquí. Era un cliente muy extraño. Jamás tocaba a ninguna de mis chicas, se limitaba a mirarlas mientras les pedía ciertas posturas y luego las insultaba. Eso sí, pagaba bien.

—¿Y dice usted que no ha vuelto?

—Eso he dicho.

Benigna nos mostró su habitación. Pablo, como ella decía, había decorado sus paredes. Aquí la temática era más variada; en las paredes se mezclaban paisajes de Barcelona, azoteas, cúpulas de iglesia y escenas callejeras, con retratos de Benigna y escenas de burdel de gran procacidad en las que la dueña, ejerciendo su oficio, y Pablo eran algunos de los protagonistas. Todo con un movimiento, unas ondulaciones y una alegría que nada tenían que ver con las obras de la habitación anterior.

—Ya les dije que es un gran artista, aunque muy descarado y sinvergüenza —dijo Benigna.

Yo no dije una palabra, pero debo confesar que lamenté no ser el protagonista de una de aquellas escenas tan gozosas. Creo que Arrow intuyó mi lascivo pensamiento e intenté guardar la compostura.

—¿Dónde vive Carmen? Me gustaría hacerle una visita —dijo Arrow cuando salimos de la habitación.

Benigna nos proporcionó la dirección.

—Desearía que fuera usted cauta y que sólo le abriera la puerta a aquellos clientes en los que realmente confía —dijo finalmente Arrow.

—Cree usted que ese monstruo quiere matarnos a todas, ¿verdad?

—Le pondré protección. Tendrá usted un policía en su puerta hasta que le atrape.

—Me está asustando.

—Pues no lo haga —apuntó Arrow—. Si me hace caso no tiene nada que temer. Yo de usted sólo atendería a su buen amigo el gobernador.

—¿Cómo lo ha sabido?

—Es elemental… pero no se inquiete, el secreto no saldrá de mí y, por supuesto, de mi amigo. ¿No es así, Sherrinford?

—Por supuesto, por supuesto —dije yo, que estaba tan asombrado como la misma Benigna. Ya tendría tiempo de preguntarle cómo había sabido el nombre de tan importante caballero y su relación con aquella buena mujer.

48

Carmen

Arrow, durante todo el trayecto hacia la casa de la planchadora, permaneció pensativo. Sin duda su singular cerebro fermentaba toda la información de que disponíamos hasta ese momento. Siempre me había impresionado la bondad y solidez que transmitía toda su persona. Pero, durante ese trayecto, había algo inquietante en sus ojos vivos y negros y en su expresión meditabunda y concentrada.

—Tiene usted una mirada fatalista, mi querido amigo. No se inquiete, usted pondrá fin a esta locura que no tiene nombre; como siempre hace —dije con la intención de animarle.

—Eso es lo que me gusta en usted, Sherrinford.

—¿A qué se refiere?

—¿Sabe usted por qué nos llevamos bien? ¿Por qué somos amigos?

Yo no contesté. Por mi parte tenía bien claro por qué era su amigo.

—La amistad, en contra de lo que piensa el común, no podría existir entre dos seres perfectamente idénticos. Los dos poseemos cualidades y aptitudes diferentes y un temperamento distinto. Ahí está el secreto.

—Creo que eso es una paradoja; los caracteres distintos terminan chocando —afirmé.

—No, Sherrinford, no es el carácter; sino la forma de entender la vida y las relaciones. Nosotros funcionamos al cincuenta por ciento. Entréguele el cincuenta por ciento a un bastardo y, más pronto o más tarde, terminará por jugársela. Cuídese mucho de a quién le hace un favor; hay gente que no se lo merece y, encima, le cobrará por haberle ayudado.

—Por lo que a mí respecta —dije—, reconozco en usted a un hombre franco, resuelto y obstinado. Eso, y no sus sorprendentes cualidades al servicio de nuestro trabajo, es lo que descubrí en usted.

—Y usted es un vitalista, con una gran confianza en el futuro y en la bondad del género humano. Hubiera tenido un gran porvenir en su profesión y, sin embargo, ambos funcionamos y vivimos con un solo corazón.

—¿Qué le parece si en vez de echarnos flores analizamos los últimos acontecimientos? —dije—. ¿Cómo supo usted que el amante de Benigna era el gobernador civil? Y no me diga que lo dedujo usted por las ropas de la mujer, por algún objeto olvidado en su habitación o por cualquier otro indicio. Yo no vi nada.

—En la pared.

—¿En la pared?

—El joven Picasso lo había dibujado en la pared; así de simple.

—¡Diablos, Arrow! A veces se me escapa lo más evidente y sencillo... ¡En la pared! —volví a repetir.

—¿Recuerda el ejemplar de *La Vanguardia* donde publicaron el famoso artículo que tanto molestó a Fonte?

—Por supuesto, pero ¿qué tiene que ver eso con el gobernador?

—Nada, sólo que hojeando el ejemplar, leí una noticia sobre una inauguración. Estaba ilustrada por un dibujo y el pie de la ilustración hacía mención de los nombres de los prohombres que habían asistido. Entre ellos, nuestro amigo el gobernador; el tercero por la izquierda, si la memoria no me falla.

—Es usted imbatible.

—Había más. También estaba Richard Sitwell, a quien debemos visitar mañana.

Por mi parte el asunto quedaba zanjado, pero había otro tema que deseaba tratar con Arrow.

—¿Por qué Fonte no nos informó sobre los crímenes del 90? ¿No cree usted que son determinantes para nuestro caso?

—Así lo creo, Sherrinford. Fue, sin duda, un ocultamiento deliberado y cuyo motivo debemos esclarecer. En aquella ocasión nuestro amigo dejó de matar. No finalizó su trabajo.

—¿Está seguro de eso?

—Es más, estoy convencido. Y también debemos saber por qué.

—¿Y qué me dice de Benigna? Es una mujer admirable, ¿no lo cree usted así?

—Ciertamente, Sherrinford. Aunque ¿conoce a alguna que no lo sea? Usted y Doyle siempre me han pintado como un sujeto algo misógino, cuando sabe perfectamente el alto concepto en que tengo a las mujeres.

—Debe disculparme por ello. Cosas de la literatura. Doyle siempre pensó que eso haría vender más.

—¡Vender más! ¡Qué obsesión tiene ese hombre con las ventas! —dijo Arrow disgustado.

—Por otro lado, y perdóneme si me meto en asuntos que no me conciernen, en todo el tiempo que hemos vivido juntos, jamás le he conocido digamos... —busqué la palabra adecuada para no incomodar en exceso a mi amigo, pero él se me adelantó.

—¿Un amorío?... Mi mujer ideal ya no pertenece a este mundo.

Pronunció aquella frase como un desgarro y pude observar en su rostro un secreto dolor que por un momento resquebrajó su natural aplomo.

—Discúlpeme —dije.

—No hay nada que disculpar, Sherrinford. —Y como para sí, volvió a repetir con un hilillo de voz—: No hay nada que disculpar.

Arrow guardó silencio y seguimos caminando el uno junto al otro sin pronunciar palabra. De pronto, Arrow dijo:

—Debemos hacer todo lo posible para salvar a estas tres desgraciadas. Todo lo posible. Se lo debo a... —no acabó la frase.

¿A quién se lo debía? No pregunté. Arrow decía que una de las cosas buenas que yo tenía era que siempre estaba haciéndole preguntas y que eso le estimulaba en nuestras investigaciones. Pero yo también sabía que, a veces, las mejores respuestas se daban sin necesidad de formular la cuestión. Y, en esta ocasión, el rostro de Arrow hablaba por sí solo.

Llegamos a la dirección indicada por Benigna y subimos al tercer piso por una escalera estrecha y accidentada, con los escalones breves y quebrados, y sujetándonos a una insegura y oxidada barandilla.

Cuando Arrow llamó a la puerta nos abrió una joven delgada y larguirucha, de una belleza frágil y delicada. Su piel era extremadamente nacarada tirando a enfermiza, su rostro era anguloso con unos hermosos ojos negros y de mirada vigorosa aunque cansada. Llevaba el cabello recogido en un moño y vestía humildemente.

—¿Qué se les ofrece? —preguntó.

Arrow tardó unos segundos en contestar. Vi en él algo que jamás había observado. Vi en él una devoción hacia aquella desconocida que me sobrecogió. ¿Qué había visto en ella? Por primera vez le noté desorientado y aturdido y, aunque, como digo, duró un instante, sí fue suficiente para comprender que mi amigo había recibido una advertencia desde algún abismo de su mente. Arrow se sintió atraído y deslumbrado por ella desde ese instante.

Fui yo el encargado de hacer las presentaciones, ante el silencio de mi amigo, y explicarle muy brevemente a la joven el motivo de nuestra visita.

—Pasen, por favor —dijo la planchadora, y añadió—: Perdonen ustedes el desorden pero no esperaba visitas.

En contra de sus últimas palabras, no había ningún desorden en aquella pieza minúscula que la joven habitaba. Se trataba de eso, de una minúscula habitación con una pequeña cocina, una cama y un mueble desvencijado que hacía a la vez de armario y alacena. No había mucho más en aquellos treinta metros cuadrados con un solo balcón que daba a la plaza, exceptuando la pequeña cuna que ocupaba el centro de la habitación.

—Es mi pequeño; ahora duerme. Si hablamos bajito no nos molestará.

—Es un niño muy guapo —dijo Arrow, que se había acercado a la modesta cuna de madera.

—Sí, lo es; y muy bueno —dijo ella con un amor que nos enterneció.

—¿Qué edad tiene? —pregunté, aunque ya sabía la respuesta.

—Catorce meses. Es la sal de mi vida; lo mejor que me ha ocurrido.

—No debe ser fácil criar a un niño sola.

—Sí, no es fácil. Ya saben ustedes a lo que me dedico. Me quedan unos años y, luego, él jamás sabrá lo que fue su madre.

—Sí lo sabrá. Una gran mujer que le quiere.

—Gracias —dijo ella—, pero usted no me conoce.

—Es verdad, pero reconozco a una buena madre —fue la respuesta de Arrow.

—¿En qué puedo ayudarles? —preguntó—. Usted no creerá que Pablo tiene algo que ver con esto. Ha pasado tres días en la cárcel por culpa de ese maldito inspector y ni siquiera le han interrogado. Se hubiera podrido en ella de no ser por usted.

—No creo que sea el culpable. Lo que necesito saber es si le ha ocurrido algo que se salga de lo normal.

—Sí, pero eso usted ya lo sabe. Al igual que Pablo, he visto al asesino.

—Sí, el marinero —dijo Arrow—. ¿Ha vuelto a verle?

—No. ¿Ha intentado usted dar con él?

—Sí, y no existe tal marinero.

—¿Cree que miento?

—Yo no he dicho eso: lo que quiero decir es que no se trata de un marinero. Al igual que Pablo, estuve investigando en el puerto y no ha atracado en los últimos meses ningún buque llamado *Patna*. Nuestro asesino actúa bajo un disfraz para no ser reconocido.

—No le he vuelto a ver; pero noto su presencia constantemente desde aquel día, en la ventana.

—¿Qué hace usted con un niño?

Aquella pregunta sorprendió a Carmen.

—Me refiero al joven pintor.

—No es un niño. Es un genio. Espere.

Carmen se acercó al único mueble que tenía en su casa y, de un cajón, sacó una carpeta.

—Tengo aquí algunos dibujos. Juzgue usted mismo.

Arrow abrió la carpeta, que contenía un buen número de dibujos y bocetos. Steven los estudió con atención uno a uno ante la mirada de Carmen, que guardaba silencio a su lado. Eran unos dibujos y unos bocetos magníficos, sueltos, vivos, con movimiento y de temática diversa. Algunos eran estudios de las chicas del burdel. Arrow los pasaba uno a uno admirado. Los últimos estaban dedicados a Carmen. Ella se ruborizó cuando Arrow la vio desnuda sobre el papel. El joven Pablo también le había dedicado una serie de retratos a lápiz y carbón de una belleza y un trazo prodigiosos.

—Cuando estoy con él vivo en otro mundo. He intentado dejarle, pero no puedo. Me encontró y ahora no puedo —volvió a repetir—. Él no busca, encuentra. ¿Y sabe por qué? Sus ojos, detective, ¡no son de este mundo! Un día verá las cosas como nadie y será un gran pintor.

—Le ha desaparecido un cuaderno que contenía dibujos de usted y de sus compañeras. Y me temo que, si no consigo evitarlo, aparecerá en el siguiente cadáver.

—Ahí tiene la respuesta a su pregunta. Alguien más sabe que será un genio y no está dispuesto a permitirlo. Es mejor convertirlo en un asesino para que no cumpla con su destino.

—Tiene usted una gran fe en él.

—Sé lo que soy; una puta. Una puta enamorada. Una puta inculta y que no sabe nada de nada. Pero sí, tengo una gran fe en él.

—Usted no es una puta.

—¿Por qué? Uno es lo que hace y yo hago de puta.

Arrow no intentó rebatirle su argumento, sencillamente dijo:

—¿Ha comido hoy?

—No.

—Permítame que la invite. Sherrinford se quedará con el niño. —Y sin esperar respuesta por nuestra parte y, dándolo por hecho, me preguntó—: ¿Le importa, Sherrinford?

—Él ya ha comido y ahora duerme. Acepto su invitación, aunque no tengo mucho tiempo; he de ir al trabajo —protestó Carmen.

—Ya hablaremos después de esa cuestión —dijo Arrow levantándose.

—¿Y qué hago si llora? —dije perplejo, pues nadie había contado conmigo.

—Abrácelo; le gusta mucho que le abracen —dijo la planchadora.

La siguiente conversación me la contó mi maestro mucho tiempo después, junto al fuego de la chimenea, una noche de invierno.

Carmen le llevó a una concurrida taberna de la calle de la Leona, a medio camino entre la plaza Real y la calle Avinyó. Servían comidas a buen precio, especialmente el *tall de bacallà*, y a ella acudían a diario los actores del Romea. Encontraron una mesa al fondo, rodeada de botas de vino; era la única mesa libre, pues los parroquianos, a esa hora, habían invadido el local. Un músico tristón, de traje raído y un gorro que se le caía a trozos, tocaba el contrabajo sin ningún ánimo ni esperanza.

—¿Por qué quiere ayudarnos? ¿Qué hace un hombre civilizado como usted en esta ciudad salvaje?

—No le tiene usted un gran aprecio.

—No es mi ciudad; la sufro, como los cientos de desgraciados que están a merced de los burgueses. Ésta es una ciudad violenta. Todos se matan a tiros o lanzándose bombas.

—No crea; no hay una gran diferencia con mi viejo Londres. Nosotros ya hemos sufrido todo eso. Ustedes llevan un poco de retraso, eso es todo. Me llamaron para dar caza a un monstruo, por eso vine. ¿Qué me dice de usted? No es de aquí, ¿por qué no regresa a su casa?

—¿Y dónde está mi casa? Mis padres vinieron en busca de trabajo. Ojalá pudiera mostrarle el pueblo donde nací; no es un lugar precioso y siempre pensé que era demasiado pequeño. Ahora no estoy tan segura. Cuando vinimos aquí, pensé que se abrirían miles de posibilidades. Ya sabe, una gran ciudad y todo eso. Y ya ve en lo que me he convertido.

—Es usted una buena chica, eso es lo que sé; debería regresar al pueblo con su hijo.

—¿Tiene usted hijos?

—No.

—Los hijos son una bendición; al menos es lo que siempre decía mi padre y, ¿sabe?, viendo a mi pequeño, sé que es verdad. Puede que regrese, cuando reúna el dinero suficiente. Quiero alejarme de toda esta mierda, poner a salvo a mi niño.

—¿Y qué me dice del padre?

—No puede ocuparse de él. Estamos mejor así. ¿Por qué no se ha casado?

—¿Cómo sabe que no estoy casado?

—Por la forma en que miró a mi hijo. Un hombre como usted, si estuviera casado, tendría hijos. ¿Qué le pasó a ella?

—Murió. La mataron. Pero preferiría no hablar de eso.

—Perdone.

—No hay nada que perdonar.

—¿Qué edad tiene usted?

—Ya no cumpliré los cuarenta; demasiado mayor para buscar una buena chica. —Arrow se detuvo, pues sus siguientes palabras estuvieron a punto de traicionarle y pensó que era mejor dejar así aquella parte de la conversación—. Me he pasado la vida persiguiendo monstruos y, a veces, me gustaría retirarme. Pero siempre hay más y, por otro lado, pienso que sería una ignominia por mi parte no hacer aquello para lo que he nacido. Pero le confieso que estoy cansado.

—Usted no ha venido a verme para que le ayudara, ¿no es cierto? No creo que yo le sea de gran utilidad.

—Quería conocerla.

—¿Por qué?

—No lo sé —mintió porque, si bien es cierto que antes de verla no lo sabía, aquella duda ya la había despejado.

Les trajeron los platos que habían solicitado y Carmen se dedicó al suyo con enorme velocidad.

—Confieso que tengo hambre. Algún día seré gorda y voluminosa y comeré tres veces al día —dijo la joven atacando su plato con satisfacción—. ¿Sabe? Confío, confío en usted —concluyó con una franqueza exenta de timidez.

Arrow no contestó, pero aquel comentario sin duda le sofocó.

—Nos matarán a todas, ¿verdad?

Arrow no contestó, pero su gesto dio a entender que estaba allí para evitarlo.

—¿Por qué quiere ayudarme? —volvió a repetir—. No es por mí, ¿verdad? Es por usted... por lo que le ocurrió a ella.

Carmen se equivocaba. Para Arrow ya no se trataba de resolver un caso más. Su deseo era salvarla, protegerla. Ahora era por ella.

—Me gustaría que no trabajara durante un tiempo.

—¿Y qué hago? ¿Nos morimos de hambre? Necesito el trabajo.

—Deme sólo tres días. Quédese en casa, con su hijo, y no le abra la puerta a nadie, excepto a su novio, por supuesto.

—No es mi novio. Y esa relación sabe usted perfectamente que no tiene futuro.

—Bien, eso ahora no importa. Lo que quiero decirle...

—Sé lo que quiere decirme.

Arrow no la escuchó, sacó algunos billetes de su cartera y se los ofreció a la chica.

—Tenga, para usted y para el niño. Creo que será suficiente hasta que lo atrape.

Ella se negó a tomar el dinero, pero Arrow insistió.

—Le digo que no; tengo algo ahorrado.

—Entonces hágame caso, por favor.

Carmen se sentía verdaderamente emocionada por la actitud de aquel hombre que acababa de conocer y que, sin embargo, no quería que desapareciera de su vida. Pero era tarde, pensó. Demasiado tarde.

Ella le tomó de las muñecas y dijo:

—Si me pasara algo, quiero que se encargue usted de mi pequeño.

—No le pasará nada. Yo la protegeré, se lo prometo.

—Que lo dé a alguien de confianza. Que tenga otra vida. ¿Me lo promete usted? —insistió sin escucharle.

—Le prometo que no le ocurrirá nada.

—No prometa aquello que no puede cumplir. Se sentiría culpable si algo sale mal y creo que ya tiene usted bastante.

—Es usted muy lista.

—Y muy tonta.

Arrow la acompañó hasta su casa. Durante el trayecto Carmen le habló de su infancia, de sus sueños rotos uno a uno, de sus deseos e ilusiones perdidas. Arrow estaba entusiasmado con la vitalidad que anidaba en aquel cuerpo tan frágil, en sus gestos, en su sonrisa. También Arrow le hizo algunas confesiones de las que jamás sabré nada. Fue un trayecto que a mi amigo le pareció breve.

—Hemos llegado —dijo ella.

—Sí, hemos llegado.

Hubo un pequeño silencio entre ambos en el que se miraron intensamente a los ojos.

—¿Quiere usted subir? Me gustaría…

—No, creo que no debo hacerlo.

La decepción apareció en el rostro de Carmen.

—¿Cree usted que quiero satisfacerle? ¿Es eso lo que cree?

—No, no lo creo.

Ella se volvió hacia la puerta con un gesto de decepción.

Entonces Arrow la tomó por el brazo, sin brusquedad, suavemente, con la cabeza baja. Carmen se volvió hacia él. Arrow levantó su rostro y la miró a los ojos, luego pasó sus manos suavemente por sus cabellos, por sus pómulos, por todo su rostro, dulcemente, como si quisiera guardar entre sus dedos cada uno de los rasgos de aquella mujer. Se acercó a ella y la besó. Carmen se aferró a él, extendiendo sus brazos, rodeándole. Fue un beso largo, lento y emocionado. Luego se quedaron unos instantes con las frentes unidas y los ojos entrecerrados. Ella pudo escuchar el agitado sonido del corazón del detective. Arrow fue el primero en separarse.

—Le diré a su amigo que le está usted esperando.

49

El borracho

El viejo iba dando tumbos de un lado a otro de la calle, gritando y cantando. Los dos policías que hacían la ronda le oyeron antes de que apareciera por la esquina zozobrando como un barco en la tormenta.

—¡Maldito viejo borracho! ¡Va a despertar al vecindario! —dijo uno de los policías.

Se acercaron a él. Habían iniciado su ronda hacía poco, y tenían una larga noche por delante a la caza y captura del miserable asesino de prostitutas. Las órdenes eran claras, detener a cualquier sospechoso, impedir que cualquier mujer circulara sola a aquellas horas, tocar el silbato para avisar al resto de patrullas si se encontraban en una situación comprometida. Habían establecido una serie de pitidos que alertaban de las diferentes situaciones que pudieran darse aquella noche. ¡Sólo les faltaba tener que lidiar con borrachos!

—¡Eh, viejo! ¡A casa, que es tarde! ¡Ve a dormir la mona!

—No soy viejo y no estoy borracho; sólo un poquito alegre —dijo atropelladamente.

Su cara parecía un chiste; coloreada, sin afeitar, sucia y con los ojos vidriosos. El borracho era un hombre alto y recio, aunque se movía como un pelele por los efectos de todo el alcohol que se había echado en el cuerpo.

—¿Dónde vive? —dijo el otro policía.

—¡Sí, hombre, a ti te lo voy a decir yo, que no te conozco de nada!

—Soy policía.

—Y yo Antonio Cánovas, antes de que me pegaran el tiro. ¡Menuda putada! —y empezó a reír como un estúpido mientras las palabras se le liaban y confundían.

—Venga, circule; que tenemos mucho trabajo.

—¿Qué haces con esa linterna y ese silbato? ¿Te vas de excursión?

—El viejo está de guasa —le dijo el otro policía a su compañero.

—¿Cuál es su nombre? ¿En qué trabaja?

—Me llamo Julio César y soy botero; aunque antes fui emperador de Rusia. —Rompió a reír.

—De Roma —le apuntó uno de los policías.

—De Roma lo serás tú; yo era emperador de Rusia —insistió muerto de la risa y añadió—: Me he gastado todo lo que tenía... la paga... seis pesetas... el cabrón de mi jefe dice que no me da más... que soy un borracho... que le guarda el dinero a mi mujer para cuando pase a recogerlo... ¡Si serán cabrones! ¡Yo un borracho!

—¡Joder! ¡Este tío apesta! Tenemos que quitárnoslo de en medio como sea —dijeron.

—¡Silencio! —dijo el borracho y añadió levantando un brazo y señalando con el índice hacia arriba—: ¡Escuchad!

Los dos policías siguieron perplejos la indicación del botero borracho, éste se agachó y con gesto teatral lanzó un alarido fantasmal y gritó:

—¡Algo huele a podrido en Dinamarca! —y estalló en nuevas y escandalosas y estridentes risotadas.

—¡Será cabrón!

—Os he asustado, ¿a que sí? ¡Os he asustado!

—Tu aliento sí que huele a podrido.

—Mi aliento viene del infierno... ¡Uuuuh! ¡Uuuuh!... ¿Qué? ¿Ya lo habéis atrapado? ¿Habéis atrapado a ese que hace *butifarras* con los *budells* de las putas?

Los dos policías se sintieron turbados y confusos.

—¿Qué sabes tú de ese asunto?

—¡Lo sabe todo el mundo!... Hasta la policía; los muy inútiles —y empezó a reírse otra vez.

Uno de los policías comenzaba a perder la paciencia.

—Venga, fuera de aquí. A tu casa y calladito, sin molestar a los vecinos.

—Creo que voy a potar —dijo el borracho, abalanzándose sobre el policía que le había ordenado alejarse, abrazándose a él. El policía intentó zafarse, pero el borracho le tenía bien sujeto, con la cabeza apoyada sobre su hombro y emitiendo grandes arcadas.

—¡Vomítale a tu puta madre! —dijo al final, quitándoselo de encima con la ayuda de su compañero.

—¡Fuera de aquí o te llevamos a comisaría!

El borracho se alejó mientras pronunciaba algunas palabras que ninguno de los dos entendió y se llevaba las manos a la boca intentando hacer esfuerzos para no vomitar.

Continuaron la ronda y uno de ellos comentó de liar un par de cigarrillos. El otro asintió.

—¡Se encuentra uno con cada imbécil! ¡Como si no tuviéramos bastante con el maldito asesino de las chicas!

—Te advierto que de no ser por no abandonar la ronda me llevo a ese capullo a comisaría.

—No te preocupes, esta noche su mujer le pondrá a caldo. ¿Tienes lumbre? —preguntó mientras le ofrecía uno de los cigarrillos.

El compañero empezó a hurgar en sus bolsillos, hasta que

le vio cada vez más inquieto. Volvió a revisar todos sus bolsillos uno a uno.

—¿Te ocurre algo? —preguntó el compañero.

—¡Si será cabrón!

—¿Qué ocurre?

—¡Ese hijo de puta me ha robado el silbato!

50

La Francesa

Christianne se tomó su tercer aguardiente, pero ni aun así consiguió eliminar su enfado. A la hora de costumbre había acudido al prostíbulo. Fue entonces cuando Benigna le dijo que esa noche no abriría a los clientes, que tenía fiesta.

—Las putas no tenemos días de fiesta —le dijo la Francesa vivamente disgustada.

Benigna no quería discutir. Había tomado la decisión; después de las muertes de Marta, la Negra y la visita del detective, no se sentía con ánimos para el negocio.

—Puedes quedarte a dormir si quieres, no es bueno que andes sola por las calles.

—No he venido a dormir, sino a trabajar.

Salió a la calle enfadada. No estaba dispuesta a perder la noche, pero aún era pronto para buscar a algún viejo que quisiera pagar unas pesetas por una buena paliza. Se dirigió a la taberna del Rotxotxo, en la calle de los Tres Llits, local al que solían acudir los actores del Romea y donde servían platos a buen precio, en especial el *tall de bacallà*; pero antes se tomaría un par de copas para que se le pasara el disgusto.

De camino al local le pareció ver salir a Carmen, acompañada de un sujeto no mal parecido, de la taberna de La Leona. «La mosquita muerta ya ha encontrado un cliente y, además, le ha sacado la cena», pensó la Francesa mientras les veía doblar la esquina con Avinyó.

Entró en el Rotxotxo y ocupó una mesa al fondo, rodeada de botas de vino, y se pidió el primer aguardiente acompañado de un par de galletas.

—*Cinc de la forta* —le dijo al camarero.

No había muchos parroquianos a esa hora: cuatro borrachos en una mesa, un viejo mendigo con el dinero justo para un cuartillo de vino peleón y dos jóvenes que se le acercaron cuando se dieron cuenta de su oficio. La Francesa les largó con cajas destempladas. A ella no se la metía nadie. Ya había tenido bastante con aquel marido repugnante y achacoso que le proporcionó su padre. Ahora mandaba ella y no se la metería nadie nunca más.

El local se fue llenando, pero ninguno de los parroquianos se ajustaba a su modelo de cliente. Aunque la noche acababa de empezar y ella no estaba dispuesta a regresar a casa sin encontrar a algún pervertido con dinero y dispuesto a pagar para que le zurraran a gusto.

Siguió bebiendo mientras dejaba pasar el tiempo. El dueño del local despidió al empleado y empezó a recoger las mesas mientras esperaba que los escasos parroquianos abandonaran la taberna para cerrar. Christianne le pidió otro aguardiente.

—Ya es el cuarto y te vas a mear en las bragas —le dijo el dueño.

—¡Tu puta madre!

—¡Qué mal vino tienes, Francesa! ¡Qué mal vino! —dijo sirviéndole el aguardiente.

—Tú, llénalo y calla.

—Rapidito que he de cerrar.

El dueño se alejó hasta la barra y empezó a lavar los vasos mientras salían los últimos clientes.

La Francesa apuró su aguardiente de un trago, se levantó

y se dirigió a la barra dando tumbos mientras buscaba alguna moneda en el interior de su bolso desgastado y barato.

—¿Qué se debe?

—No has comido nada.

—No tengo hambre. Tú a lo tuyo. ¿Qué se debe? —repitió con un tono de pocos amigos.

El dueño no contestó. Tenía sus ojos clavados en el escote de la Francesa.

—¿Qué? ¿Te gustan mis tetas? —preguntó con descaro.

—Me han dicho que la chupas muy bien —dijo el camarero lanzando unas monedas al aire y cambiándoselas de mano.

Christianne observó las monedas y dijo:

—Pues te han informado mal. Lo que sí hago es retorcerla que da gusto.

—Pues eso no me lo han hecho nunca.

—Te va a gustar.

La Francesa salió de la taberna dando bandazos, mientras se limpiaba las palmas de las manos en las caderas. Se la había retorcido bien a aquel cabrón y se había ido en nada; como todos los viejos asquerosos a los que ponía morados a tortazos, puntapiés y latigazos. No le había pagado mucho el muy roñoso, pero al menos le había sacado la consumición y un par de copas más.

Vio el coche parado en mitad de la calle y fue hacia él. La Francesa olió que tal vez era su noche de suerte. Cuando se acercó al cochero, un hombre delgado, con aspecto vulgar y de rostro pálido y mirada irascible, éste le ofreció algo. Era una granada grande y oronda que apenas le cabía en la palma de la mano.

—Es de mi amo, para ti.

—Tu amo es muy generoso.

—Sube, te llevaré hasta él.

—A mí nadie me mete su cosa, ¿estamos?

—No te preocupes; no es su cosa lo que mi amo quiere meterte. Sabemos cómo trabajas, Francesa.

Le sorprendió ser tan famosa pero, pensándolo bien, ¿por qué no? Se había currado su fama entre los tipos elegantes y aquél debía serlo, teniendo en cuenta el coche tan lujoso y los caballos tan hermosos y flamantes; aunque el sujeto del pescante dejaba mucho que desear y olía a vino agrio y peleón.

—Entonces estamos de acuerdo —dijo la Francesa.

Abrió la puerta y entró en el vehículo.

51

La tercera víctima

Encontramos a la Francesa en una esquina de la calle Regomir, dentro de la zona de vigilancia indicada por Arrow. Yo estaba de guardia junto con otro agente por las inmediaciones de la calle de la Merced cuando mi compañero y yo oímos el silbato de una de las patrullas. Corrimos hacia el lugar de donde provenía aquel insistente sonido.

Estaba amaneciendo.

Los ojos de Christianne, la Francesa, estaban abiertos a la oscuridad, eso es lo primero que me impresionó al ver su cadáver tendido en el suelo, rodeado de agentes y curiosos.

—No toquen nada —fue lo primero que dije, aproximándome a su cadáver.

Yo tardaría en olvidar aquella imagen tendida en el suelo, degollada salvajemente y destripada como un animal indefenso.

—¿Quién fue el primero en encontrar el cadáver?

—Un tendero. Él fue quien nos avisó —dijo uno de los policías sin atreverse a mirar el cadáver de aquella desgraciada.

El inspector jefe Fonte, acompañado del forense, llegó en ese momento y se acercó a mí abriéndose paso.

También lo hizo un fotógrafo, que depositó su gran cámara de madera y empezó a tomar fotografías.

—¡Ya está aquí la prensa! —dijo Fonte con disgusto, y añadió—: Estos malditos buitres de *La Vanguardia* siempre son los primeros en aparecer. ¡No sé cómo se enteran tan pronto de las malas noticias!

—Sólo hacen su trabajo —dije yo.

—¿Dónde está Arrow?

—Lo ignoro. No tardará en aparecer.

—¿No iba con usted?

—No, me asignó un agente y supongo que él hizo lo mismo.

—¿No van siempre juntos?

—En esta ocasión no.

Me acerqué al forense y ambos iniciamos una primera inspección ocular de la víctima.

—¿Qué opina usted?

—Que la mataron como a las otras; la degollaron por detrás. Tiene numerosas puñaladas en el tórax y en el abdomen, la mayoría mortales. Son heridas profundas, hechas por una persona fuerte y con clara intención de matar y ensañarse con la chica. Pero ella se defendió.

—¿Cómo lo sabe? ¿Cómo sabe que se defendió? —pregunté.

—Mírele las manos y los dedos: están llenos de cortes. Sí, ella se defendió, en un determinado momento supo que la iban a matar y se defendió —volvió a insistir.

—Calculo que la han matado sobre las dos o las tres de la mañana; la autopsia nos lo acabará de confirmar.

—Sí, tiene los párpados y la mandíbula rígidos, pero el resto de los músculos aún están flácidos —confirmó el forense—. Pero como usted dice, la autopsia nos dirá más cosas.

—¡La han abierto en canal como a un conejo!

—Y la han desfigurado y arrancado algunos órganos internos. Es su marca de fábrica —terminó diciendo con evidente fastidio.

—Son las seis de la mañana y nadie ha visto nada —dije con la frustración mordiéndome el alma.

—Es fácil. Al igual que a las otras, no la mataron en el mismo lugar donde la hemos encontrado. Esto requiere tiempo y cierta preparación. La mataron y la arrojaron en esta esquina como a un perro. ¡Pobre desgraciada!

—Seguramente la transportaron en un coche hasta aquí después de realizar tan macabro trabajo.

—Sí, sin duda así fue. Y se desangró en otra parte; este lugar está demasiado limpio; no hay manchas en las paredes y el cadáver debería flotar en una mayor cantidad de sangre.

—¡Esto es increíble! ¡Dos docenas de agentes, doce patrullas peinando la zona y nadie ha visto nada en toda la noche! —dijo Fonte con evidente malhumor.

—Yo no estoy tan seguro; alguien ha tenido que ver algo.

Me acerqué al grupo de agentes y les empecé a acosar a preguntas. Sí, habían visto pasar gente, pero nadie sospechoso como para dar lugar a una detención.

—Nosotros estuvimos a punto de detener a un borracho; pero era eso, un borracho desgraciado que no hubiera podido ni degollar a su abuela con la cantidad de alcohol que llevaba en el cuerpo. Aunque el muy cabrón le robó el silbato a mi compañero —dijo uno de los policías.

—¿Cómo dice? ¿Que les robó un borracho y no se dieron cuenta?

—A nosotros también —dijo otro agente perteneciente a otra patrulla.

—¿A ustedes también les robó un silbato?

—No, señor: dos. Nos lo robó a los dos.

No podía dar crédito ante aquel cuarteto de idiotas. De modo que les robaban durante el servicio y nadie sospechó nada. ¿Cómo diablos un borracho que no se tenía en pie podía tener la suficiente habilidad como para robar a tres agentes sin que éstos se dieran cuenta?

—¿Y creen ustedes que un borracho es capaz de eso? ¿De robar a tres experimentados e inteligentes agentes de policía? —dije con evidente sorna—. ¿Y no dedujeron que posiblemente el asesino se estaba mofando de ustedes en sus propias narices? ¡Joder! —grité fuera de mí—. ¡La habría destripado delante de sus narices y no se hubieran dado ni cuenta! ¿En qué estaban pensando?

—Creímos que era un borracho.

—¿Y cuando les robó siguieron creyéndolo? ¿No se les encendió ninguna lucecita?... —Estaba fuera de mis casillas; respiré hondo e intenté calmarme—. ¿Cómo era ese tipo?

—Alto, robusto, fuerte, para su edad.

—¿Fuerte? ¿Cómo lo sabe?

—Porque se agarró a mí.

—¿Se agarró a usted?

—Iba a vomitar.

—¡Yo sí que voy a vomitar ante su incompetencia! ¿Y qué más? ¿Cómo vestía? ¿Qué aspecto tenía? ¿Cómo eran sus facciones?

Los cuatro agentes empezaron a trazar un retrato del borracho; al menos los muy imbéciles no habían perdido las dotes de observación. A medida que me iban proporcionando información tenía más claro que se trataba del asesino y que se había reído de nosotros en nuestras propias narices.

Entonces uno de los cuatro exclamó:

—¡Es él!

—¿Cómo dice?

—Él, el asesino —dijo señalando entre la multitud.

Me volví hacia donde señalaba el agente y pude ver al supuesto borracho. El hombre se abrió paso entre la multitud y se acercó a nosotros. De inmediato dos de los cuatro agentes que, momentos antes, me estaban proporcionando su descripción, se abalanzaron sobre él.

—¡Déjenme! ¡Déjenme! —decía el hombre con voz de borracho, mientras le zarandeaban. Luego cambió el tono y su expresión y dijo con firmeza—: ¡Suéltenme! ¡Soy yo!

Aquella voz, pensé.

—¡Soy Arrow! —dijo el borracho zafándose de los agentes y, con un solo gesto, se quitó la máscara, la peluca y la mugrienta prenda de abrigo que le cubría—. Sus silbatos —dijo ofreciéndoselos a los agentes, que no salían de su desconcierto.

—¿Qué hace así vestido, Arrow? —pregunté.

No me contestó; se dirigió a los agentes y dijo:

—Como verán, señores, todos hemos cometido graves errores esta noche; errores que le han costado la vida a esta pobre muchacha. Por otro lado, incluso yo mismo los he cometido, pues mi disfraz no ha servido, independientemente de poner en evidencia su escasa sagacidad y atención, para acercarme al asesino. Espero de ustedes un mayor esfuerzo; yo solo no puedo vigilar las calles.

Se abrió paso hacia el cuerpo de la víctima.

—¿Qué tenemos, Sherrinford?

Pasé a relatarle las primeras conclusiones a las que habíamos llegado el forense y yo. Arrow sacó su lupa e inspeccionó las ropas de la chica.

—No hay huellas; aunque de bien poco nos servirían en este país —dijo Arrow, y añadió dirigiéndose a los presentes—: Retírense; hacia atrás, por favor.

Arrow empezó a husmear como un sabueso por los alrededores del cadáver.

—¿Qué diablos hace? —preguntó Fonte.

—Marcas de un coche —dijo señalando el suelo—. Lo que confirma la opinión del forense.

—Pueden ser de cualquier carruaje —dijo Fonte.

—Sólo que éstas, si observamos con atención, son menos profundas a medida que se alejan de la víctima; lo cual nos indica que el vehículo soportaba un peso menor. Bien, pero esto no es determinante para la investigación y no hay ningún indicio en estas marcas que indiquen alguna singularidad.

—¿Qué quiere decir?

—Que hay cientos de vehículos como éste. De haber encontrado en el surco alguna anomalía, eso nos hubiera permitido buscar un vehículo en concreto. Pero, desafortunadamente, no es el caso.

Arrow volvió a acercarse al cuerpo de la chica. El doctor continuaba con su trabajo.

—¿Ha encontrado algo, doctor?

El forense, levantando una de las manos de la víctima, dijo:

—Más manchas negras. —Dejó el brazo de la víctima suavemente e indicando su costado dijo—: Le falta el hígado y, en su interior, han dejado más frutos de granada.

—Gracias, doctor —dijo.

Un fogonazo le nubló la vista por un instante. Era el fotógrafo que, continuando con su trabajo, había disparado su cámara. Arrow se llevó la mano a los ojos, los cerró un instante y, luego, miró hacia las docenas de curiosos que la policía intentaba controlar para que no se aproximaran en exceso al lugar de los acontecimientos. Arrow se alejó unos metros sin decir palabra en dirección contraria y luego se volvió, mirando con disimulo a todos los presentes.

—¿Qué hace? ¿Por qué se aleja? ¿Dónde va ahora? —preguntó Fonte.

No contesté pero, conociendo a Arrow, algo estaba buscando. Pero ¿por qué su mirada se dirigía hacia los desconocidos y curiosos que entorpecían nuestro trabajo?

Entonces le vi correr hacia la aglomeración con una determinación que pocas veces le había visto. Alguien salió de ella y se perdió al doblar una esquina. Casi no pude verle, sólo oí que Arrow gritaba:

—¡Sígame, Sherrinford!

Cuando comprendí lo que me indicaba, Arrow ya se había abierto paso con dificultad entre la masa de curiosos, ante el asombro del jefe Fonte y de los demás miembros de la policía, desapareciendo tras el desconocido.

Le perdí de vista pero, como supe más tarde, Arrow corría por la calle Marquet en dirección al Paseo de Colón. Lo cruzó procurando no ser atropellado por los escasos coches de caballos que circulaban en ese momento. Llegó hasta el muelle en su loca carrera. Había visto de nuevo al extraño que intentaba alejarse de él a toda costa, pero, cuando llegó a los tinglados del puerto, volvió a perderle la pista. Intentó recuperar el aliento mientras miraba a todas partes. No podía haber ido muy lejos, pensó. Se ocultaría allí, entre los tinglados y las casetas de la dársena. Había un gran bullicio en ese momento en el puerto, con gente acarreando mercancías de un lado para otro. Entonces le pareció verle de nuevo, acercándose hasta la línea de mar. Arrow bajó tras él y volvió a perderle. Se acercó a las embarcaciones y, en ese instante, alguien o algo le golpeó y cayó.

El frío le hizo volver en sí y se encontró flotando entre aguas salitrosas, procurando mantenerse a flote mientras el golpe no dejaba de dolerle. Arrow se hundía e intentaba nadar hacia la escalera que descendía hasta el mar. Pero se iba al fondo. Manoteó sin éxito. Estaba cansado y continuó hundiéndose. Algo le empujó hacia fuera. Un brazo gigantesco le atrapó en el agua y Arrow vio de nuevo la luz. Alguien le tendió la mano y Arrow se aferró a ella.

Mientras el desconocido tiraba de él e intentaba ponerle a salvo, Arrow sólo pudo oír una frase:

—El juego continúa.

Le encontré empapado, tendido en el suelo y con la cabeza apoyada en un noray.

52

Entre la multitud

—Le vi, Sherrinford; le vi. Entre la multitud y fui tras él. Fue el fogonazo de la cámara lo que me llevó a pensar que, tal vez, se encontraba entre nosotros. Y así era. Pude notar su presencia maligna. Cuando me alejé y miré hacia el grupo de curiosos, entre el gentío, descubrí sus ojos clavados en los míos. Era un tipo grande, poderoso, de mirada perversa. Disfrutando de aquel momento. Era idéntico al sujeto pintado por el joven Picasso.

—Podía usted haber muerto.

—Pero como ve, sigo vivo.

—No por mucho tiempo si no se cambia de ropa. Va usted a pillar una pulmonía. ¿Qué pretendía usted disfrazándose de borracho?

Arrow, entonces, me explicó los sucesos de la noche pasada y yo tomé buena nota en mi cuaderno. Luego Arrow me hizo caso y se quitó las ropas mojadas. Después de asearse convenientemente y cambiarse de indumentaria, apareció de nuevo en la sala.

—¿Y dice usted que le habló?

—Sí. «El juego continúa», eso es lo que dijo.

Aquel monstruo podía haber acabado con mi amigo y, sin embargo, no lo hizo. Arrow, dedujo, formaba parte de su juego tal y como le había advertido cuando le ayudó a salir del agua. Una mente criminal fría y metódica dispuesta a batirse con el mejor detective empeñado en la lucha contra el mal.

—¿Qué encontró usted entre las ropas de la chica asesinada?

—El cuaderno de Picasso; el que dijo que había perdido.

—¿Ha ocultado usted una prueba a la policía?

—No exactamente. Digamos que lo que he ocultado es una prueba falsa. Tendremos que volver a ver al pintor. Si no me equivoco, a estas horas, o ha recibido o está a punto de recibir un hígado.

—Pero antes hemos quedado con Sitwell, ¿lo recuerda?

—Perfectamente.

—¿Qué interés tiene usted en él?

—Digamos que deriva de su interés hacia mí. Fue Sitwell quien propuso nuestra ayuda a la policía.

—¿Y cree usted que tiene relación con este asunto? ¿No será uno de esos admiradores que ha leído sus historias en el *Strand*?

—Eso lo averiguaremos hoy mismo.

—Pero usted ya tiene una idea —insistí.

—Permítame que no se la exponga hasta que pueda corroborarla, mi querido Sherrinford.

—Siempre tan misterioso, Arrow; le juro que no lograré acostumbrarme nunca a sus deliberados ocultamientos.

—No son deliberados. Digamos que mis sospechas deben sustentarse sobre una base real: datos y pruebas, mi querido Sherrinford; datos y pruebas. En este oficio no conviene dar pasos precipitados; la vida de dos mujeres está en juego. Por otro lado, he hecho algunas averiguaciones sobre sir Richard; un sujeto francamente interesante.

—¿Qué nuevos datos ha obtenido usted del cuerpo que encontramos esta mañana?

—Ninguno, excepto que corrobora los que ya tenemos.

—La chica también tenía las manos manchadas de carbón. Supongo que tiene usted nuevas pruebas sobre esto. Datos que, al parecer, no creyó usted conveniente revelar en nuestra reunión con la policía.

—Como dije en la reunión, el valor de los carbones naturales se mide por su contenido en agua, cantidad de cenizas, proporción de carbono, hidrógeno y azufre y, sobre todo, por el color de su combustión. Bien, después de analizar la muestra en el laboratorio cotejé su composición con otras pertenecientes a algunos yacimientos de la provincia de Lérida.

—¿Y a qué conclusiones ha llegado usted?

—Como le digo, analicé muestras de la cuenca de Erill-Castell; un yacimiento a unos once kilómetros de la ciudad, entre el Noguera Ribagorzana y el Pallaresa. La comprobación dio negativa. Seguidamente analicé muestras de tres yacimientos de la cuenca de la Seu d'Urgell, pertenecientes a los valles de Segars, Bastida y Navinés.

—Ha trabajado usted mucho.

—Y sorpréndase, Sherrinford: las muestras halladas en los cuerpos de las dos mujeres, y seguramente la encontrada en la última desafortunada, se corresponde con el yacimiento del valle de Navinés. Con lo cual hemos estrechado el cerco. Debemos encontrar un almacén portuario en donde se almacene para su exportación la hulla perteneciente a dicho yacimiento.

—Es usted sorprendente, mi querido amigo. Si no me equivoco, se trata de una prueba fundamental para dar con nuestro asesino.

—Si no con él, al menos con el lugar en el que comete sus crímenes.

Hasta ahí pude comprobar que la mente de mi amigo funcionaba con la precisión y el espíritu por la caza que le caracterizaba, pero había un hecho que me intranquilizaba y que no pude dejar de exteriorizar.

—¿Qué pasó con la joven planchadora? ¿De qué hablaron cuando me dejaron con el niño? Al parecer ha causado una profunda sensación en usted.

—¿En qué se basa?

—En el mismo momento que usted la conoció, ¡tenía que haberse visto! Yo diría que...

—Usted no dirá nada inapropiado —me cortó Arrow—. No lo dirá porque es un caballero inglés.

Remarcó lo de inglés como si fuera un valor en sí mismo; como si los ingleses fuéramos de una pasta especial.

—De todos modos, mi querido amigo, conviene que las emociones no interfieran en nuestro trabajo.

—¿Me ha ocurrido alguna vez?

—No que yo sepa, está usted en lo cierto. Pero siempre hay una primera vez para todo e intuyo que el efecto que ha causado esa chica en usted es, como mínimo, turbador y sorprendente. Sé que desea salvarla y, por eso mismo, no debe usted comprometer ninguno de sus seis sentidos.

—Cinco, mi querido Sherrinford.

—No. Usted tiene seis.

Mi cumplido, por otra parte del todo cierto, pareció complacer a mi amigo; pero yo esperaba más de Arrow. Esperaba que el posible enamoramiento que yo percibía en él no fuera un obstáculo en su lucha contra el crimen que le impidiera pensar con la extraordinaria lucidez que le era propia.

—Es muy importante que su juicio no se vea influido por las cualidades personales. Para usted, una persona o un cliente son un dato más que un problema —dije, recordándole una de sus famosas frases.

—Me parece antideportivo y antibritánico que me recuerde usted esa frase. Ya le entendí, Sherrinford; no es necesario que insista usted sobre el tema —dijo Arrow incómodo.

—¿Qué contenía el cuaderno que usted encontró en el cuerpo de la chica?

—Lo ignoro; no he tenido tiempo de examinarlo. Y, al parecer, tardaré un tiempo en hacerlo.

Arrow extrajo el cuaderno del interior de su abrigo. Estaba muy deteriorado.

—Deberemos esperar a que se seque y, aun así, ya veremos qué podemos recuperar.

Situó el mojado cuaderno sobre la repisa de la chimenea con la intención de que el calor lo secara.

—Y ahora, creo que sir Richard nos espera. ¿Está listo, Sherrinford?

—Y esperando —dije después de recoger mi bastón.

53

Un inglés de Barcelona

Sir Richard Sitwell nos recibió en su despacho con excepcional amabilidad. Era un hombre alto y corpulento, de unos cuarenta y cinco años y con aspecto de *sportman*, que se movía con una desenvoltura casi felina para su edad. Su indumentaria era la del hombre que ha sido siempre un dandi: traje gris de corte inglés y la corbata impecablemente anudada; un estilo que dejaba entrever lo que era, un hombre resuelto y de increíble fortuna. Tenía el cabello oscuro, bien cortado, y salpicado de gris en las sienes. Su rostro, estirado y saludable, con una mandíbula netamente marcada, correspondía al de un hombre de acción, seguro de sí mismo, pródigo en recursos y acostumbrado a mandar y a ser obedecido.

—Estoy encantado de conocerle, señor Arrow. También a usted, doctor Sherrinford —añadió dirigiéndose a mí y tendiéndome su mano y luego, volviéndose de nuevo hacia mi amigo, continuó—: No todos los días tiene uno el placer de conocer a un compatriota tan famoso.

—Pero usted no es inglés; tengo entendido que nació en Barcelona.

—Los ingleses podemos permitirnos el lujo de nacer en cualquier parte —declaró.

Sir Richard amplió su argumento con dos ejemplos: Kipling y Conrad. Dos de los mejores escritores en lengua inglesa, uno nacido en la periferia del Imperio y otro de nacionalidad polaca y que, después de adoptar el inglés, se había convertido en uno de los escritores más interesantes de nuestra lengua.

—Es una afirmación un tanto peculiar; pero, por su acento, no parece usted catalán; tiene, ciertamente, un marcado acento inglés.

—Por nacimiento, hablo perfectamente mis tres idiomas; pero sí, pienso y actúo en inglés. Mi familia se estableció aquí en la época de Wellington, cuando ayudamos a esta gente a echar a los franceses de su tierra.

—Cierto, tengo entendido que su abuelo fue general y que participó en algunas campañas decisivas de esa guerra.

—No fue una guerra, sino un sinfín de escaramuzas y de luchas de guerrilla; en eso los españoles son expertos. Nosotros pusimos la disciplina en el combate, lo que fue determinante para echar a los franceses de esta tierra. Campañas gloriosas las de mi abuelo junto al duque, en la toma de Ciudad Rodrigo y Badajoz.

—Y su familia se instaló aquí.

—Como usted sabe, provengo de uno de los linajes más antiguos de Inglaterra. Mi familia se pierde en la noche de los tiempos, como vulgarmente se dice. Aquí había mucho por hacer.

—Y lo hicieron. Es usted el heredero de una de las mayores fortunas de Barcelona.

—De España, y seguramente de Inglaterra. Mi padre fue uno de los promotores del Banco de Barcelona en el 44 y de la primera compañía de gas constituida en España y una de las primeras sociedades anónimas y por acciones.

—¿Se refiere a la Sociedad Catalana para el Alumbrado por Gas?

—La misma. Seis millones de reales de aquel tiempo, a cuatro mil reales por acción. Y entre los promotores, Charles Lebon y mi padre, con la mayoría de acciones; el resto del paquete lo adquirieron pequeños accionistas como Pere Gil i Serra, Carles Torrents o Josep Riera.

—Y usted amplió el negocio familiar. Tengo entendido que es accionista de La Maquinista Terrestre y Marítima; de Macosa, la empresa del Poblenou, dedicada a la fabricación de vagones de tren; que es propietario de una colonia industrial en el río Llobregat y que posee un buen paquete de acciones en otras como las Minas de Bellmunt, en el Priorat y en la cuenca de la Seu d'Urgell.

—Conoce usted mis negocios mejor que yo mismo. Pero el futuro está en la electricidad. Se olvida usted que una de las compañías en las que tengo intereses iluminó en el 82 el Paseo de Colón con quince lámparas de arco voltaico. Gracias a mí y a mis socios, Barcelona será la primera ciudad de España que contará con un sistema público de iluminación.

—Sin duda es usted un filántropo.

—No; no soy un filántropo. Lo que tengo es una habilidad natural para los negocios.

—Y para los deportes y las relaciones sociales.

—No deja usted de sorprenderme, ¿también ha investigado en esos ámbitos?

Arrow le hizo una sucinta exposición de sus averiguaciones en dichos terrenos. Sir Richard le escuchaba con atención y vivamente complacido por el interés que Arrow se había tomado en su persona.

—Y no tiene usted un heredero para su imperio.

—Ahí se equivoca; tengo un hijo.

—Lo sé. Pero también sé que no está dispuesto a seguir sus pasos.

—Mi hijo, como todos los jóvenes idealistas, anda un poco perdido; eso es natural.

—Perdido y enfermo. —Hizo una pausa para ver el efecto que sus palabras producían en su interlocutor y luego añadió—: Al parecer, gravemente enfermo. Creo que es amigo personal del joven Picasso, una de las personas implicadas en este desafortunado caso.

—¿Adónde quiere ir a parar? Mi hijo no tiene nada que ver con todo esto. Mi hijo, como usted ha dicho, está gravemente enfermo. Esa pandilla de degenerados han minado su cuerpo y su espíritu. Sobre todo ese joven que usted ha mencionado, el tal Picasso.

—Y usted quiere vengarse por ello.

—Lo único que quiero es salvar a mi hijo. —Sitwell estaba muy molesto por el giro de la conversación y hacía esfuerzos por dominarse, pero esa misma furia contenida le delataba—. Tengo el suficiente poder económico como para barrer a esa chusma; no dude de que, si quisiera hacerlo, podría. Pero mi interés se centra en mi hijo, así que haga usted el favor de buscar por otro lado y no lo implique.

—¿Qué interés tenía usted en que yo interviniera en este asunto?

—Un interés puramente deportivo. No se le escapa mi afición a los deportes de competición, como buen inglés.

—Sí, eso es cierto y sus acciones en ese terreno lo confirman.

—Por otro lado —afirmó—, yo también lo sé todo sobre usted. Por lo demás, he seguido el caso con interés y tengo sus mismas sospechas. Pensé que le hacía un favor, pues hace años que va usted tras la pista del Destripador. En resumen, y como simple espectador, deseé enfrentarlos para que ganara el mejor.

—Pero usted ya tiene una idea sobre el final; si no me equivoco ha hecho usted su apuesta.

—Mi predicción es que acabará con todas esas mujerzuelas y usted será incapaz de evitarlo.

—Le veo muy seguro —afirmó Arrow.

—Lo estoy.

—Y sobre estos crímenes y dado su interés deportivo, ¿qué opinión le merecen?

Yo asistía a aquella conversación en silencio, como ante un partido de tenis y expectante por el giro que estaba dando.

—El crimen, como diría Dostoievski, es una protesta contra una organización social defectuosa —afirmó Sitwell con una contundencia que me petrificó.

—Es un dictamen interesante, aunque terrible por otra parte. Si no le he entendido mal, usted afirma que hay personas que tienen derecho a cometer toda clase de actos criminales y a los que no puede ni debe aplicarse la ley. Usted ve a mi oponente como una especie de ejecutor social cuya ley está por encima de toda ley.

—Eso lo ha dicho usted y no yo, pero sí: así es exactamente como lo veo; como un ser extraordinario, autorizado para cualquier acto bestial. Alguien para quien la pobre naturaleza humana de los débiles y los degenerados no cuenta. Y, por otra parte, usted no puede admitir eso. Le atrae el monstruo, sin duda le atrae y su deber es hacer cumplir una ley que a él no le atañe. Un crimen perfecto no es aquel que se resuelve con un falso culpable; un crimen perfecto es aquel al que, conociendo al asesino, no se le puede aplicar la ley de los débiles.

—Pero eso es imposible; la ley es para todos.

—Él le demostrará que no.

—Si el duelo es entre el monstruo y yo, ¿qué pinta el joven Pablo y por qué?

—Contestaré a sus dos preguntas. En cuanto a la primera, y según sus leyes, alguien tiene que ir al patíbulo. Y en cuanto a la segunda, son muy pocos, poquísimos, los hombres capaces de encontrar una idea nueva e incluso de decir algo nuevo. Ese pintor es uno de ellos... pero hay ideas que no merecen ver la luz.

—Por lo que veo, conoce usted su obra.

—Y Jack también —contestó—. Tenemos dos artistas y un sabueso. No me diga que no es un duelo extraordinario. Por eso le mandé llamar; usted no podía perdérselo. —Hizo otra nueva pausa y concluyó—: Tal vez el muchacho quede libre, pero sus ojos verán el horror y nunca volverá a ser el mismo.

—A lo mejor se equivoca. A lo mejor Jack le muestra el pozo de su inhumanidad pero que el agua que extraiga el muchacho sea la de una mirada limpia, una nueva forma bella y compasiva con el mundo.

—Lo bello es feo y lo feo es bello —dijo Sitwell citando a Shakespeare—. Y ahora, señores, si no se les ofrece nada más, creo que hemos terminado.

54

El sanatorio

El sanatorio del doctor Paulí, dedicado a la curación de enfermedades venéreas, se levantaba en unos terrenos por urbanizar cerca de la calle de Casanova. Hacia él se dirigieron aquella mañana el joven Picasso y su amigo Pallarés después de pasar por casa de Ricardo Sitwell. Cuando preguntaron por él nadie les dio respuesta. Estaba enfermo, dijo el mayordomo, y no estaba autorizado para facilitarles la dirección de la clínica. Manolo se las ingenió para ver a Clara, su amiga del servicio doméstico. La chica les facilitó la dirección.

El sanatorio estaba muy cerca del Hospital Clínico, cuya primera piedra se había puesto el 25 de junio de 1895; pero el proyecto del arquitecto Josep Domènech i Estapà aún iba a tardar once años en terminarse sobre aquellos terrenos adquiridos conjuntamente por la Diputación y el Ayuntamiento de la ciudad.

Pablo Picasso y Manuel Pallarés fueron atendidos por un médico bastante joven, que les hizo pasar a una pequeña salita. Todo olía a nuevo y las modernas instalaciones, así como el abundante servicio, daban una idea del tipo de enfermos que atendía la institución.

—¿Y dicen ustedes que son amigos de Ricardo? —preguntó el médico después de indicarles que tomaran asiento.

—Muy amigos; estudiamos juntos en la Lonja —dijo Pallarés.

—Hemos preguntado a la familia y nos han dicho que le haría bien la visita de sus amigos —mintió Pablo.

Al doctor le parecieron dos jóvenes simpáticos, algo bohemios en el vestir, pero no se podía esperar más de dos jóvenes dedicados a la pintura.

—¿Cómo se encuentra? —preguntó Pablo.

—Bastante mal, presenta un cuadro complicado.

El doctor pasó a relatarles brevemente el estado del enfermo. En su opinión, la sífilis no era el mayor de sus problemas, pues aún no había entrado en su fase terciaria. Lo verdaderamente grave era la tuberculosis galopante que padecía.

—¿Es muy grave? —preguntó Pallarés.

—Presenta el cuadro típico —se animó a ilustrarles el médico—: tos seca, expectoración mucosa, inspiración ruidosa y espiración prolongada, seguido de estertores, fiebre, pérdida de apetito, sudores matutinos y coquexia progresiva.

—Pero ¿se curará? —preguntó Pablo, que no había entendido algunos de los síntomas relatados por el doctor, pero que le parecían numerosos.

—La tuberculosis es curable con reposo, sobrealimentación y viviendo en lugares de cierta altura.

—¿Como la clínica? —preguntó Pallarés.

—Sí, pero en mi opinión no debería estar aquí. Todo se complica y, además, están las alucinaciones; dice cosas que no tienen ningún sentido. Les confieso que nunca había visto un cuadro tan complicado.

—¿Y dice usted que éste no es el lugar apropiado?

—Creo que, en contra de la opinión familiar, estaría mejor tratado en un hospital de infecciosos; pero haremos todo lo posible.

El análisis del doctor no dejaba mucho margen para la esperanza.

—Si quieren ustedes verle, una enfermera les acompañará hasta su habitación. Pero no le incomoden en exceso; lo que más necesita es reposo. Tenemos a una monja todo el día en la habitación; no conviene dejarlo solo.

—¿Por qué?

—Ya les digo, padece también de tristeza y de melancolía y eso no sabemos cómo tratarlo aquí. Un doctor ajeno a nuestra institución viene, por indicación de su padre, a tratarle sus trastornos mentales. A veces no entendemos lo que dice y entra en estados violentos en los que no conoce a nadie.

La enfermera les acompañó por un largo pasillo hasta llegar a la habitación. Pablo y Pallarés entraron.

—Diez minutos —dijo la enfermera, que se quedó fuera, esperando, después de cerrar la puerta.

Una monja, tal como había dicho el doctor, le hacía compañía. Los jóvenes la saludaron y la monja salió al pasillo. Ricardo estaba sentado al pie de la cama, con la vista fija en la ventana. Se les presentó delgado y demacrado, vestido con un camisón blanco. Su aspecto era el de un enfermo sin esperanza alguna.

—¿Cómo estás, Ricardo? —dijo Pablo.

—¡Pablo!... ¡Has venido a verme! —exclamó Ricardo saliendo de su ensimismamiento.

—Hola —dijo Pallarés.

—¡Hola, Manolo! ¡Mis buenos amigos! —Y dirigiéndose a este último, dijo—: Pablo ha venido a ver mis dibujos. ¿Son buenos, Pablo?

—Son muy buenos.

—¿Por qué has tardado tanto en decírmelo?

—Ya sabes cómo soy. Pero sí, son muy buenos. ¿Cómo estás?

—Mal. ¿De verdad te gustan mis dibujos? —Sin esperar respuesta y dirigiéndose a Pallarés, afirmó—: A Pablo le gustan; dice que son buenos.

—Y a mí también me gustan.

Los dos amigos se miraron. Ricardo no sólo estaba enfermo, sino que se le había ido la cabeza.

—Quería preguntarte algo —le dijo Pablo.

—¿Sobre mis dibujos? ¡Pregunta, pregunta!

—No, sobre mi estudio. La última vez que viniste, ¿cogiste algo de él? ¿Te llevaste un cuaderno y un cuchillo?

—Un cuaderno y un cuchillo. Un cuaderno y un cuchillo —repitió como un niño.

—Sí, eso he dicho. ¿Te los llevaste tú?... ¿Alguien te pidió que lo hicieras?

—No, nadie... ¡Un cuaderno y un cuchillo! —repitió una y otra vez.

—Ricardo, es muy importante que recuerdes —insistió.

—No le sacarás nada, Pablo. Está más fuera de este mundo que dentro. Ricardo no puede ser un asesino.

Aquella última palabra pronunciada por Pallarés pareció sacudir el ánimo de Ricardo. Su tono se elevó, al igual que su nerviosismo.

—¡Un asesino!... ¡Un asesino!... La sangre... ¡La sangre!... Ha vuelto a empezar... padre —empezó a gritar en estado convulso.

—¿Qué estás diciendo?

—¡Tienes que olvidarlo!... Yo te protegeré... ¡La sangre!... Un demonio... Pero me levanté... ¡La sangre!... ¡La sangre!... ¡Por todas partes, la sangre!

—¿Qué estás diciendo?... ¿De qué han de protegerte?... ¿Qué has hecho, Ricardo? —dijo zarandeándolo—. ¿De qué, Ricardo?... ¿Fuiste tú?

Ricardo gritaba cada vez más sin atender a Pablo, mientras

éste continuaba zarandeándolo por los hombros, intentando que sus palabras tuvieran algún sentido.

—¡Déjalo! —le ordenó Pallarés—. ¿No comprendes que es imposible? ¡Está aquí, encerrado! ¡Encerrado y enfermo!

Pero Pablo no le oía; increpaba más y más a Ricardo, que se agitaba llorando y gritando cosas sin sentido.

En ese momento se abrió la puerta y entraron la monja y la enfermera, que no habían podido dejar de oír aquellos gritos. Al ver a Pablo zarandeando al enfermo, que había empezado a toser y a ahogarse, se abalanzaron furiosas sobre él intentando separarle del enfermo.

—¿Qué hace usted? ¿Se ha vuelto loco?... ¡Suéltelo!

Pallarés también intentó separar a su amigo, mientras se dirigía a las mujeres.

—No pasa nada. Ricardo se ahogaba y Pablo intentó ayudarlo. Eso es todo.

Pero no logró convencer a las dos mujeres.

—¡Salgan de aquí enseguida!

—¡La sangre!... ¡La sangre!... —continuaba gritando Ricardo entre furiosos golpes de tos.

—¡Fuera o avisaremos a la policía!

Ganaron la salida sin mirar atrás. Pablo estaba furioso y Pallarés también, pero por su amigo.

Se alejaron unos metros de la clínica y Pallarés estalló.

—¿Te has vuelto loco? ¡Casi lo rematas ahí dentro!

—Pero ¿le has oído?

—¡Sí! ¡Le he oído! He oído a un loco que desvariaba como un poseso... ¡Pero ese tarado no puede ser un asesino, Pablo! ¡No puede ser!

—¿Y entonces tú qué crees?

Pallarés intentó recuperar la calma.

—Que debes ver a Arrow y contárselo; él sacará las conclusiones. Eso es lo que yo creo.

55

Amadeu Centelles

El policía decidió liarse un cigarrillo para entretener su guardia. Llevaba horas allí, al otro lado de la calle y vigilando el portal, y sólo esperaba la hora del relevo. Iba para largo. Aún le faltaban cuatro horas hasta que llegara su compañero.

En el piso de la puta aún había luz. Le hubiera gustado subir y echarle un par de casquetes; sólo por saber cómo olía una puta que sólo atendía a clientes con posibles. Si no, ¿por qué coño iba a estar vigilándola? Es verdad que se estaban cargado a todas las chicas de aquel piso en plan salvaje; pero también se morían las desgraciadas que se lo hacían en la calle y nadie se preocupaba de ellas. Esas pobres no morían degolladas por un cuchillo, sino por el hambre, las palizas y las enfermedades.

No podía negar que era un servicio tranquilo; demasiado tranquilo para un hombre de acción como él. Para un viejo marino que las había pasado canutas en la escuadra del Atlántico hasta que los echaron de aquella maldita isla. Pero ¡qué tiempos aquellos, a las órdenes del almirante Cervera!

Que se hiciera a la mar, dijeron. ¡Fue una mala orden por parte del maldito gobierno de Madrid! Y así lo hizo Cervera, con la seguridad de que navegaba hacia una total destrucción. Ni siquiera se llegó a luchar porque los acorazados *yankees* destruían las naves una a una, a medida que salían del puerto de Santiago de Cuba, disparando sus cañones sobre ellas como quien tiraba al blanco, como el que caza conejos, mientras las balas de corto alcance de los inútiles barcos españoles se perdían en la mar, sin rozarles siquiera.

Entonces Cervera le ordenó que mandara el seco y escueto telegrama: «Hemos perdido todo».

Y allí estaba él, un año después. Él, Amadeu Centelles, antiguo telegrafista del gran almirante, metido a policía y vigilando el portal de un prostíbulo.

¡Había que joderse!

Mientras apuraba el cigarro, volvió a pensar en la mujer de arriba, a fantasear con ella. La mujer aún tenía la luz encendida, posiblemente se iría a la cama pronto, tal vez desnuda. Entre sábanas limpias. Antes se habría mirado al espejo, se habría peinado su larga cabellera cayéndole por sus hombros al descubierto, se habría quitado las ligas y... ¡Joder! ¡No había echado un buen polvo desde que salió de Cuba!

Arrojó la colilla al suelo con desgana. Lejos quedaban ya aquellos sensacionales puros habanos que, de vez en cuando, le pasaba el almirante. «Fume usted, Centelles; fume usted. Que puede que sea el último», le decía.

Fue a echarle el pie a la colilla cuando notó que algo le penetraba en la espalda por el lado izquierdo. Fue un breve pinchazo, una sensación fría que entró en él y se alejó con rapidez. Aún tuvo tiempo de volverse. No vio al hombre, pues se le nubló la vista, pero sí la hoja de metal ensangrentada que sostenía su mano a un paso de sus ojos cuando cayó de rodillas.

«¡Hay que joderse!», pensó por última vez antes de cerrar los ojos para siempre.

Llamaron al portal varias veces. Benigna se sobresaltó y miró por la ventana. El policía no se encontraba frente a la casa y eso la inquietó. Volvieron a llamar. Benigna se asomó a la ventana; entonces lo vio y lo reconoció. Tan elegante como siempre, con su sombrero y su abrigo. Salió a la escalera y tiró de la cuerda que abría la puerta de la calle. Entró en casa, tenía unos segundos para darse unos toques en el pelo y ponerse algo atractivo mientras él subía la escalera.

Llamaron a la puerta y salió a recibirle con su mejor sonrisa. En realidad había estado todo el día intranquila y no deseaba pasar la noche sola.

Cuando abrió se le heló el corazón y la sonrisa. La noche se desplegó ante ella.

Una noche eterna, gélida, solitaria.

Ni siquiera le dio tiempo a gritar.

56

La cuarta víctima

—¿Quién dio el aviso? —preguntó Arrow.

—El policía que vino a relevarle esta mañana. Encontró el cuerpo de su compañero en el callejón del Pou. Le habían atravesado el corazón.

Un reguero de sangre iba desde el pasillo hasta la habitación de Benigna, donde, sobre la cama, se encontraba el cuerpo sin vida de la desgraciada.

—Esto no tiene nombre. Es el peor de los crímenes —dijo el médico forense.

Arrow recorrió el pasillo abriéndose paso entre los policías. No sólo el suelo, sino las paredes estaban llenas de sangre.

—La mujer corrió hasta su habitación y, en su huida, lo dejó todo como lo vemos. ¡Dios, cuánta sangre puede tener un cuerpo humano! —exclamó el forense mirando hacia otro lado—. La degolló de frente, impidiéndole gritar —añadió.

—Y él la persiguió mientras la acribillaba a puñaladas —dijo Arrow.

—No llegó a la habitación —añadió el forense señalando un lugar del pasillo—. Cayó aquí y el asesino la levantó y la llevó hasta la cama.

—¿Aún con vida?

—No lo sé. Posiblemente. Sígame y verá. Es algo difícil de contar, se lo aseguro —dijo.

Seguí a Arrow y al doctor por el largo pasillo hasta la habitación de la infortunada.

Lo que había en la cama no era un cuerpo, sino un despojo humano sobre un charco de sangre, rodeado de vísceras sanguinolentas. El cadáver de la pobre mujer estaba tendido sobre el lado izquierdo, vestía un camisón enteramente desgarrado y empapado de sangre que impedía adivinar su color original y que tenía recogido sobre el pecho. Al igual que a las otras, le había cortado el abdomen desde el esternón hasta los genitales y la parte superior de los muslos. Tenía heridas y puñaladas por todas partes.

—Se ha llevado la mitad del útero y el hígado —dijo el médico.

También le arrancó los intestinos, pero no se los llevó; el monstruo los había arrojado a los pies de la cama.

—¡Joder! ¡Qué salvajismo! Es peor que las otras. El monstruo ha tenido tiempo de regodearse en su crimen —dije.

—Sí; cada vez es más audaz, si se puede utilizar dicho término en este caso, y mucho más salvaje y sanguinario —añadió el forense.

—La bestia, para experimentar la misma emoción y su ansia de poder, necesita aumentar la brutalidad de sus acciones —dijo Arrow.

—¿Por qué ese ensañamiento en los órganos sexuales? —preguntó el forense a Arrow.

Pero eso no era lo que, en este caso, había llamado la atención de Arrow; no era el acto brutal de cortar y sacar la vagina y la mayor parte de la vejiga, los ovarios y otros órganos internos, sino la desfiguración espantosa de la cara de la víctima. Y así nos lo hizo notar al forense y a mí mismo.

Su rostro era una masa amorfa e irreconocible. Tenía múltiples cortes en la cara, como pinceladas rápidas, nerviosas pero de gran precisión. Una incisión en el caballete de la nariz crecía hasta la mandíbula izquierda, traspasándole la mejilla y dejando el hueso al descubierto. Le había arrancado la piel, cortado la nariz y las orejas y sacado los ojos a puñaladas. Una cuchillada en la boca le alcanzó las encías, además de cortarle los labios y ponerlos sobre la almohada.

—Ese animal la ha dejado del todo irreconocible —dije yo.

—Este salvaje o es médico o tiene conocimientos de anatomía —dijo el forense.

—No, no es médico; pero tiene usted razón en que se trata de un salvaje. Por lo demás, esta desfiguración no le llevó más de diez minutos. Por los cortes y puñaladas lo hizo rápidamente, con saña y brutalidad. Es como si hubiera trazado los últimos compases de su macabra sinfonía sobre el rostro de esta pobre mujer. Fue lo último que hizo, y lo hizo como un poseso y, ya digo, con rapidez. —Arrow se detuvo y luego añadió—: Mutilar así es algo subjetivo e individual.

—¿Subjetivo e individual? ¿Qué diablos está diciendo?

—Que el rostro es la persona, como decía una gran escritora cuyo nombre no recuerdo. Y, aunque no siempre es así, se llega a este grado de violencia cuando el asesino y la víctima se conocen. Como decía dicha escritora, existe cierta semejanza entre el artista que destruye un cuadro que ha llegado a odiar y el asesino que destruye la cara de su víctima.

—Si no se explica usted mejor… —añadí yo.

—Ha querido borrar su rostro literalmente, con una energía, un brío y una violencia fuera de todo límite hasta lograr que su bello rostro no fuera deseable. Lo que ha hecho esta bestia ha sido destruir un objeto de deseo, bien por frustración, bien por ira, porque no podía poseerlo o porque deseaba borrarlo de la faz de la tierra. Su frustración debe ser desesperada y humillante, por eso cada vez es más brutal.

—No me interesa la maldita alma de este asesino —aseveró el forense—. Lo que debe hacer es encerrarlo antes de que vuelva a actuar.

—Tampoco a mí me interesa. Pero intento saber cómo piensa para atraparlo cuanto antes.

—¡Pues ya tarda usted demasiado! —bramó una voz.

Era el gobernador civil quien dijo aquella frase mientras intentaba abrirse paso y entrar en la habitación. Arrow avanzó hacia él y se interpuso en su camino.

—No creo que deba usted entrar.

—¡Apártese! ¡Necesito verla!

Lanzó aquellas dos frases como un grito tan desgarrado que nos heló el corazón. Arrow, frente a él, dudó. El gobernador estaba desencajado y pálido; un padecimiento ciclópeo se dibujaba en su rostro y en sus ojos vidriosos.

—Apártese, por favor —repitió.

Arrow se echó a un lado.

—No debería usted estar aquí —le dijo.

Pero el gobernador no le oía. Cuando vio aquella escena un gran dolor se apoderó de él. Allí estaba ella, la única mujer que había querido en este mundo, sacrificada como un animal indefenso. El suelo se movió bajo sus pies.

—Ayúdeme, por favor —dijo sujetándose en mí como un huérfano apaleado.

—Señor, salgamos de aquí —le dije.

Y le acompañé hasta otra habitación. Le senté en una cama y le desabroché la corbata. El gobernador respiraba con dificultad y las lágrimas inundaron su rostro.

—¿Está bien?

No contestó.

Se quedó allí, en silencio, con la mirada perdida. Debo confesar que hacía mucho tiempo que no veía tanto dolor, abatimiento y desconsuelo en un hombre. Le dejé allí, estremecido y hundido en su sufrimiento, y regresé a la otra habitación.

Habían encontrado un arma.

El cuchillo estaba oculto bajo una de las almohadas; lo encontró el forense. Era de una sola hoja, de unos quince centímetros, manchados con restos de sangre tanto la hoja como el mango. Arrow lo estaba envolviendo con cuidado cuando entré en la habitación.

—Hemos encontrado el cuchillo —me dijo el forense.

—Un cuchillo —puntualizó Arrow.

—¿No cree usted que se trate del arma del delito? —preguntó asombrado el forense.

—Eso es lo que debemos averiguar. A simple vista hay algo que no me cuadra.

—¿A qué se refiere usted?

—Siga con sus explicaciones —dijo Arrow.

—Le estaba diciendo al inspector Arrow, cuando usted abandonó la habitación, que la causa de la muerte fue un corte en el cuello de unos quince o diecisiete centímetros —dijo señalando la herida en el cuerpo de la víctima y añadiendo—: comenzó a la altura de la oreja izquierda y, como podemos ver, terminó a unos seis o siete centímetros por debajo de la oreja derecha. Yo diría que el corte atravesó la laringe, las cuerdas vocales y llegó hasta el cartílago intervertebral. La mataron de frente, como dije en un principio.

—Pero ¿dijo usted que la víctima recorrió parte del pasillo?

—Sí, eso dije. Porque se trata de un segundo corte. Hay uno primero menos profundo y que seguramente se lo asestó en el momento en que la mujer abrió la puerta. Posiblemente se llevaría la mano al cuello, huiría por el pasillo, fue alcanzada hacia la mitad; entonces ella se dio la vuelta o el asesino la obligó a hacerlo y la volvió a herir, esta vez mortalmente. Luego la llevó hasta la habitación. ¿Qué opina usted del cuchillo? ¿No cree usted que sea el arma?

—No me lo parece. Mire usted estas heridas —dijo acercándose a la víctima e invitando al forense también a hacerlo. No parecen unas heridas hechas con un simple cuchillo. El que hemos encontrado es tosco, de campo, de un solo filo.

—Pero la hoja tiene la longitud de las heridas infligidas a las cuatro víctimas. Además, se da la circunstancia de que lo hemos encontrado junto al cadáver de la última víctima. ¿Cómo puede usted olvidar eso?

—Porque posiblemente se trata de una prueba falsa; de una falsa pista, mi querido amigo.

—¿Y qué sentido tiene?

—El sentido de añadir cierta confusión en la investigación. El sentido de hacernos buscar donde no debemos. Ése es el sentido de una falsa prueba —volvió a repetir con solidez.

—¿Y qué sugiere usted? —pregunté con el deseo de sumarme a la conversación.

—No sugiero, sino que afirmo que ese cuchillo, por otro lado vulgar y corriente y con un mango inapropiado para los crímenes, y con un solo filo, no es el arma del delito.

—Pero estaba manchado de sangre y, a simple vista, contiene tejidos de la víctima; seguramente, cuando sea analizado por ustedes, tal vez aparezca alguna huella del asesino.

—Es evidente que lo han usado para apuñalar a la víctima y, con seguridad, la autopsia determinará que hay heridas hechas por dos armas diferentes. Sí, es cierto, la han apuñalado con este cuchillo tal vez dos o tres veces, como digo la autopsia lo confirmará, pero lo hicieron cuando ya habían matado a la chica y después de mutilarla de esta forma tan horrible.

Yo sabía adónde quería llegar Arrow. Aquel cuchillo implicaba directamente al joven Picasso en los asesinatos; era su cuchillo. Y Steven no estaba dispuesto a admitirlo ni a dejarse engañar. Pero eso el forense no podía saberlo.

—El arma que estamos buscando, la que en realidad ha acabado con la vida de cuatro mujeres, es una daga de doble hoja, fuerte, puntiaguda, de unos diecisiete centímetros, con un mango grande que protege la mano del asesino y afilada como un estilete. La misma que penetró en el corazón del pobre policía que hemos encontrado aquí abajo, y que atravesó sus ropas con facilidad. Un arma capaz de cortar limpiamente las vestiduras de estas desafortunadas. Como pueden observar, nada que ver con un cuchillo como el que hemos encontrado bajo la almohada. La autopsia, como usted bien dice, confirmará que tengo razón —terminó diciendo Arrow para redondear su argumento.

El inspector jefe Fonte hizo su aparición en ese momento; iba acompañado de dos inspectores. Arrow no le dio tiempo a abrir la boca.

—Usted y yo debemos tener una conversación. El forense le pondrá en antecedentes de todo. ¿Me acompaña, Sherrinford?

57

El gobernador

Entramos en un establecimiento que acababa de abrir sus puertas al público y pedimos café bien cargado. Nos situamos junto a una de las ventanas que daba a la calle y Arrow no pronunció palabra mientras avanzaba la mañana.

Se encontraba hondamente afectado y la llegada del gobernador al lugar del crimen le había alterado y conmovido.

—¿Le vio usted, Sherrinford? Aquel pobre hombre estaba profundamente enamorado.

—¿Se refiere usted al gobernador? Sí, lo estaba. Un hombre con un temple curtido en mil luchas y combates y, sin embargo, se desmoronó, se vino abajo como un crío.

Arrow apuró su café con un gesto de fastidio.

—Vámonos, Sherrinford; ya han abierto —dijo levantándose después de dejar caer unas monedas sobre la mesa.

—¿Qué han abierto?

Creo que Arrow no me oyó, pues ya se encontraba en la puerta de salida.

Cruzamos el paseo central del Borne hasta el otro lado y entramos en una tienda de tejidos donde vendían todo tipo de géneros y paños. Arrow compró un traje de trabajo de los usados por los estibadores del puerto, de tela tosca y gruesa, y una gorra a juego.

Se lo envolvieron todo en un paquete y pagó.

—¿Para qué ha comprado usted esas ropas? No irá usted a disfrazarse otra vez.

—Descubrí esta tienda en mis andanzas por el barrio; como ha visto, está especializada en la fabricación de piezas y prendas de trabajo a buen precio. Y está usted en lo cierto: son para disfrazarme.

—¿Con qué objeto? ¿Dónde vamos? —pregunté intrigado.

—Usted a ninguna parte. Necesito hacer algunas comprobaciones en el muelle y conviene ser discretos.

Después de estas últimas palabras, sobre las que no me proporcionó más información en ese momento, tomamos un coche.

—Usted se quedará en el hotel.

—Sí, ya entendí que no quiere que le acompañe —afirmé molesto.

—Seguramente recibiremos la visita del joven Picasso y alguien ha de estar para recibirle.

—¿Por qué cree que vendrá?

—Porque con toda probabilidad ya habrá recibido otro macabro regalo y, después de lo de esta mañana, necesita más que nunca nuestra ayuda.

No era el joven Picasso quien nos esperaba en la entrada del hotel, sino el gobernador civil. Llevaba un buen rato, nos informó el recepcionista.

—Yo subiré a la habitación, si le parece —dije, con la intención de dejarles a solas.

—Como usted quiera, Sherrinford.

Lamenté apartarme de Arrow, pero yo sabía lo que era perder a un ser querido y más cuando uno se adentra en el otoño de la vida. Al mirar a aquel hombre no pude evitar recordar a mi amada Mary, por eso dejé a Steven solo.

Posteriormente, mi compañero me contó la conversación.

—Soy un hombre curtido —había dicho el gobernador tras indicar a Arrow que tomara asiento en el sillón de enfrente—, un militar de carrera que ha ascendido después de cada batalla, y fueron muchas. Como le digo, luché en Cuba y he sido gobernador general de Puerto Rico. He visto muchas cosas a lo largo de mi vida y en todos los lugares en los que he estado. Me casé; no fue un matrimonio feliz, pero sí digno, nos guardábamos el respeto y la compostura hasta que ella falleció. Tengo un hijo a quien quiero, pero que no sé dónde está y al que le soy indiferente. Pero la vida es así, señor Arrow. Cuando se perdieron las colonias, indignado por la furia y la vergüenza, pedí un destino en mi ciudad. Me lo debían. El gobierno, por real decreto acordado en Consejo de Ministros, después de más de veinticinco años de servicio activo en defensa de mi país, me otorgó el nombramiento de gobernador civil. Yo mando en la ciudad, o al menos eso quieren que crea, soy el jefe de la provincia, el superior jerárquico del alcalde; de los ayuntamientos y de las diputaciones, y represento al gobierno de la nación. Pero no me engaño. Yo sé quiénes son los que mandan aquí y en todas partes. Nací en el barrio de la Ribera y nunca seré uno de ellos pero, ¿sabe qué? ¡Me importa una higa! —El viejo general había hecho una breve pausa y continuó—: Ella era lo único que me importaba. ¿Sabe usted lo que es estar enamorado a mi edad? No, usted no puede saberlo porque aún es joven, ya verá dentro de diez años. Pero lo importante era que ella me amaba y eso sí que nunca pude llegar a imaginar que pudiera ocurrirme. A estas alturas poco me importaba su oficio o si había o no otros hombres. Uno, cuando llega a viejo, termina perdonándolo todo, excepto la crueldad, la deslealtad o el fanatismo. Benigna y yo vivíamos nuestra relación como ella deseaba. No soy hombre de apariencias y, se lo aseguro, de aceptar Benigna, me hubiera casado y ella hubiera continuado haciendo lo que le diera la gana. No soy de esos amantes que, cuando buscan la felicidad de la amada, la confunden con la propia.

Arrow reconoció la última frase. El rostro del general se había ensombrecido.

—Y ahora me la han matado —había continuado con voz apenada; pero su tono dio un giro impetuoso, duro y enérgico—: Quiero que le atrape para poder matarlo con mis propias manos. Voy a convertirme en su sombra, señor Arrow. Su asesino no es de mi barrio, ni un loco ni un desgraciado. Y ahora dígame: ¿qué sabe usted?

Tal vez porque el relato de aquel viejo le había emocionado, o porque se reconoció o vio algo de sí mismo en él, Arrow hizo algo que jamás había hecho: adelantar sus sospechas y contarlas.

Subió a la habitación después de despedirse del gobernador y, mientras me informaba de cómo había ido el encuentro, se cambió de ropa en la otra habitación que comunicaba con la mía.

—¿Y le ha dado usted el nombre de un sospechoso sin tener todas las pruebas?

—Estoy prácticamente seguro —dijo.

No le reconocí cuando salió vestido de trabajador portuario. Pero eso me pasaba siempre: jamás le reconocía.

—¡Diablos, Arrow! ¡Nadie diría que es usted!

—Gracias, Sherrinford; de eso se trata.

Pero yo volví al tema que había sido interrumpido cuando salió disfrazado.

—Si estuviera usted del todo seguro no iría vestido así.

—No dije del todo; sino prácticamente. Por favor, Sherrinford, no me sermonee.

—¿Y dónde va usted?

—Ya le dije, al muelle a hacer ciertas comprobaciones. Regresaré en un par de horas.

—Estaré esperándole.

Y eso hice, no sin antes dar un corto paseo por los alrededores del hotel para despejarme de los brutales acontecimientos del día y de los cuales aún no me había repuesto. Regresé al hotel veinte minutos después.

Arrow no tardó dos horas en regresar, sino alrededor de tres y media. Y se le veía satisfecho.

—¿Dónde ha estado? Es casi la hora del almuerzo.

—Permítame que me cambie y le informaré en el comedor. Debemos darnos prisa, pues, como sabe, debo ver al inspector Fonte.

Minutos después ocupábamos una mesa en el comedor y mi amigo pasó a relatarme lo que había hecho durante gran parte de la mañana. Al parecer, había localizado el almacén donde se cometieron tres de los cuatro crímenes. Un tinglado dedicado a almacenar carbón de hulla para la exportación; hulla con la misma composición que la de las manchas encontradas en las chicas.

—¿Y sabe lo más asombroso? —preguntó mientras avanzaba en el postre.

—No para usted, puesto que ya albergaba ciertas sospechas.

—Como siempre, mi querido amigo, está usted en lo cierto en casi todo lo referente a mí. Mis sospechas se confirmaron: la empresa de exportación propietaria del almacén es de Sitwell.

—¿Y cree usted...?

—Que debemos detenerle e interrogarle. ¿Recuerda usted lo que nos contó el periodista de *La Vanguardia* referente a la estancia del duque de Clarence en Barcelona?

—Sí, por supuesto.

—Ocurrió poco después de los asesinatos de Jack en Londres. Imaginemos por un instante e intentemos reconstruir lo siguiente: palacio de Windsor, 1889; cierto caballero, amigo personal de la Corona e industrial con negocios en Barcelona, es llamado a palacio. ¿Cómo cree usted que sería dicha entrevista?

—¿Me pongo en el lugar de la reina o en el del caballero?

—Yo seré la reina y empezaré diciendo: «Muchos son los servicios que habéis prestado a la Corona. Es hora de que esto acabe».

—Estoy a vuestro servicio, majestad —dije poniéndome en el lugar del misterioso caballero.

—Mi nieto tiene que desaparecer por un tiempo. Esto no debe continuar —dijo Arrow.

Intenté pensar en lo que diría el caballero y dije:

—Todo ha salido como esperábamos. La Corona está a salvo.

—No quiero saber lo que, por mi rango, no debo saber. Me basta con su palabra de que todo está en orden.

—Lo está, majestad.

—¿Era necesario?

«¡Diablos!, ¿qué digo?», pensé.

—No se detenga, Sherrinford. Dele libertad a su mente. Como en las buenas novelas, la situación proporciona un buen diálogo... ¿Era necesario? —volvió a repetir.

—Lo era, majestad; por el bien del Imperio. Pero tiene razón, majestad: mejor mantenerse al margen. Todo ha concluido.

Esta parte de mi diálogo improvisado satisfizo a Arrow. Me envalentoné y añadí:

—El duque no vivirá mucho tiempo, está gravemente enfermo: la sífilis le devora. No he sabido preservar a mi amigo.

—¿Eso lo dice o lo piensa? ¡Olvida, Sherrinford, que soy la reina de Inglaterra!

—Lo pienso... lo pienso... por supuesto —añadí tembloroso ante la ira de Su Majestad.

—No se sienta culpable. Su fin tiene que ver con su vida

disipada. No se podía esperar otra cosa de él. Siempre fue un carácter débil e inestable. He trabajado durante años por mi país y por el Imperio y estoy cansada, muy cansada. Mataría a mi propio hijo si no estuviera a la altura de su destino.

El coraje de la reina me impresionó.

—Como reina —añadió Arrow—, tampoco se lo he dicho; sino que lo he pensado. —Arrow se separó de la mesa y se puso en pie—. Y ahora, mi buen amigo, debemos hablar con Fonte; debe aclararnos ciertos puntos y cerraremos el caso, ¿me acompaña usted?

—No me lo perdería por nada del mundo.

58

Todo es inútil

Llevaban un buen rato discutiendo. Fonte era inamovible; como predispuesto de antemano a no dejarse convencer o, al menos, considerar alguno de los argumentos de Arrow. Estaba harto de aquel inglés arrogante incapaz de resolver nada.

—Usted me ocultó información; me la ocultó deliberadamente —insistió Arrow.

—Esos crímenes del 90 sin resolver. ¡Quién puede pensar que tengan algo que ver con los actuales después de tanto tiempo! Y ahora viene usted con sus teorías diciendo que se trata del mismo asesino y de los mismos métodos. Y no sólo eso, sino que casi me ordena que detenga a sir Richard Sitwell... Pero ¿se ha vuelto usted loco?

—Sé perfectamente lo que he dicho y, además, he aportado pruebas.

—¿Pruebas? ¿Qué pruebas? ¿Que es el dueño de un almacén en el que según usted se han cometido tres de los asesinatos? ¿Que es inglés? ¿Que se ajusta al contorno del asesino? ¿Que tiene la misma complexión? ¿Que su hijo es condiscípulo y amigo de Picasso? ¿Que se parece al tipo de la fotografía que le entregó el gacetillero de *La Vanguardia*?... Sé que fue usted a molestarlo con sus preguntas impertinentes de sabelotodo y que terminó acusándole.

—Usted ridiculiza deliberadamente todo lo que digo. En cuanto a Sitwell, estuvimos jugando al ratón y al gato. Pero sé que es él. ¡Deténgalo y cesarán los crímenes! ¡Salvará usted a la chica!

—¡Usted está loco!... ¿Sabe quién es ese hombre? ¿Lo que representa?... Si él quisiera podría borrarnos a ambos de un plumazo de la faz de la tierra.

—¿No va usted a mover un dedo?

Fonte no contestó. Arrow lo comprendió todo. Estaba allí para nada. Jack había ordenado su llegada sólo para darse el gusto de jugar con él. Se lo dijo cuando le sacó del agua; cuando le ayudó en el puerto: «El juego continúa». El mejor caso no es el que se resuelve con un falso culpable, sino cuando se sabe la verdad y todos miran para otro lado porque el peso de la justicia no es igual para todos. Y estaba a punto de descubrirlo.

—No va usted a mover ni un dedo, ¿verdad? —volvió a repetir.

—Aunque fuera cierto lo que usted dice... no, no lo movería.

Hubo un largo silencio. Los dos hombres no dejaron de mirarse a los ojos. Pero en los de Fonte no había ni un atisbo de virtud, duda, clemencia o compunción. Hacía mucho tiempo que había elegido en qué lado situarse.

—Mire, esta mañana encontró usted el arma homicida y no se le ocurrió otra cosa que desaparecer.

—No es el arma homicida y usted lo sabe.

—Es el arma, se lo digo yo. Y a usted, tanto como a mí, también le conviene creerlo.

—No es el arma con la que se cometieron los crímenes —repitió Arrow.

—Salga a la calle y detenga al pintor. Ambos sabemos que es su cuchillo.

—¿Y va usted a detener a un inocente?

—Alguien tiene que acabar en el garrote.

—Es usted un sujeto despreciable —dije yo que, hasta ese momento, me había mantenido al margen de la conversación. Pero ya no pude contenerme.

Ni siquiera se dirigió a mí, contestó mirando a Arrow, como si yo no existiera.

—No, sólo soy un funcionario lisiado que vela por no perder su trabajo. No se puede apuntar tan alto, Arrow; usted lo sabe, ¿recuerda?

Yo sabía a qué se refería aquel rufián con su última frase.

—Usted lo sabía: sabía quién era —afirmó Arrow.

—He estado comportándome deliberadamente como un imbécil delante de usted y de mis hombres... Pero no, no lo sabía. Lo que sí sospechaba era que se trataba de alguien intocable, por encima del bien y del mal. Términos como justicia o injusticia sólo sirven para gentes como nosotros o como ese infortunado pintor al que, no lo dude, el garrote le aplastará el cuello. Es inevitable.

Arrow se dio la vuelta y tomándome del brazo me dijo:

—Vamos, Sherrinford; antes de que vomite.

—¿Qué va usted a hacer? —preguntó Fonte.

Arrow salió sin contestar, tirando de mí.

—Es inútil, Arrow. Todo es inútil —dijo Abel Fonte.

59

Ocultarse

Arrow estaba realmente enfurecido cuando salimos a la calle. Le seguí aún con las palabras del jefe Fonte resonando en mi cabeza. Aquel malnacido estaba dispuesto a mandar a un inocente a la horca o como maldita sea se llamase el método para eliminar reos en aquella ciudad. Pero la iniquidad de Fonte era doble, pues dejaba a Carmen a merced del monstruo.

—Debemos poner a la chica a salvo —dije yo, que sabía lo que pasaba por su mente.

—Y al muchacho. Alejémonos de aquí.

Nos dirigimos al estudio del pintor en un coche.

—Fonte no detendrá a Picasso hasta que el monstruo cometa su último crimen —le dije.

—Por eso quiero que cuando lleguemos no se separe del muchacho, que vayan a buscar a Carmen y a su hijo, que se oculten en un lugar seguro hasta que yo llegue.

—¿Y qué va usted a hacer?

—Capturar al monstruo.

El coche se detuvo.

—Usted ha llegado, Sherrinford. Yo continúo —dijo, tras indicarme que nos reuniríamos esa noche en nuestro hotel después de haber dejado a la pareja a buen recaudo.

Entré en la tienda donde el joven pintor tenía su estudio mientras Arrow se alejaba en el simón.

Arrow se dirigió a la clínica del doctor Paulí. No permaneció mucho tiempo con Ricardo, pues el chico se moría, pero sí el suficiente para averiguar todo lo que quería saber.

Esperó un coche al salir de la clínica. Debía reunirse conmigo. Caía la tarde y decidió caminar hasta llegar a una zona de más tráfico.

Y entonces se hundió en la oscuridad.

60

Mi amo la espera

Carmen dejó al niño en casa de su vecina y, cuando salió al portal, volvió a arreglarse el cuello de su vestido y enfiló la calle con decisión hacia la casa de Benigna. Caminaba apresuradamente buscando el trayecto más corto. Ya estaba muy cerca de su destino cuando un desconocido la abordó.

—Mi amo la espera —le dijo aquel sujeto sin preámbulo alguno.

Carmen no se asustó a pesar de percibir en el feo rostro de aquel tipo una silenciosa hostilidad. Miró alrededor y, aunque empezaba a anochecer, había gente y bullicio en la calle.

—¿Quién es usted?

No contestó a su pregunta y se limitó a decir escuetamente y con tono amenazante:

—Le conviene acompañarme.

Por un instante Carmen dudó, antes de enfrentarse a él y exclamar:

—Yo no iré con usted a ninguna parte.

—Sí lo hará, porque de lo contrario no verá nunca más a su hijo —dijo el sucio individuo con una sonrisa maligna.

Carmen comprendió que estaba dispuesto a cumplir su amenaza. Había dejado al niño en buenas manos, pero de eso hacía más de diez minutos; el tiempo suficiente para que lo tuviera en su poder. Tal vez aquel hombre siniestro no estaba solo; tal vez vigilaron el momento de su partida para actuar de inmediato. Tenía ganas de gritar pero aquello no salvaría a su hijo.

El desconocido percibió todos los inquietos pensamientos de Carmen y su rostro se iluminó con una sensación de triunfo.

Carmen le siguió hasta llegar a un callejón amplio donde esperaba un coche.

61

La sombra

Le habían golpeado y abandonado en un callejón solitario. Se despertó cuando notó que alguien hurgaba en sus bolsillos. Le estaban robando.

Se quitó al ladrón de encima, un pobre desgraciado ya anciano, desastrado y borracho, y se incorporó. Salió del callejón. Aún conservaba su cartera y su pistola.

No tenía un segundo que perder.

Llegó al puerto casi sin resuello. Fue una carrera larga con la desesperación de llegar a tiempo. Había movimiento en el muelle de pescadores. Pero cuando se adentró en la zona de los almacenes, reinaba el silencio. Recorrió los callejones de mercancías con rapidez hasta que llegó a su destino.

Había un carruaje detenido frente al almacén.

Arrow se acercó a él con su pistola en la mano. En el pescante el conductor estaba muerto.

El detective se dirigió al almacén; la puerta estaba abierta y entró. No había mucha luz en su interior y avanzó unos pasos. Recorrió el almacén hasta el fondo mientras sus ojos se iban acostumbrando a aquella semioscuridad.

Vio lo que le pareció un cuerpo tendido en el suelo; era el de una mujer. Era Carmen. Junto a ella una figura se inclinaba; una figura como un gran cuervo negro, como una hiena hurgando en el interior de la chica y que le impedía ver lo que estaba ocurriendo. La figura se incorporó y se dio la vuelta. Tenía una enorme daga y sus manos, enfundadas en unos guantes blancos, estaban cubiertas de sangre. Arrojó la daga y los guantes junto al cadáver de la chica, y su sonido metálico al golpear contra el suelo le estremeció.

—Pase, Arrow. Le estaba esperando.

La figura se movía con naturalidad y encendió una lámpara que, hasta ese momento, dormía apagada sobre unas cajas y la depositó en el suelo.

—Como le digo, le esperaba. Aunque no tan pronto. Ha interrumpido usted mi trabajo.

Arrow se acercó a Carmen. Estaba horrorizado. Carmen yacía muerta en el suelo, degollada de un tajo, y aquel monstruo había iniciado su carnicería.

—No le traje para que me atrapara. Le mandé llamar para que fuera testigo de mi éxito. Ha llegado el día en que el crimen será más fuerte que la justicia. Empieza mi siglo, Arrow. Un siglo de atrocidades, se lo garantizo. Y lo que puedo asegurarle es que quedarán impunes. Fonte ya tiene a su asesino, yo tengo lo que quiero. Es hora de hacer mutis por el foro.

Las palabras llegaban al detective como un eco lejano, mientras miraba los ojos sin vida de aquella mujer que no merecía un final tan monstruoso. La miraba con dolor, y entonces la abrazó. La atrajo hacia sí mientras le abandonaba el alma.

—¡Qué le ha hecho! ¡Qué le ha hecho! —repetía para sí mismo mientras intentaba contener las lágrimas y la ira que le iba socavando el corazón y aquel tormento intenso que le impedía todo movimiento mientras el amor y la compasión que sentía ante el cuerpo humillado de su amada estaban a punto de escapársele en un grito desgarrado.

—¡Sufrir! Eso es lo que le he hecho; al igual que a las otras. Todas esas malditas mujerzuelas se lo merecían... ¡Si hubiera visto a la desafortunada de Benigna cuando me confundió con su patético amante!... Me da usted pena, Arrow; una mente como la suya. Un hombre tan excepcional y... enamorado de una maldita puta. ¡Qué decepción! Ni siquiera usted ha estado a mi altura. Y ahora todo ha acabado.

Arrow se incorporó después de dejar con suavidad el cuerpo de su Carmen sobre el suelo, casi con temor a despertarla. Después se enfrentó al monstruo.

—Sabe que no es verdad; que volverá a hacerlo. Como lo hizo en Londres, como lo hizo aquí hace ocho años, como ha vuelto a hacerlo ahora. Usted no puede parar. Es un enfermo.

—¿Enfermo? El duque era un enfermo, siempre detrás de esas zorras hasta que me vi obligado a eliminarlas una a una. Un hombre nacido para el más alto destino y cuya sangre ellas envenenaron hasta ocasionarle la muerte. Mi hijo es un enfermo, emponzoñado por el mismo mal que el duque. No pude salvar a ninguno de los dos. Ellas tenían que pagar, al igual que ese pintor degenerado que para mi hijo es Dios. ¡Yo soy Dios!

—Un dios venido del infierno.

Sitwell se sentía poderoso y su voz tronó para volver a repetir:

—¡Yo soy Dios! El pintor pagará por lo que le hizo a mi hijo, para quien yo tenía preparado un brillante futuro. ¡Pero ese maldito pintor! Su arte degeneró el espíritu de mi hijo y sus sucias amigas le pervirtieron. ¡Esas malditas mujerzuelas y esos pintores libertinos, licenciosos y degenerados!

—He visto a su hijo y me lo ha contado todo. Lo descubrió, ¿verdad? Puedo imaginarme la escena. Un niño de diez años ve cómo una noche su padre regresa a casa cubierto de sangre y poseído de una fiebre satánica. Eso vuelve loco a cualquiera. Pero tenía que olvidarlo. Pensar que era un sueño. Y el sueño se convirtió en su pesadilla durante todos estos años. No, no fueron las mujerzuelas, como usted dice, quienes acabaron con su hijo. Usted debe sumar un nuevo crimen a su lista: el de su propio hijo.

—No quería un hijo débil; aun así, le permití que se me escapara. En cualquier caso, la historia acaba aquí. Fonte tiene a su asesino y yo he terminado mi obra.

—¿Por qué ha matado a su ayudante?

—Era un débil mental, pero eficiente y leal. Lo siento por él, pero no convenía dejar flecos. La verdad es que ha sido muy sencillo matarlas a todas. Como le he dicho, tenía que haber visto a Benigna. La muy zorra me abrió la puerta llena de alegría; fue sencillo. Sólo tuve que procurarme un traje y un sombrero igual al de su estúpido amante; ese viejo y ridículo gobernador. ¡Todos podridos!... Ninguna ley puede tocarme. Empieza mi siglo, Arrow, un tiempo en que los hombres extraordinarios como yo harán con el rebaño lo que se les antoje. Llevaremos a los corderos a nuestro matadero. Lástima que no sobreviva usted para verlo porque, en breve, resolveré mi problema final: usted, señor Arrow, el más grande defensor de la ley de su generación. ¡Lástima que escogiera el lado equivocado! Le predije que no resolvería este caso y así será. Al maldito pintor le partirán el cuello en el patíbulo y a usted le encontrarán flotando en el muelle. Un triste final para el más inteligente de los hombres que yo he conocido.

Sitwell levantó su arma y apuntó. Se escuchó una fuerte detonación agrandada por la resonancia del almacén.

Fue Sitwell quien cayó al suelo con una bala entre los ojos.

El gobernador bajó su pistola. Nos había acompañado al joven Picasso y a mí hasta el almacén y, cuando vimos el cadáver del esbirro junto al coche, decidimos entrar extremando la cautela.

—Le dije que sería su sombra —afirmó el gobernador,

mientras clavaba en el cuerpo de Sitwell una mirada de repugnancia y de triunfo.

Picasso se adelantó unos pasos cuando vio el cadáver de Carmen en el centro del almacén, con la sangre manándole de las heridas aún calientes. El gobernador, tomándole fuertemente del hombro, le detuvo.

—No mire usted, hijo, y salga de aquí. No lo haga, hijo; se lo digo por experiencia.

Ambos acompañamos al joven pintor fuera del almacén. Yo me quedé en la entrada, mientras el gobernador y Pablo se alejaban hacia nuestro coche. No pude oír lo que decían, pero viéndoles alejarse me embargó un gran desconsuelo. Sabía lo que era perder a la mujer de tu vida, como también lo sabían aquel anciano y aquel crío.

Al igual que también lo sabía el hombre que se quedó junto a Carmen hasta que llegó el forense y levantaron el cadáver. Se quedó allí, sentado en el suelo, cogido a su mano y empapándose en su sangre, que no dejaba de fluir. Se quedó allí limpiando su rostro, acariciándola, abrazado a ella como intentando preservar la dignidad de su cadáver.

Se quedó allí y creo que para siempre.

62

Un acuerdo

—Esto no es nuevo para usted, Arrow. Ya le ocurrió en Londres, cuando fue llamado en audiencia privada por la reina —le dijo el alcalde cuando nos recibió en el despacho después de diez minutos de argumentaciones.

El informe oficial del caso, ya cerrado, se encontraba sobre su mesa. Estaba firmado por Fonte y sólo faltaba la firma del mejor detective consultor.

—Dejemos las cosas como están. Fue el cochero el verdadero asesino. Hay gente muy poderosa detrás de esto, amigos de sir Richard Sitwell; amigos a los que no conviene molestar. ¿A quién le interesa un escándalo? Usted tiene su monstruo y su venganza. Ya le digo, conviene no remover mucho las cosas y, a cambio, nadie molestará al muchacho. Si lo piensa bien, es un buen trato —continuó el alcalde.

Escuché las palabras del alcalde con auténtico asco. Arrow no buscaba venganza, sino justicia. La justicia que, por segunda vez, se le negaba.

—¿Y la verdad?

—¿A quién le interesa la verdad? Usted ha resuelto el caso. El tema está cerrado, ¿no le parece? Los tiempos cambian, amigo mío, y hay que adecuarse a ellos. De todas formas se ha hecho justicia, que es lo que a usted le interesaba. No removamos más este asunto. Siempre le estaremos muy agradecidos. El informe, con algunos retoques, es bueno y todo el mundo se dará cuenta de que no es fácil engañar a Steven Arrow.

—¿Firma usted? —preguntó Fonte.

Arrow no contestó. Salió de la habitación sin mirarlos.

—¿No desea que figure su nombre? —me preguntó el inspector jefe Fonte.

—En absoluto. Su trabajo es su recompensa.

Salí de aquella habitación sin añadir una palabra más y busqué a Arrow por los pasillos. Mi amigo esperaba en la calle.

—Estoy cansado, Sherrinford —me dijo.

—Lo que usted decida me parecerá bien —contesté mientras abandonábamos el lugar.

63

Y final

Horta de Sant Joan, 1909

Yo sabía que el pintor había regresado. Ahora era un artista famoso y se había convertido, decían algunos, en un hombre de difícil trato. Durante aquellos años terminó por instalarse en París, apartándose definitivamente de España.

Regresó a Horta diez años después de su primera visita, cuando cayó enfermo y su amigo Pallarés le invitó a su casa hasta que se recuperase.

Arrow, el pequeño Pablito y yo nos habíamos instalado en aquel pueblo poco después de los sucesos que he relatado al sufrido lector. Arrow quería paz y olvido. Allí compramos una casa en las afueras y allí vivimos mientras veíamos crecer al niño de Carmen. Un niño inteligente y despierto que Arrow adoptó y a quien le dedicó sus días como si fuera su hijo. El chico era feliz y Arrow buscó la paz dedicándose a su educación por entero y a la cría de abejas, afición esta última que descubrió en cuanto nos instalamos en Horta. Los veranos recibíamos la visita de mi sobrino, quien había iniciado brillantemente sus estudios de Medicina en Londres. Él y el niño se llevaban muy bien.

Pablo Picasso llegó al pueblo acompañado de Fernande en

el verano de 1909. Ambos tomaron habitación en el hostal del Convento, cuya fachada principal daba a la plaza porticada del Ayuntamiento. Por las noches, junto con su compañera, solía acudir al café de Antonio Vives, donde se reencontraba con sus viejos amigos, el tío Manelet y Nicolás Amposta entre ellos, y con los que jugaba al dominó y participaba de la tertulia. Finalizaban la velada tocando la guitarra hasta altas horas de la madrugada. Muchas noches también acudía el tonto del pueblo, quien saludaba de una forma peculiar a Fernande —apoyando el dedo pulgar en la mesa con el puño cerrado— y Fernande le saludaba de igual forma; gesto que llenaba de satisfacción al chico.

Durante el día Picasso se dedicaba a pintar paisajes con su nuevo estilo geométrico. Le veía muchas veces al pie de la montaña de Santa Bárbara, emulando a su admirado Cézanne, que había fallecido tres años antes. No me acerqué a él. Le contemplaba de lejos durante mis paseos. Físicamente había cambiado poco, seguía pareciendo un muchacho.

Hasta que una tarde coincidimos en el café, a principios de septiembre, creo recordar. El encuentro fue efusivo.

—Me habían dicho que se habían instalado aquí unos ingleses, pero no imaginé...

—Sí, de eso hace ya algún tiempo. Está usted muy cambiado, aunque sigue pareciendo un muchacho —dije.

Fernande y el resto de parroquianos nos observaban con interés.

—Vaya usted; le esperan sus amigos —dije.

—Me gustaría visitarles —me dijo y añadió—: Por los viejos tiempos. Además, me gustaría mostrarles algo.

Le indiqué la dirección de mi casa y le invité para el día siguiente.

—Allí estaré —me dijo dándome un fuerte apretón de manos—. La última vez que nos vimos... —intentó recordar.

—El primer febrero del nuevo siglo. En Els Quatre Gats, exponía usted una serie de dibujos; le gustaron mucho a Arrow. Luego se marchó usted a París.

—¿Qué ha sido de Arrow?

—Mañana —dije.

Esa noche apenas si pude dormir. ¿Qué era lo que deseaba mostrarme? Me levanté sobre las cinco de la madrugada y entré en la habitación de Pablito. Me quedé un buen rato junto a él, observando cómo dormía mientras su rostro me recordaba al de su pobre madre.

Picasso acudió al día siguiente a la hora convenida. Pablito había salido a jugar y me encontraba solo en casa. Le hice pasar.

—Después de todo aquello nos retiramos a este pueblo —le dije.

—¿Dónde está Arrow?

Le hice un gesto para que me acompañara y le llevé hasta él.

—Murió hace poco menos de un año —le dije cuando nos encontramos frente a su tumba.

Le vi afectado y sin saber qué decir. Aquel joven le debía mucho. Le debía la vida.

—Un hombre extraordinario —dijo.

—El mejor que he conocido.

Regresamos a casa en silencio y le invité a café. Picasso estaba profundamente entristecido.

—Su amigo me salvó la vida.

—Sí —dije en un susurro.

Pasamos la tarde juntos y no dejé de escucharle. Me habló de su infancia, de Málaga, de La Coruña, de su hermana muerta, de las lecciones de su padre, de sus inicios con el lápiz cuando aún no sabía ni las cuatro reglas, de su llegada a Barcelona, de sus grandes esperanzas y de sus sueños de niño y de muchacho, de sus amigos, de su gran amor, de Benigna, de sus encuentros con el marinero, de sus días pasados en un prostíbulo, del miedo y del terror. Me contó todo ello con tal cúmulo de detalles y con una nostalgia, dolor y alegría tan plenos que me emocionó. Luego guardó silencio y buscó mi mirada compasiva.

Entonces desenrolló la tela que había traído.

—Pinté este cuadro hace dos años y no lo entendieron.

Al principio aquellas extrañas y cortantes formas, pues nunca había visto nada igual, me produjeron rechazo y un sentimiento de desasosiego. Había un conflicto y un combate insólito y desconocido en aquella obra. Pero me atraía y no podía dejar de mirarlo.

Y entonces las vi. Era cuestión de mirar de otra forma. Allí estaban ellas, pude reconocerlas a todas a pesar de la modernidad de aquella pintura: Benigna, Marta Planas, la Negra, la Francesa y, en el centro, Carmen. Había pintado a todas aquellas pobres mujeres que no pudimos salvar en una de las habitaciones del burdel de la calle Avinyó. El cuadro me conmovió.

—Cuando se lo enseñé al pintor Matisse dijo que yo estaba loco. Derain y Braque lo repudiaron. Kahnweiler, el marchante, opinó que era un cuadro extraño, inacabado y carente de unidad. ¿Qué le parece a usted?

—Me parece que encierra todo el dolor de aquellos días —dije sin apartar mi vista de él y, sobre todo, de aquel detalle que centraba al espectador—. Veo que ha pintado usted el cuchillo —añadí.

—¿El cuchillo? —preguntó turbado.

Me aproximé a la tela y mi mano le indicó el ángulo de la mesa que, como un estilete, partía el cuadro en dos y apuntaba, amenazante, en dirección a Carmen. Sí, parecía un cuchillo dispuesto a hundirse salvajemente en ella.

—Fue involuntario. Ni siquiera lo pensé —afirmó el joven—. ¿Qué opina de él? —volvió a preguntarme.

—No hay centro en él, no hay perspectiva. Todo se ha quebrado. Es... como una advertencia del futuro, del nuevo siglo. —Me detuve y recordé en ese momento mi conversación con Arrow cuando le expuse mis esperanzas en el nuevo siglo; ahora ya no estaba tan seguro de aquellos argumentos.

Picasso me pidió que continuara.

—Usted perdone —me disculpé.

Intenté proseguir, detallándole las sensaciones inmediatas que estaba recibiendo de aquella alarmante pintura.

—Hay algo demoníaco y mágico en ese fondo azul melancólico. Usted ha transfigurado las formas, las ha metamorfoseado como si quisiera inventar la anatomía. Ha roto con las curvas y ha quebrantado los volúmenes en coléricas deformaciones. —Me aproximé más al cuadro y clavé mi mirada en las chicas de una en una; proseguí—: Esos rostros en óvalo, esos brazos astillados y esas cavidades oculares vacías traducen y representan todo el sufrimiento que padecieron en manos del monstruo; es más: todo el sufrimiento del ser humano. Nos miran, además, con desprecio, retándonos porque no fuimos capaces de salvarlas. Pero hay más: usted, amigo mío, ha encontrado una nueva forma de representación. Ahora pintar para usted es un vínculo y una unión del espíritu con el mundo a través de una nueva forma de verlo: simultánea, inmediata, total y fuera del tiempo. Todo lo antiguo ha desaparecido y usted ha hecho algo único en quinientos años. Desde ahora ya no podremos ver el mundo como antes. —Y finalmente, aunque me temía la respuesta, pregunté con pesar—: Ya no hay perspectiva, ¿verdad?

—Murió con Carmen —afirmó en un desgarro.

Tomó la taza de café con un ligero temblor, la apuró lentamente y se tomó un tiempo en añadir:

—No podía dejar de pensar en ella. En ellas. Ni siquiera en París. ¡Pensar, pensar! ¡Durante tantos años! Y entonces me encerré. Quería sacarlas fuera de mí. Y lo hice en más de dieciséis cuadernos, ochocientos dibujos y algunos cuadros hasta dar con el definitivo. Hasta encontrarlas. No quería una forma bella, sino significativa y que fuera un resumen del dolor de aquellos días y de todo lo que nos esperaba. —Pablo se detuvo, estaba poseído, y vi cómo se dibujaba una extraña sonrisa en su rostro mientras añadía—: Todos opinaron, pero sólo usted y yo sabemos la verdad. Han fantaseado sobre el cuadro todo lo que han querido y más sobre sus raíces, buscando sus antecedentes en las esculturas ibéricas, en el arte negro y en teorías científicas. Pero me río de todo eso. Piden mi opinión y continúo riéndome. Ahora usted sabe la verdad. Usted es el único que me ha comprendido.

—Gracias a los datos, como decía Arrow; unos datos brutales. Guárdelo —dije señalando el cuadro y ayudándole a enrollarlo nuevamente—. Se seguirá hablando mucho de él, se lo aseguro —concluí.

El arte es dolor, pensé mirando los ojos de aquel gran maestro que no llegaba a los treinta años y cuya mirada lúcida había ido más allá de la forma. Una mirada dispuesta a desmembrar un nuevo siglo que, en contra de mis predicciones, no podía empezar peor.

—Quiero devolverle algo que le pertenece.

Me acerqué al cajón de mi escritorio y le ofrecí el cuaderno.

—Tenga; es suyo.

Le di el cuaderno que encontramos junto al cuerpo de la Francesa. En ese momento entró mi pequeño con la alegría y el bullicio de todos los niños de once años.

—Saluda a este señor; es un amigo.

Pablito le tendió la mano a Pablo y luego salió al jardín. Picasso guardó el cuaderno en el bolsillo.

Cuando nos quedamos solos me interrogó con la mirada.

—Sí, es el niño de Carmen. Arrow lo adoptó y, como le

dije, los tres nos mudamos a este pueblo. Es un buen chico. Quería mucho a Arrow. Lo lleva bien para su edad. No conoció a su madre y su padre adoptivo… ¡en fin! —dije sin poder continuar.

Picasso salió al jardín y se acercó al niño, que hurgaba en la tierra con un palo.

—¿Qué haces?

—Un dibujo, ¿quiere que le haga uno?

—Bien.

—¿Qué quiere que le dibuje?

—¿Una paloma?

—¿Por dónde quiere que empiece?

—Por donde tú quieras… espera, ahora vuelvo.

Picasso salió del jardín y se alejó. Pude ver cómo sus ojos estaban cubiertos de lágrimas.

Regresó quince minutos después con un paquete bajo el brazo.

—Ya tiene usted su paloma —dijo el pequeño.

Pablo le acarició el cabello y luego le ofreció la caja de pinturas.

—Toma; es un regalo. Pertenecieron a mi padre.

Cómo nació esta historia

El pintor de sombras nace en el mismo momento en que vi cómo nacía un museo. Tenía siete años y estudiaba en la ahora desaparecida Academia Montcada, situada en la calle del mismo nombre, y a escasos veinte metros de donde se encuentra el Museo Picasso. Vi nacer ese museo a cuatro pasos de mi escuela. Diez años después, en abril de 1973, me encontraba de excursión en Gerona con mis padres cuando nos enteramos por la radio de que Picasso había muerto. Por aquel tiempo estudiaba en la Escuela de Artes y Oficios de la calle Avinyó. Mi profesor de dibujo había conocido a Picasso y había trabajado con Miró en la serie *Barcelona*. De eso hace más de treinta años. 1973 fue el año de la pérdida de los tres Pablos: Neruda, Casals y Picasso. Para mí, por aquel entonces, Picasso era tan famoso como los Beatles, un hombre muy anciano, que venía de otro siglo, que lo había pintado casi todo y que, a mi parecer, había vivido eternamente.

Ese aspecto de Picasso, su longevidad, siempre me impresionó.

Cuando Picasso murió, hacía cinco años que habíamos llegado a la Luna; pero cuando Picasso nació, los coches eran tirados por caballos, no existían los automóviles, ni el teléfono, ni los aviones, ni la radio, ni el fonógrafo, ni el cine, ni el tractor mecánico Ivel, ni el descanso dominical para los obreros.

Cuando Picasso nació, en España reinaba Alfonso XII, bajo la regencia de María Cristina; en Inglaterra, la reina Victoria... y Jack el Destripador aún tardaría siete años en empezar a matar salvajemente.

Durante la preparación de esta novela, leí una reflexión de Patrick O'Brian, uno de sus biógrafos, que ampliaba este punto de vista. Decía O'Brian que, cuando Picasso empezó a pintar, Van Gogh aún vivía; Cézanne, en Provenza, pintaba la montaña de Sainte-Victorie; Gauguin planeaba huir a Tahití; en Francia Victor Hugo acababa de morir; Pasteur publicaba su estudio sobre la vacuna antirrábica; Rodin acababa de esculpir *Los burgueses de Calais* y aún faltaban por venir grandes obras de Seurat, Degas, Renoir o Monet. Cuando Picasso tenía noventa años —y de esto hace cuatro días—, para todos los hombres que en ese momento no hubieran llegado a los cuarenta —yo tenía quince en aquel entonces— Picasso siempre había estado presente y siempre había sido famoso. Era un monumento histórico. Tal vez en ese momento tenía poca influencia en los pintores jóvenes, pero durante más de setenta años había sido testigo y protagonista del nacimiento del arte moderno: postimpresionismo, expresionismo, simbolismo y modernismo, cubismo, dadaísmo, surrealismo, abstracción...

Fue esa longevidad lo que me incitó y me permitió unir a dos personajes históricos y a un tercero de ficción —Picasso, Jack el Destripador y al detective más famoso de todos los tiempos— en una aventura que se guía por dos de las premisas del *Decálogo del perfecto cuentista* de Horacio Quiroga: no empieces a escribir sin saber desde la primera palabra adónde vas, y cuenta como si tu relato no tuviera interés más que para el pequeño ambiente de tus personajes, de los que pudiste haber sido uno.

¿Cómo se arma esta historia? ¿De qué forma todos los elementos y personajes tan dispares terminan configurando un universo estrictamente literario?

Nací en la Barceloneta y pasé mi infancia en muchos de los escenarios habitados por Picasso.

Mi mundo, por aquel entonces, limitaba al este por los merenderos y las playas de la Barceloneta; al oeste con Santa María del Mar y la calle Montcada; al norte con el Borne, la calle Comercio y el parque de la Ciudadela y al sur por Vía Layetana, Correos, la calle de la Merced y paseo de Colón hasta Ramblas. El mismo paisaje por el que se movió Picasso en su juventud. Desde entonces, su figura no ha dejado de obsesionarme.

En cuanto a Jack el Destripador, algunos ripperólogos creen que éste viajó a Estados Unidos... ¿Y por qué no a Barcelona?, pensé. ¿Qué pasaría si Jack el Destripador y Picasso, dos personalidades tan atractivas y que han suscitado tantas controversias, se hubieran encontrado?

Por otro lado, en mi ciudad existía una importante colonia inglesa que había contribuido a su despegue económico, cultural y deportivo. La colonia me proporcionaba mucho juego literario.

La figura del detective Arrow me permitió un puente entre Picasso y Jack. Arrow fue un personaje histórico. Supe por primera vez de él leyendo la *Crónica del siglo XX*, editada por Plaza y Janés. En una breve noticia se hablaba de un prestigioso detective inglés que había sido contratado por la policía de Barcelona para organizar un cuerpo de vigilancia. Era una breve columna de dieciocho líneas que no especificaba mucho más. Avancé la fecha de la llegada a Barcelona de Arrow y se me ocurrió convertirlo en el antecesor del más famoso detective de todos los tiempos: Sherlock Holmes.

No se le escaparán al experimentado lector holmesiano los guiños pertenecientes a «Estudio en Escarlata» y otros relatos de Sherlock Holmes. Le invito a descubrirlos porque forman parte del juego literario de esta novela.

¿Qué historia quería contar?

Los años de infancia y adolescencia de un genio, Picasso, su enfrentamiento con un monstruo, Jack el Destripador, y la transformación que se produce en el chico a raíz de dicho enfrentamiento. Esta lucha entre dos fuerzas tan poderosas: un genio del mal en la cumbre de su arte y un genio del arte en el inicio de su carrera.

Y también dos historias de amor. Las de dos hombres, el pintor y el detective, hacia una misma mujer. Las de dos formas diferentes de amar.

Y la génesis de una obra como un cúmulo de destrucciones: el cubismo, que se inicia con *Les demoiselles d'Avignon*, «Las señoritas de Aviñón», cinco prostitutas que podrían haber sido víctimas de Jack el Destripador.

Tal vez la mente de un escritor se puede comparar con un yacimiento donde, a lo largo del tiempo, materiales diversos se van sedimentando en diferentes estratos. Yo, en esta novela, he tratado de excavar y poner en relación elementos que he ido encontrando para explicar una historia.

Si a partir de aquí he conseguido interesar al lector y no defraudarle, me doy por satisfecho.

Agradecimientos

Este libro no hubiera sido posible sin los trabajos sobre Jack el Destripador de Patricia Cornwell y su extraordinario libro *Retrato de un asesino*. Sobre Picasso, principalmente los libros de Patrick O'Brian *Pablo Ruiz Picasso* y de Pierre Cabanne *El siglo de Picasso*. En cuanto a la parte de criminología, *Introducción a la criminología*, de Alfonso Serrano Maíllo, y *Huellas dactilares*, de Colin Beavan. Sobre el investigador privado más famoso de todos los tiempos, *Todo Sherlock Holmes*, de Editorial Cátedra.

Otros autores, guionistas y directores cuyas obras han sido consultadas y a quienes les debo agradecimiento son Pilar Abeijón, M. L. Bernadac, Sally Benson, Esther Boix, P. Du Bouchet, Giulio Carlo Argan, María Ángeles Castillo, Bob Clark, Corredor-Matheos, Ricard Creus, Alexandre Cirici, Henry-Georges Clouzot, Manfred Curry, Eddie Campbell, Vicente Garrido, Alfred Hitckcock, John Hopkins, José María Huertas-Clevería, los hermanos Hugues, Enric Jardí, Susana Laguna, Mario Livio, Gordon McDonnell, Alan Moore, Josep Palau i Fabre, revista *Papitu*, Francisco Pérez Abellán, Francisco Pérez Caballero, Carsten-Peter Warncke, Marta Povo, Stewart P. Evans, María Pilar Queralt del Hierro, Paolo Lecaldano, Frederick Malins, Claustre Rafart i Planes, Alma

Reville, Rodríguez Aguilera, Franco Russoli, Albert Skira, Cinzia Tani, Jesús Urceloy, Keith Skiner, Rosa María Subirana, José María Valverde, Edmon Vallès, Ingo F. Walter, Billy Wilder, Thornton Wilder. Mi agradecimiento también a *La Vanguardia* y a la revista *Historia y Vida*.

En cuanto a exposiciones, magnífica fue la organizada por la Fundació Miró bajo el título «Un cuerpo sin límites», así como la del MNAC dedicada a Ramón Casas, la del Museo Granet: «Cézanne en Provence», en Aix en Provence, y la del Museo Nacional Reina Sofía dedicada a Picasso.

Finalmente, dedico este libro a mi esposa Rocío, que tuvo la primera idea; a mis hijos Olga y Ángel; a Ramón Conesa, mi agente y amigo por sus desvelos, siempre. Y a James Mason, el mejor Watson que he visto nunca.